The Angel Esmeralda: Nine Stories

Don DeLillo

天使エスメラルダ

9つの物語

ドン・デリーロ

新潮社

柴田元幸　上岡伸雄　都甲幸治　高吉一郎　訳

天使エスメラルダ――９つの物語　目次

I

II

III

THE ANGEL ESMERALDA: NINE STORIES

by

Don DeLillo

Cover Illustration: Chisato Tanaka
Design: Shinchosha Book Design Division

天使エスメラルダ——9つの物語

I

1979-1983

天地創造

Creation（1979）

上岡伸雄訳

車で一時間、その大部分は煙のような雨の中の登り坂だった。僕は香りを嗅ぎたいと思い、窓を数センチ開けたままにした。芳香性の低木が発する匂いを嗅ぎたかった。運転手は路面の状態がひどくなったり、急カーブにさしかかったり、靄の中を対向車が来たりするたび速度を落とした。ときどき道沿いの植物が少しまばらになり、手つかずの密林が垣間見られるところがあった。山と山のあいだに、密林の谷間が丸ごといくつも広がっていた。

ジルはロックフェラー家に関する本を読んでいた。彼女は一度何かに没頭すると、激しい衝撃を受けたかのように、どうはたらきかけても反応しなくなる。走っているあいだ、彼女が本から目を離したのはたった一度きりで、それは野原で遊ぶ子供たちをちらりと見たときだった。

車はどちらの方向にもあまり走っていなかった。こちらに向かって来る車は突然現れる——アニメの車みたいに、ガタガタと跳ねながら来るので、僕たちの運転手のルパートは衝突を避けるために、雨の中で急ハンドルを切らなければならなかった。道路に深い裂け目があるときや、密林そのものが迫って来るときも同じだ。どんな場合でも、避けるための行為は僕たちの車、つまりタクシーがすべきだと考えられているようだった。

道が水平になった。ときどき人が木々の中に立って、こちらを見つめていた。煙が山の上からモクモクと降りて来る。また少しだけ登り坂になってから、車は空港に入った。立ち並ぶ小さな建物と、一本の滑走路。雨は止んだ。僕はルパートに金を払い、荷物を抱えてターミナルに入った。ルパートはほかのスポーツシャツの男たちとともに外に立ち、突然照りつけた陽ざしの中で喋っていた。

中は人と旅行かばんとトランクでいっぱいだった。ジルは自分のスーツケースの上に座り、トートバッグや手荷物を周囲に置いて、本を読んでいた。僕は荷物を押してカウンターにたどり着いたが、そこでわかったのは、僕たちがキャンセル待ちリストに載せられていることだった。五番目と六番目である。それを聞いて僕は思いつめたような表情を浮かべ、カウンターの男に、セントビンセント島にいたときに電話で確認したと伝えた。男は、出発の七十二時間前に再確認する必要があるのだと言った。僕は、自分たちはヨットに乗っていたのだと言った。七十二時間前にはトバゴ諸島にいた、人もいないし建物も電話もなかったのだ、と。再確認するのが規則なのだと男は言った。そして、十一人の名前が書かれた紙を見せた。物的証拠。僕たちは五番目と六番目だ。

僕はジルのところに戻って事情を知らせた。ジルは荷物が並んでいるところにへなへなとくずおれた。様式化された倒れ込み。完了するのに数秒かかった。それから僕たちは形式的な対話を行なった。僕がたった今カウンターの男に対して主張したことを、ジルは僕に対して主張した。セントビンセント島にいたときに電話で確認した、ヨットをチャーターした、人が住んでいない島にいた、と。それに対して僕は、カウンターの男の答えをすべて繰り返した。言い換えれば、ジルが僕の役を演じ、僕が男の役を再現した。とはいえ、僕は噛んで含めるような口調で、もっともらしいデータを付け加え、とにかく彼女の怒りを和らげようとした。また、三時間後にはもう一つバルバドス島行きのフライトがあることも指摘した。それに乗れれば、ディナーの前に一泳ぎする時間はある。そのあとは涼しい星の夜。あるいは、暑い星の夜。遠くで打ち寄せる波の音を聞く。東側の海岸は轟く波で知られているのだ。明日の午後には、予定通りニューヨーク行きの飛行機に乗れる。このローカル色たっぷりの小さな空港における数時間以外には、何も無駄になるものはない。

「なんて新《ネオ》ロマンチックなの！　今日にぴったりだわ。ここの飛行機の座席数って、いくつ？　四十？」

「いや、もっとだよ」と僕は答えた。

「どれくらいもっと？」

「とにかくもっと」

「で、私たちは何番目だっけ？」

「五番と六番」

「四十人よりもっとあとの五番と六番ね」

「予約しても来ないのがたくさんいるよ」と僕。「密林に呑み込まれちゃうんだ」

「バカ言わないで。この人たちを見てよ。まだ次から次へと来てるじゃない」

「見送りの人たちもいるさ」

「神様、この人が本当にそう信じているなら、私はこの人と一緒にいたくありません。だいたいこの人たち、ここにいる理由なんかないのよ。オフシーズンなんだから」

「ここに住んでる人もいるんだよ」

「で、どの人がそうだか、わたしたちわかってるのよね？」

トリニダードからの飛行機が着いた。その音が聞こえて、機体が見えたせいで、人々はますますカウンター近くに押し寄せた。僕は脇に回って、隣のカウンターに後ろから近づいた。そこにも何人かの人が立っていた。再確認済みの乗客たちが、出入国管理ブースに向かって並び始めた。

さまざまな声。イギリス人女性が、夕方のフライトはキャンセルされたと言っている。僕たちはみんなさらにカウンターに近づいた。前の方にいる西インド諸島の男が二人、事務員に向かってチケットを振り回していた。ほかにももっと声がした。僕は何度かジャンプし、群がる人々の頭越しに、外の砂利道を見てみた。ルパートはまだそこにいた。

事態は急速に進み始めた。貨物や旅行かばん類が一つのドアから出ていって、もう一つのドアから乗客が出ていった。キャンセル待ちの客しかいなくなったことに僕は気づいた。カウンターから離れていく人々は、救済の深い力に衝き動かされているように思われた。原始的な洗礼が行われているような雰囲気。僕を含む残りの人々は事務員に詰め寄った。彼はいくつかの名前に印をつけ、ほかの名前に線を引いて消していた。

「このフライトは満席です」と彼は言った。「満席になりました」

残ったのは八人か十人程度だった。みな旅行者の悲しみをたたえた穏やかな顔をしている。数種類の英語が飛び交っている。一緒に飛行機をチャーターしよう、と言い出す人がいた。ここではよくやっていることだ、と。ほかの人が九人乗りの飛行機がどうこうと言った。最初の人が希望者の名前を書きとり、ほかの数人とともにチャーター機のオフィスを探しに行った。僕は事務員に夕方のフライトについて訊ねた。どうしてキャンセルになったのかわからない、と彼は言う。ジルと僕が翌日の最初のフライトに乗れるようにしてくれと頼むと、乗客名簿がないのだという答えが帰って来た。彼にできるのは、僕たちをキャンセル待ちに入れておくことだけだと言う。詳しいことは明朝にならないとわからない、と。

ジルと僕は足だけを使って荷物を出入口まで押して行った。チャーター機を探しに行ったうちの一人が戻って来て、今日のうちに飛行機が手配できるかもしれない、と僕たちに告げた。ただし、六人乗りしかない。ということは、僕たちは除外されることになりそうだ。僕はルパートに合図し、自分たちの荷物を車に向かって運び始めた。ルパートの顔は細長く、前歯には隙間があった。胸ポケットには銀のメダルをつけている——多色の布きれから垂らした、凝った作りの楕円形の勲章。

ジルは後部座席に座り、本を読んだ。ルパートは車のトランクのあたりに立ったまま、港からさほど遠くないところにホテルがある、と言っていた。そう話しながら、彼は右のほうをちらりちらりと見た。二メートルほど離れたところに女性が立っているのだ。彼女はじっと動かず、僕たちが話し終わるのを待っている。見覚えのある顔。ターミナルの中の群衆の端にいたように思う。グレーのドレスを着て、ハンドバッグをさげていた。足下には小さなスーツケースが置かれていた。

「乗せていただけませんか。乗って来たタクシーが帰ってしまったんです」と彼女は僕に言った。

顔色は青白く、穏やかそうで、特徴のない顔をした女だった。ふっくらした唇、短く刈った茶色い髪。右手を額の近くにかざし、日光を目から遮っていた。僕たちは、ホテルまでのタクシー代を分けるということで合意し、翌朝も一緒にタクシーで空港に向かうことにした。彼女はキャンセル待ちの七番目なのだと言った。

帰り道はずっと明るい陽ざしを浴び、暑かった。女はルパートの隣の助手席に座った。ときどき彼女はジルと僕のほうを振り返り、話しかけた。「ひどいですよね、ここのシステムって」とか「これでよく経済的に生き残れますね」とか「私が明日に出国できるかどうかも保証できないって言うんですよ」とか。

山羊が何匹かいたので車を停めると、一人の女が林から出て来て、小さなビニール袋に入れたナツメグを僕たちに売りつけようとした。

「私たちの順番は何番なの？」とジルが言った。

「今回は二番目と三番目」

「フライトは何時？」

「六時四十五分。六時には空港に着いていないと。ルパート、僕たちは六時までに空港に着きたいんだ」

「お連れしますよ」

「今はどこに向かっているの？」とジル。

「ホテルだよ」

「ホテルなのはわかってるわ。どういうホテル？」

「僕が空港で飛び上がるのを見たかい？」

「見逃したわ」

「空中に飛び上がったんだよ」

「バルバドス行きじゃないのよね？」と彼女は言った。

「本を読んでなよ」と僕は彼女に言った。

帆船《ケッチ》はまだ港に停泊していた。僕は助手席の女にその船をさし示し、自分たちはあれに一週間半乗っていたのだと説明した。彼女は振り返り、力のない笑みを浮かべた。疲れはてて、僕の言葉の意味を割り出す元気もないかのようだった。僕たちは山の中を南に向かっていた。僕は、この港町がほかほど色褪せておらず、無秩序にも思われない理由に思い当たった。僕たちがこれまでに入ったあちこちの小さな港とは違う。それは、石の建物のせいだ。ほとんど地中海の港みたいなのだ。

ホテルでは問題なく部屋を取れた。ルパートは、翌朝の五時に迎えに来ると言った。二人のメイドが海岸沿いに僕たちを案内し、ポーターがあとに続いた。僕たちは二グループに分かれ、ジルと僕は「プールスイート」と呼ばれる部屋に通された。三メートルほどの高さの壁の向こうには、ハイビスカスと何種類かの低木、一本のカポックの木が植えられた庭があった。小さなプールも僕たち専用だった。テラスには、バナナ、マンゴー、パイナップルなどをいっぱいに盛り付けたボウルがあった。

「悪くないわね」とジルは言った。

ジルはしばらく眠った。僕はプールに浮かんで、どっちつかずの不安感が消えていくのを感じていた。集団でどこかに行かされる、計画通りに旅をするという居心地の悪さがなくなってきた。

この場所は実に完璧に近く、ここに連れて来てもらったことがどれだけ幸運だったかを自分に言い聞かせる気にもなれないくらいだった。新しい場所の最良の部分は、我々自身の歓喜の叫びからも守られなければならない。言葉は数週間後、数か月後の、穏やかな夜のために取っておく。そんな夜のちょっとした一言が、記憶を甦らせるのだ。誤った一言で風景は搔き消されてしまう、と我々は一緒に信じていたように思う。この思いそれ自体も言葉にされぬものであり、我々をつないでいるものの一つなのだ。

目を開けると、風に流される雲が見えた。疾走する雲。一羽のグンカンドリが気流の中に浮かんで、長い羽をじっと水平に広げている。世界と、その中のすべてのもの。自分が原初の瞬間に抱かれていると思うほど僕は愚かではなかった。これは現代の産物だ。このホテルは、客が文明から脱出したと感じるようにデザインされている。しかし、それほどナイーブではないにしても、僕はこの場所について疑いを搔き立てる気分でもなかった。僕たちは半日ほど苛々した気分を味わったのだ。車で空港に行って戻る長い道のり。そして今、体に冷たい淡水を感じている。大洋の上を飛ぶ鳥、低空飛行する雲の速さ、その巨大な頂きが転がっている。僕もプールの中でふんわりと漂い、ゆっくりと回転する。リモコンで快楽が操作されているかのように。僕は、この世界に生きるとはどういうことかがわかったように感じた。そう、これは特別だ。真剣な旅人の探究の端で輝いている、天地創造の夢。剝き出しの自然。あとはジルが薄いカーテンの向こうから歩いて来て、黙ってプールに体を浸すだけだ。

僕たちは別棟《パヴィリオン》で静かな海を見下ろしながら夕食を食べた。席は四分の一しか埋まっていなかった。僕たちとタクシーに同乗したヨーロッパ女性は、向こう側の隅に座っていた。僕は彼女に向かって会釈したが、彼女は気づかなかったか、気づかない振りをすることに決めたか、どちらかだった。

「ご一緒しませんかって誘った方がいいんじゃない？」

「一人でいたいんだよ」と僕は言った。

「でも、私たちはアメリカ人よ。ご一緒しましょうと誘うことで有名なのよ」

「あの人は一番奥のテーブルを選んだんだ。あそこにいたいんだよ」

「ソ連圏の経済学者かもしれないわ。どう思う？　それとも、国連で保健衛生の研究をしてるとか」

「全然違うね」

「若い未亡人。スイス人で、忘れるためにここへやって来た」

「スイス人じゃないよ」

「ドイツ人」と彼女は言った。

「それだ」

「島々をあてもなく巡っている。一番奥のテーブルに座る」

「ホテルの人たち、僕が四時半に朝食にしたいと言っても驚かなかったよ」

「島全体があの腐った航空会社に合わせないといけないのよ。ひどいわ、メチャクチャよ」

ジルは丈の長いチュニックを着て、薄織りのズボンをはいていた。僕たちはテーブルの下に靴を置いて、海岸を散歩した。膝まで水に浸かったときもあった。警備員が椰子の木の下に立ってこちらを見ていた。テーブルに戻ると、ウェイターがコーヒーを持って来た。

「二人目までは乗れるけど、三人目はダメっていう可能性はつねにあるわ」とジルは言った。「私は絶対に水曜日までに帰らないといけないの。でも、私たちは離れ離れになってはいけないと思う」

「僕たちはチームだからね。ここまでずっとチームだったんだから」

「明日のバルバドス行きのフライトは何便あるの？」

「二便だけ。水曜日に何があるんだい？」

「バーニー・グラッドマンがバッファローから来るのよ」

「大地が何キロにもわたって焼かれるわけか」

「会合を手配するのに六週間しかかからなかったわ」

「大丈夫、帰れるよ。六時四十五分のフライトが無理でも、午後の遅い便でね。もちろん、そうなると、僕たちはバルバドスで乗り換える便を逃すことになるんだけど」

「聞きたくないわ」と彼女は言った。

「代わりにマルティニクに行くのでなければね」

「あなたって、退屈と恐怖が私にとって同じであることを理解した唯一の男ね」

「その知識を乱用しないようにしてるんだけど」

「わざわざ退屈であろうとするのよ。退屈な状況を好んで探し出すの」

「空港とか」

「タクシーでの一時間とか」

最初は椰子の木々の天辺がたわみ始めた。それから雨が落ちて来た。大粒の水滴が石畳の道にバシャッとぶつかる。雨が上がると、僕たちは芝生を横切って、スイートに戻った。

ジルが服を脱ぐのを見る。歯磨き用のグラスに注いだラム酒。風の音と力。十日間、強い陽ざしと風に晒されて、僕の目の近くの皮膚がひび割れてきた感じがする。

僕はなかなか寝つけなかった。風がやっと静まったあと、最初に聞こえたのは雄鶏が鳴く声だった。少し離れた山の中に何百羽もいるようだ。それから数分後、犬たちも鳴き始めた。

僕たちは夜明けとともに空港に向かった。山刀を持った九人の男が道を一列になって歩いていた。

女の名はクリスタだということがわかった。彼女とジルは最初の数キロ、軽く話をしていたが、やがてジルは開いた本に向かって頭を下げた。

一度、少しだけ雨が降った。

こんな時間にターミナルにいるのは五、六人だろうと予想していたのだが、とんでもなかった。大混雑だったのだ。人々はカウンターに向かって殺到した。旅行かばん、トランク、鳥籠などがあるし、小さな子供たちもいるしで、前に回り込むのは容易ではなかった。

「おかしいわよ」とジルは言った。「ここはいったいどこ？　こんなことが起きるなんて信じられない」

「飛行機はここに着くときには空っぽか、ほとんど空っぽなんだよ。僕はそう期待してるんだ。で、この人たちの多くはキャンセル待ちだ。僕たちは二番目と三番目だからね」

「神様、あなたが存在しているなら、私をこの島から出してください」

彼女はほとんど泣きそうになっていた。僕は彼女を出入口のそばに残して、カウンターの縁までたどり着こうとした。そのとき飛行機が近づき、着陸する音が聞こえた。

数分後、正規の乗客たちはほとんどみなカウンターから離れ、一列に並んだ。蒸し暑さはすでに耐え難いほどになっていた。カウンターに群がっている我々のあいだに絶望感が吹き抜けた──熱のこもった動作、身振り、表情。

事務員が僕たちの名前を呼ぶ声が聞こえた。僕はカウンターに行き、身を乗り出した。事務員の頭と僕の頭がほとんど触れそうになった。一人は行きます、もう一人は残ります、と僕は言った。そしてジルのチケットを手渡した。僕は急いでジルの荷物を取りに戻り、カウンターの隣の小さな台の上に置いた。ジルは口をあんぐり開け、サイレント映画で驚きを表現するときのように、腕を大きく広げた。そして僕のバッグを一つ持って、僕のあとからついて来た。

「君は一人で行くんだ」と僕は言った。「ブースで書類に記入しなきゃいけない。パスポートはどこ？」

荷物のチェックインを済ませてから、僕はジルを連れて出入国審査のところに行き、彼女が黄色い用紙に記入しているあいだ、トートバッグの一つを持ってやった。ジルは書きながら、何度も僕のほうを不安げに見ていた。どこもかしこも混乱している。僕らのまわりの空間は穏やかで明るかった。

「これが空港税のお金だ。僕たちのどちらか一人しか行けないんだから、君が行かないのはバカげているよ」

「でも、約束したじゃない」

「行かないのはバカげている」

「こんなの嫌だわ」

「君は大丈夫だよ」

「あなたはどうなの？」

「僕は現地の女性と結婚して、絵の勉強をするよ」

「飛行機をチャーターしたっていいのよ。やってみましょうよ、私たち二人だけでもいいから」

「無理だよ。ここでは何もうまく行かない」

「こんなふうに別れるのは嫌だわ。ひどいわよ。私は行きたくない」

「駄々こねないで、ジル」と僕は言った。

僕はジルが尾部のタラップへ歩いて行くのを見守った。じきにプロペラが回り始めた。ターミナルの中に入ると、クリスタがドアの近くにいた。僕は自分のバッグを抱えて道路に出た。ルパートはギフトショップの外のベンチに座っている。道を十メートルほど歩いて、ようやく彼の視線を捉えることができた。僕は振り返ってクリスタを見た。彼女は自分のスーツケースを持ち上げた。僕たち三人はそれぞれの位置から車に向かって歩き出した。

どこで家並が現われるか、などもだんだんわかるようになってきた。どこで最悪のカーブがあるか。どこで、そしてどちら側で、土地が下り坂になり、奥深い密林に続いているか。クリスタは僕の隣に座り、左前腕の虫刺されの痕をぼんやりとこすっていた。

僕たちは同じホテルに行き、僕はプールスイートを希望した。僕たちはメイドのあとについて海岸沿いを歩き、それから小道を昇って、庭の出入口の一つにたどり着いた。クリスタが庭とプールに反応する様子から、僕は彼女が前夜、海岸のユニットの一室に泊まったことに気づいた。

それは、普通の部屋なのである。

　二人きりになると、僕はバスルームまで彼女のあとをついて行った。彼女は化粧品入れからローションを取り出し、脱脂綿に少しだけつけ、綿をゆっくりと顔にこすりつけた。

「君は七番目だったね」と僕は言った。

「乗れたのは四人だけだったわ」

「君は一人でもここに戻って来た？　それとも、空港にとどまった？」

「あまりお金がないのよ。こんなことになるとは思わなかった」

「あそこにはコンピュータがないんだ」

「空港まで行ったのよ。滞在していたホテルから電話したんだけど、向こうは違うリストをもっているの。私の名前を見つけられないことが二度もあったわ。それに、フライトがキャンセルになっても、それを知る術はないし」

「飛行機は来ない」

「それは真実ね」と彼女は言った。「飛行機は来ない。そして、空港に来ても無駄だったってことに気づくの」

　僕は彼女の顔を両手で挟んだ。

「これって無駄？」

「わからないわ」

「君は感じる」

「そう、感じるわ」

彼女は中に入り、ベッドに座った。それからドアロのほうを見やり、僕を観察した——遅ればせの評価。完全な沈黙と思えるものがしばし続いてから、僕は柔らかく染み込んでくるような波の音に気づいた。この音をずっと聞いていたのだ。大海、波が打ち寄せて砕ける音。クリスタは僕を見つめたまま、ベッドの真ん中に置いてあるハンドバッグのほうに手を伸ばした。ハンドバッグの中をまさぐり、煙草を捜しながらもまだ僕を見ていた。

「お金はどれくらい持っているの？」と僕は言った。

「東カリブドルで百ドル」

「空港に二度往復できないね」

「面白いわね、そうだわ。そうやってお金を数えないといけないのね」

「昨日は眠った？」

「いいえ」と彼女。

「信じられないような風だったね。ずっと吹き続けていた。夜明けまで風が強かったよ。僕はああいう風の音と感覚が好きなんだ。暖かくて、ほとんど熱風って感じ。あそこの木々をしならせていた。木のあいだを吹き抜ける風の音が聞こえたよ。物を吹き飛ばしていくような重い音」

「あの風の大きな音を聞いて、どれだけ強く吹いているかを感じると、あれが暖かいだなんて信じられないわよね」

すべてが新しいとき、喜びは表面的なものとなる。僕は彼女の名前を声に出して言うこと、彼女の体の色を挙げていくことに、不思議な満足感を覚えた。髪と目と手の色。新雪のような乳房の色。陳腐なものは何一つない気がした。僕は一覧表を作って、分類したかった。単純で、根本的で、真実。彼女の声は柔らかく、利口そうだった。目は悲しげだった。左手はときどき震えた。困難に巻き込まれてきた女性。あとあとまで取り憑くほどひどい結婚、あるいは親友の死。彼女の口は官能的だった。耳を傾けるとき、ゆったり頭を後ろに反らした。髪の茶色は平凡だが、ところどころ灰色の短い線というか、閃光のようなものが入っていて、光の変化によって現われたり消えたりするように見えた。

このことを、そしてそれ以上のことも、すべて僕は彼女に伝えた。彼女が僕の目にどのように映っているか、詳しく正確に描写した。クリスタは僕がこれだけ関心を払っていることに喜んでいる様子だった。

僕たちは午前中をベッドの中で過ごした。昼食後、僕はプールでのんびりと浮かび、クリスタは裸で日陰に寝そべっていた。日光の線が肘やピンクの踵の縁まで達すると、さらに日陰の奥深くに移動した。

「考え始めなきゃいけないわ」と彼女は言った。「五時にフライトがあるでしょ」

「僕たちはキャンセル待ちにも載っていないよ。順位を上げておいてくれと言わずに戻って来ちゃったからね。行っても無駄さ」

「私はここから出ないといけないの」

「あとで電話するよ。我々の名前を伝える。キャンセル待ちの順位が何番になるか見てみよう。明日、出発できるよ。明日は三便あるからね」

彼女は大きなタオルで体を包み、テラスに通じる階段に座った。何か言いたがっているのは明らかだった。僕は胸の高さまで水に浸かって立っていた。

彼女が島から出ようとし始めて四日目だった。ここ二十四時間は本気で怖くなった、と彼女は言った。空港での試練によって、無力な、情けない、行き場のない気持ちになった、と。空港の事務員たちのおかしな話し方。持ち金がどんどん減っていくこと。タクシーで山を抜けて行くこと。雨と暑さ。そして、崖っぷち。暗い崖っぷち、織り込まれたムードというか色調というか、この場所の不吉な論理。すべてが夢のよう、孤立と束縛の悪夢だった。自分は島から出なければならない。これから数時間は一緒に過ごすけれども、このエピソード――と彼女は呼んだ――が終わったら、僕が彼女の脱出を助けなければならない。

彼女は白いタオルを巻いて厳粛な顔をしていた。僕は水の中で何回か跳ねた。それからプールから上がり、中に入って、航空会社に電話した。電話に出た男は、我々の名前の記録は残っていないと言った。僕は我々が正規の航空券を持っていることを伝え、これまで味わった困難について説明した。男は翌朝の六時に来るように言った。そこで詳しいことがわかるだろう、と。

僕たちはスイートで夕食を食べた。僕は鉛筆を使い、リンネルのナプキンの裏に彼女の横顔をスケッチした。デザートは庭に持って出た。僕は彼女をまたスケッチしたが、今度はホテルの便箋に全身を描いた。大洋。海岸の全景。

「じゃあ、あなたは絵を描くの？」

「文章を書くんだ」

「そう、作家なの？」

「この素敵な匂い、何だろうね？　ジャスミンかな？　名前がわかるといいんだけど」

「とても気持ちいいわ、この庭」

「脱出すること、島から出ることは別にして、君は特定の時間にどこかに行かないといけないのかな？」

「バルバドスからロンドンに飛ばないといけないの。会う予定の人たちがいるのよ」

「待っている人たち」

「そう」

「イングリッシュ・ガーデンで」

「赤ん坊が泣いている、小さな二部屋のアパートで」

「君は微笑み、彼女も微笑む」

「これって、すごいことだわ」

「秘密の微笑み、その彼女の微笑み。深遠で、閉じていて、それでいて人を惹きつけもする」

「数年間、それを誰も見ていない。微笑むと顔が痛む」

「クリスタ・ランダウアー」

男がブランデーを持ってやって来た。クリスタは古いローブを着て座っている。夜は澄み切っていた。

「君は人に気づかれたくないと思っている」

「それをあなたはどう思うの？」

「君は目立たない存在でありたい。僕はそれをいろんな面に見てとる。服、歩き方、姿勢。何よりも君の顔。君はわりと最近まで違う顔をしていた。これは間違いない」

「私たち、ほかにお互いのことで何を知っているかしら？」

「目で見えるもの」

「触れるもの。私たちが触れるもの」

「ドイツ語を喋って」と僕は言った。

「どうして？」

「それを聞くのが好きだから」

「ドイツ語、知ってるの？」

「音が聞きたいんだよ。ドイツ語の音が好きなんだ。重金属が詰まっている感じ。〝こんにちは〟と〝さようなら〟をどういえばいいかは知っているよ」

「それだけ？」

「自然に話してみて。何でもいいから言ってみて。打ち解けて話す感じで」

「ベッドでドイツ人になりましょう」

彼女は片脚をローブから出し、椅子に載せて座っていた。そしてブランデーのグラスと煙草を同じ手に握っていた。

「聞いてる？」

「何を？」

「よく聞いてごらん」

「波ね」と彼女は言った。

しばらくして僕たちは中に入った。僕は彼女がベッドに向かって行くのを見ていた。彼女は枕を一つどけてベッドに横たわり、天井を真っ直ぐ見上げて、片腕をベッドの脇から垂らした。そして人差し指を使って煙草の灰を床に落とした。煙が腕をつたって昇ってくる。気ままな恰好をしている女、くつろいでいる女というのは、いつでも僕の心に強い喜びを掻き立てた。無造作に寝そべる女。そして僕は、このクリスタの姿がやがて記憶の中で繰り返されることになるとわかっていた。目を見開き、はるか彼方を見つめている彼女。深い静けさをたたえた顔、みすぼらしいローブ、乱れたベッド。彼女が醸し出す、物思いに沈んでいる感覚、孤独と陰鬱なよそよそしさの感覚。腕から昇ってくる煙。そういったものが、彼女の姿にまつわりついているように思える。

僕はデスクに電話した。受付の男は、四時半に朝食を届けるよう手配すると言った。そして、五時にはルパートのタクシーが外で待っているようにしましょう、と。

突然、風が強くなった。鎧窓をカタカタといわせ、部屋にも吹き込んでくる。紙が飛び散り、カーテンは高く舞い上がった。クリスタは煙草の火を消し、灯りも消した。

かなり経ってから目を開けると、デスクのライトが点いていて、彼女が椅子に座っていた。ローブをはおり、何か書類を読んでいる。僕は腕時計を取ろうと手を伸ばした。ドアと鎧窓は閉まっていたが、雨の降る音が聞こえた。

「何時？」

「眠ってなさい」

「呼ばれたのに気づかなかったのかな？」

「まだ時間はあるわ。入口のところでベルを鳴らしてくれるのよ。まだ一時間ある」

「君に隣りにいてほしいんだよ」

「これを読み終えなきゃいけないの」と彼女は言った。「眠ってなさい」

僕はなんとか上半身を持ち上げ、肘で支えた。

「何を読んでいるの？」

「仕事よ。つまらないもの。あなたが知りたくもないものよ。そういうことは訊ねないの、あなたも私も。あなた、寝ぼけてるんでしょ？　じゃなきゃ、訊ねはしないわ」

「じきベッドに来るかい？」

「そうね、じきに」

「眠っていたら、起こしてくれるかい」

「起こすわよ」

「ドアを少し開けてくれる？　外の空気を感じたいんだ」

「いいわ」と彼女は言った。「もちろん、あなたのお望みのように」

僕はまた横になり、目を閉じた。そして、このあたりの砂浜の島々のことを考えた。二日間の航海、波がサンゴ礁でキラキラ輝いていたこと、カモメの腹が水に反射した光で緑色に見えたこと。


またまた広葉樹の木々と錯綜した低地、煙と雨の中を抜けていく曲がりくねった登り坂。今朝の光の加減で、景色が微妙な色合いを帯びていた。遠くのほうはあまり生き生きとした鮮明さはない。捉えがたい陰影のある一種類の深い緑色しかなかった。僕たちは最後の段階に達していた。出発して約四十五分後。僕は、それでもこれは変わり得ると思っていた。何らかの乱暴な天候の巡り合わせが、独特の触感や規模、緑の光の跳躍、揺らめきや輝きを作り出し、土地を変容させるかもしれない。そして、一面に草木が生い茂った土地に我々がいつも見出すように思える、意識に近いものが生まれる。クリスタは眠たげに首をこすっていた。僕は繰り返し外に目をやり、空を見上げた。前景では、色褪せたスカートをはいた女たちが道沿いに並んでいた。二人か三人ずつ定期的に現われ、湿った光の中に入って来る。骨太の顔、何人かは籠を頭に載せ、こちらを覗き込む。肩をいからせ、剝き出しの腕はピカピカ光っている。

「今回こそ、私たちは脱出するのよ」とクリスタは言った。

「君は運が巡ってきたと感じている」

「待つ必要さえない、最初のフライトで行けるわ」

「それが起こらなかったらどうする？」

「そんなこと、ささやくのもやめて」

「僕と一緒に戻るかい？」

「聞く耳持ちません」

「空港に留まるのはバカげているよ」と僕は言った。「七時間か八時間、待たなくちゃいけない。キャンセル待ちの順位はわかるから、すべて事務の人と打ち合わせるよ。ルパートは待ってくれる。ホテルに連れ帰ってもらおう。またしばらく一緒にいようよ。それから、空港に戻ればいいさ。二時のフライトに乗る、じゃなきゃ五時に、順番次第だ。いま重要なのは、僕たちの順位をはっきりさせることだよ」

ルパートはラジオを聞いていた。肩を楽そうな方向に傾けている。

「あなたって、これを楽しんでいるわけ？」と彼女は言った。「行ったり来たりを？」

「さまようのが好きなんだ」

「答えになってないわ」

「本当だって。さまようのが好きなんだ。チャンスがあるたび、いつでもちょっとさまよおうとするんだよ」

「あなたはホテルに戻りなさい。六週間、さまよっていれば？」

「一人じゃ嫌だよ」と僕は言った。

彼女は二日前と同じグレーのドレスを着ていた。ターミナルの外の砂利道で僕が振り返り、彼女を初めて見たときのドレス。そのとき彼女は道端に行儀よく立ち、強い陽ざしに顔を歪めていた。

「あとどれくらいかかる？　この場所、知ってるのよ」

「数分だよ」と僕は言った。

「ここって、私たちが道から外れそうになったところだわ。最初に来たとき。前から煙が噴き出していたの。そのときに悟るべきだった。最後までずっとさんざんだって」

「ルパートの車はそんなことにならないさ。そうだろ、ルパート？」

「車全体が煙に呑まれていくのを見るのよ」と彼女が言った。

僕は首を回して彼女を見つめ、僕らは微笑み合った。ルパートは音楽に合わせてハンドルを叩いていた。僕たちは何軒かの家を通り過ぎ、最後の勾配を登った。

僕はクリスタのチケットを受け取り、タクシーで待つように言った。搭乗できるとはっきりするまで、荷物はここに置いておくことにした。ターミナルの外で数人の人々がたむろしている。インド人かパキスタン人のずんぐりした男が出入口のそばに立っている。僕は前日、この男がカウンターのそばにいたのを覚えていた。ストライプのブレザーを着て、群衆に囲まれ、汗をかいていた。彼にまつわる何かのせいで——内省的な様子、ほとんど不気味なほどの落ち着きのせいで——自分もここで立ち止まるべきだと僕は感じた。

「墜落したっていう噂がある」と彼は言った。

僕たちは目を合わせなかった。

「何人乗っていたの？」

「乗客八人、乗組員三人」

僕は中に入った。ターミナルには二人しかおらず、カウンターは空っぽだった。僕はカウンターの向こう側に行き、事務室のドアを開けた。白いシャツを着た男が二人、互いの背を着けて置かれた二台のデスク越しに向かい合っていた。

「本当ですか？」と僕は言った。「墜落したって？」

彼らは僕を見た。

「トリニダード発のフライトです。六時四十五分のバルバドス行き。墜《お》ちてないですよね？」

「フライトはキャンセルされました」と一人が言った。

「外では、海に墜落したって話になっていますよ」

「いえいえ、キャンセルです」

「何があったんです？」

「離陸するチャンスがなかった」

「風です」ともう一人が言った。

「いろいろと問題があったんです」

「じゃあ、キャンセルになっただけなんだ」と僕は言った。「たいしたことはない、と」

「あなたは電話しませんでしたね。ここに来る前に電話で確かめないといけません。かならず電話してください」

「ほかの人たちは電話したんですよ」ともう一人が言った。「だから、ここにいるのはあなただけなんです」

僕は彼らにチケットを見せ、一人が僕らの名前を書き取った。そして、次の飛行機は二時の出発に間に合うように到着するはずだと言った。

「我々の順位は?」と僕は言った。

空港に来る前に電話するように、と彼は僕に言った。僕は人気《ひとけ》のとだえたターミナルを歩いた。ずんぐりした男はまだ入口の外にいた。

「墜ちたんじゃない」と僕は彼に言った。

彼は僕を見つめ、考えていた。

「じゃあ、飛んでる?」

僕は首を振った。

「風だよ」と僕は言った。

数人の子供たちが駆け足で通り過ぎた。ルパートのタクシーは三十メートルほど先の小さなスペースに停まっていた。運転席には誰もいない。近づくと、クリスタが後部座席で身を乗り出すのが見えた。彼女は僕に気づくと、車から降り、ドアを開けたまま待っていた。

墜落の噂から始めるのがベストだろう。それが本当ではないとわかれば、彼女はホッとするはずだ。そうなれば、キャンセルのことも受け入れやすくなるだろう。

しかし、話し始めると、そんな戦略は無意味だと気づいた。彼女の顔はだんだんと死人のようになっていった。内面でありとあらゆる自己が崩れていく。彼女は届かない存在と化し、ぴくりとも動かなかった。僕はほかにどうしたらよいかもわからず、ただ説明し続けた。人がふだん外国人に対してするよりもずっと明瞭に喋っている、と意識せずにいられなかった。少し雨が降った。たぶん今日のあとのフライトで脱出できるということを僕は説明しようとした。ゆっくりと、はっきりと喋った。子供たちがまた走って来た。

クリスタの唇が動いたが、言葉は出てこなかった。彼女は僕を押しのけ、道を速足で歩いて行った。タール紙張りの小屋の裏にある藪の中で、ようやく僕は彼女に追いついた。彼女は僕の腕の中に倒れ込み、震えていた。

「大丈夫だよ」と僕は言った。「君は一人じゃない、悪いことは起こらないよ、一日だけだし。大丈夫だよ、大丈夫。しばらく一緒にいよう。それだけだよ。もう一日、それだけ」

僕は彼女を後ろから抱き締め、とても静かに語りかけた。僕の口は彼女の右耳の曲線に触れていた。

「ホテルで二人きりでいよう。僕たち以外に客はほとんどいない。一日中休んで、何も考えないでいればいい。何一つ。君が誰で、どうしてここから出られなくなり、次にどこに行くのかなんて、どうでもいい。君は動く必要もないよ。日陰に寝ていればいい。日陰に寝そべるのは好きだろう?」

僕は手の甲で彼女の顔にやさしく触れてやった。何度も何度も撫でた。撫でるという、愛らしい言葉。

「僕たちは一緒にいよう。君は休んで、眠ればいい。今夜は静かにブランデーを飲もう。そうすれば、気持ちも落ち着くよ。きっとそうなる。絶対にそうだって信じている。君は一人じゃない。大丈夫だよ、大丈夫。この最後の時間を一緒に過ごそう。それだけさ。そして、僕にドイツ語で語りかけてくれ」

僕たちは小雨の中、タクシーの開いたドアまで道を戻った。ルパートは銀のメダルを胸につけ、運転席に座っていた。エンジンはもうかかっていた。

第三次世界大戦における人間的瞬間

Human Moments in World War III (1983)

柴田元幸訳

ヴォルマーについて。彼はもはや地球のことを、図書館にあるたぐいの地球儀として語らない。生命を帯びた地図としても、広大な空間に見入る宇宙的な眼としても語らない。この広大な宇宙云々というイメージは、ヴォルマーとしては精一杯思い切った想像力の飛翔だった。戦争によって、彼が地球を見る目は変わった。地球とは、体《てい》よく辞書的に言えば、陸と水から成る、死すべき人間たちの生息地である。彼はもはや地球を、華麗なる言語を弄すべき場（嵐が渦巻き、海は明るく、熱と靄と色とを呼吸し……）、呑気な戯れや思索のための場と見ていない。

ここ二二〇キロメートルの高度からは、船の航跡や大きめの空港が見える。氷山、稲妻、砂丘が見える。私は溶岩の流出を指さし、寒冷海流を示す。私はヴォルマーに言う。ほら、アイルランド沖のあの銀色の縦縞、あれは油が浮いてるのさ。

軌道周回任務は私にとって三回目、ヴォルマーにとっては初めてだ。彼はエンジニアリングの天才である。通信技術と兵器技術の天才である。もしかしたらほかにもいろんなことの天才かもしれない。私はといえば、周回任務の専門家として、この仕事の責任者であるだけで満足だ（コロラド・コマンドの標準的用法どおり、ここで「専門家」とは何も専門のない人間を指す）。我々の乗っている宇宙船は、情報収集を主眼に設計されている。量子燃焼の技術が洗練されたおかげで、いちいちロケットを噴射しなくとも頻繁に軌道を修正できるようになっている。我々は高く大きな軌道に突入し、地球全体をいわば精神の光として、敵意を有する可能性のある無人衛星を調査する。ぴったり、きちんと我々は軌道に乗り、人跡未踏の場の表層の動向をじっくり観察する。

核兵器が禁止されて、世界はいまや戦争に関して安全な場となった。

私は仰々しい問題を考えたり、とりとめのない抽象的思考に陥ったりしないよう気をつけている。だが、時にはそういう欲求に襲われてしまう。人工衛星の軌道は、人間を哲学的な心情にする。どうしてそれが避けられよう？　我々は惑星を丸ごと目にしている。きわめて特権的な視点を得ているのだ。その特権に相応しくあろうとするなかで、どうしても人間の状況といったような問題を偉そうに考えてしまう。我々は諸大陸の上を漂い、世界のへりを、コンパスの描く弧のようにくっきり伸びた線を目にする。あのカーブを曲がれば大西洋の黄昏があることを我々は知っている。堆積物プルームと藻床《もどこ》とがあり、薄暗い海にあって淡い光を放つ群島があることを知っている。そういうとき、人は宇宙的な感情を抱かずにはいられないのだ。

ただの景色じゃないか、私はそう自分に言い聞かせる。ここでの我々の生活を、私はごくありふれたものとして考えたい。一種家事上の取り決めのようなもの、谷間における住宅難もしくは春の洪水によって余儀なくされた苦肉ではあれ有効な対応策のようなものだと。

ヴォルマーはチェックリストに従ってシステムを点検し、それから休憩をとりにハンモックへ行く。彼は二十三歳、やや長めの頭部に髪を短く刈り込んだ若者だ。北ミネソタの話をしながら、ヴォルマーは自分の個人キットに入れた品を一つずつ取り出す。それをハンモックのかたわらの、マジックテープが貼られた表面に置き、愛おしげに眺める。私の個人キットには一九〇一年の一ドル銀貨が入っている。めぼしいものはそれくらいだ。ヴォルマーの箱には、卒業式の写真や、墺のふたや、自宅の裏庭にあった小石が入っている。それらの品々を自分で選んだのか、それとも宇宙での生活は人間的瞬間に乏しいのではと心配した両親に押しつけられたのか、そのあたりのことはわからない。

我々のハンモックは、ひとまず人間的瞬間なのだと思う。これもコロラド・コマンドの計算のうちなのかどうかはわからないが。我々はホットドッグやアーモンドバーを食べ、就寝前チェックリストに従ってリップクリームを塗る。噴射パネルの前ではスリッパをはく。ヴォルマーのフットボール用ジャージは人間的瞬間である。特大サイズの、紫と白の、ポリエステルのメッシュ。背番号が入っている。79番、大男の番号、これといって特徴のない素数。それを着た彼は、妙に撫で肩で、異様に細長い体形に見える。

「日曜日にはいまだに気が滅入る」と彼は言う。

「ここでも日曜日があるのかな?」

「ない。でもあっちにはある。それがいまだに感じられるんだよ。日曜が来るとかならずわかる」

「どうして気が滅入るのかな?」

「日曜のまだるっこしさ。陽の光もどこか違う。暖まった芝生の香り。教会の礼拝。よそ行きを着て訪ねてくる親戚。一日が永遠に続くみたいな感じ」

「俺も日曜は嫌いだったな」

「のろいんだけど、のんびりのろいんじゃないんだ。長くて暑い。じゃなけりゃ長くて寒い。夏になるとおばあちゃんがレモネードを作った。何もかもが決まってた。前もって一日の手順が出来上がっていて、まずめったに変わらない。軌道を飛ぶのも手順は決まってるけど、それとは違う。飛んでいて満足できる。時間に形と実体を与えてくれる。でも日曜には形というものがなかった。何が起こるかはわかってる。誰が来るのかも、みんなが何を言うのかもわかってる。でも形はなかった。それぞれの人間が開口一番何と言うか、向こうが口を動かす前から全部わかるんだよ。俺はその中でただ一人の子供だった。みんな俺を見て喜んだ。俺はいつもどこかに隠れたかった」

「レモネードがどうしていけないのかな?」と私は訊ねる。

無人の戦闘管理衛星が、軌道領域ドローレスにおける高エネルギーのレーザー活性を報告する。我々はレーザー・キットを取り出し、三十分にわたって検討する。レーザー照射の手順は複雑であり、パネルは二人が同時に操作しないと動かない。だから定められた段取りを、細心の注意をもって練習しないといけない。


地球について。地球は昼と夜の保護区である。地球はまっとうな、均衡の取れた多様性を包含し、自然な目覚めと眠りを収容している。少なくとも、その潮の影響の外に置かれた人間にはそう思える。

だからこそ、ミネソタの日曜日をめぐるヴォルマーの発言は興味深い。あの本質的に地上に根ざしたリズムを、彼はいまだに感じている。あるいは感じていると主張している。あるいは感じていると思っている。

地球からこれだけ隔たった人間から見ると、さまざまな物は、何らかの力強い数学的真理の隠れた単純さを明かすためにそれぞれ固有の形態において存在しているように思える。地球は我々に昼と夜の美を、単純にして畏怖すべき美を見せてくれる。地球はそこにあって、それら概念的な出来事を含み、取り込んでいる。


短パンに吸盤靴をはいたヴォルマーは、高校の水泳選手みたいに見える。体毛のほとんどない、いまだ未完成の男。自分が残酷な視線に晒《さら》されていることも、自分には何も身を護る手立てがないことも知らずに、腕組みをして、声がやたら反響し塩素の靄がたちこめるプールサイドに立つ水泳選手。彼の声にはどこか間の抜けたところがある。それはあまりに直接的な、口のずっと上の方から出てくる太い声である。ほんのわずかしつこい感のある、いささか耳ざわりな声。ヴォルマーは私の面前で一度も間の抜けたことを言ったことがない。間が抜けているのは声だけだ。重たい、むき出しの低音、抑揚も息つぎもない声。

船の中は決して窮屈ではない。操縦室も乗組員室も、綿密に設計されている。食べ物は可から良といったところ。本やビデオ、ニュースや音楽もある。我々は手動チェックを行ない、口頭チェックを行ない、退屈や怠慢のそぶりも見せずに模擬噴射に携わる。すべての作業において、我々はますます熟練の度を増してゆく。唯一の危険は会話である。

我々の会話を日常的次元に保つよう私は努めている。自ら念じて些細なこと、決まりきったことを話す。これは賢明な選択だと私は思っている。こうした状況にあっては、よく知っている問題、さして重要でない事項に話題を限るのが得策と思うのだ。私は日常的事物によってひとつの砦を構築したいのである。だがヴォルマーは、きわめて壮大な問題を持ち出す傾向がある。彼は戦争について、戦争兵器について話したがる。全世界的戦略、全世界的攻撃をめぐって議論したがる。私は彼に言う。地球を宇宙的な眼と言うのをやめたと思ったら、今度はゲーム盤としての、コンピュータ・モデルとしての地球かね、と。彼は屈託のない顔で私を見て、理論的な議論に私を引きずり込もうとする。宇宙空間を拠点に据えた選択的攻撃と、陸海空を巧みに組みあわせた長期戦との比較。彼は権威筋の発言を引用し、情報源の名を挙げる。私は何と言ったらいいのか？　次にヴォルマーは、人々はこの戦争に失望しているんじゃないだろうかと問いかける。戦争はだらだらと長びき、すでに三週間目に入っている。この戦争にはどこかくたびれたような、使い古されたような感がある。彼はそのことを、我々が定期的に受信するニュース放送から察知している。アナウンサーの声の中の何かが、失望、疲労感、かすかな苛立ちをほのめかしている。何についてかはわからない、でも何かについての苛立ちがそこにはある。たぶんヴォルマーの言うとおりだろう。私自身、アナウンサーの口調、コロラド・コマンドの声にそれを聞きとっている。むろん我々に届くニュースは検閲を通っている。我々は特殊な状況にある。無防備でデリケートな立場に置かれている。向こうはそれを配慮に入れて、好ましくないと判断したニュースは送ってこない。だがそれでも感じは伝わってくる。彼らしい直接的な、間の抜けた響きの、無気味に鋭敏な言い方で、若きヴォルマーは言う。従来、戦争はつねに楽しまれ、活力の源とされてきた。だが人々はこの戦争をかつてのように楽しんではいない。戦争はいつだって刺激の手段、定期的な緊迫の手段だった。なのに今回の戦争はそうではないのだ、と。ヴォルマーに関して気に喰わないのは、私の奥深い、嫌々抱いている確信を、彼がしばしば共有していることである。その穏やかな顔、真面目でよく響く切れ目のない声から出てくると、それらの考えは私をたじろがせ、不安にする。口にされない限り決してそんなことはないのに。私としては言葉が密やかなものであってほしい。心の奥の闇にしがみついていてほしい。ヴォルマーの率直さが、何かひどく辛いものを引きずり出すのだ。

もういまやこの戦争は、以前の戦争の懐古的な影を見てとっていい段階に入っている。あらゆる戦争は過去をふり返る。船、飛行機、作戦、それらはみな古《いにしえ》の戦闘の名や、より素朴な武器にちなんだ名を与えられる。我々から見て、より高尚な意図を有していたと思える戦闘にちなむ名前を与えられるのだ。この偵察＝迎撃用宇宙船の名もトマホークⅡである。私が噴射パネルに座ると、ヴォルマーのおじいちゃんの写真が見える。まだ若者で、くたびれた戦闘服を着て、浅いヘルメットをかぶりライフルを肩にかついで、何もない野原に立っている。これは人間的瞬間である。そして私は、戦争というものが渇望の一形態でもあることを思い出す。

我々はコマンド・ステーションにドッキングし、食料を仕入れ、ビデオカセットを交換する。戦争はうまく行っている、と彼らは言う。もっとも連中だって、我々よりそう多くを知っているとは思えない。

それから我々はステーションを離れる。

操作は完璧に進む。私は上機嫌で満ち足りた気分になる。我々は外の世界のもっとも近い部分と人間的接触を再開したのだ。気のきいた皮肉や男らしい悪口を言いかわし、たがいの声を聞きあい、ニュースや噂を交換したのだ。無駄話、雑談、ゴシップ。我々はブロッコリーとアップルサイダーとフルーツカクテルとバタースコッチプディングを補給した。カラフルに包装された品々を収納しながら、私は家庭的な気分に浸る。裕福な生活の感触、消費者の堅実な心地よさ。

ヴォルマーのTシャツには、献辞《インスクリプション》という文字が入っている。

「人はかつて、自分より大きなものに捉えられたいと願っていた」と彼は語る。「そうすれば危機を共有できると彼らは思っていた。目的を、運命を、みんなで共有している気持ちになれると思っていた。大都市を包み込む吹雪みたいに――しかもそれが何か月も、何年ものあいだ、みんなを支えてくれるんだ。それまでは疑念と恐怖しかなかったところに、連帯感が生まれる。見知らぬ他人同士が語りあい、停電になれば蠟燭の光で飯を食う。戦争は我々のあらゆる言葉、あらゆる行為を気高いものにしてくれるはずだった。人間的要素のなかったところにそれが生じる。孤立していたものが共有される。でも、危機を共有しているんだという感覚が、思っていたよりずっと早く薄らぎはじめてしまったら？　我々は考えはじめる。これじゃ吹雪の方がまだしも長持ちするじゃないか、と」

選択性雑音について。四十八時間前、ミッション・コンソールでデータをモニターしていたときのこと。コロラド・コマンドに向けて私が報告を送っていると、誰かの声が割り込んできた。

合成音ではなく、スタティック・ノイズもひどかった。私はヘッドホンをチェックし、スイッチ系統と照明系統をチェックした。数秒後、ふたたびコマンド・シグナルが届き、操縦管理官がリダンダント・センス・フリークェンサーに切り換えるよう指示してきた。私は言われたとおりにしたが、さっきの弱い声が戻ってきただけだった。奇妙な、どこか心にひっかかるような声だ。どこかで聞いたような気がする。誰の声だかわかるわけではない。その口調に聞き覚えがあるのだ。なかば思い出された懐かしい出来事の感慨が、スタティック・ノイズを、音の靄を通して伝わってくる。

いずれにせよ、コロラド・コマンドは数秒後に通信を再開した。

「通信異常発生、トマホーク」

「了解している。人の声がする」

「こちらは著しいオシレーション」

「何か干渉が入っている。リダンダントに切り換えてみたが、足しになったかどうか」

「発生源探知のためアウトフレームをクリア中」

「ありがとう、コロラド」

「たぶんただの選択性雑音だろう。階段関数クォッドではシロと出ている」

「人の声だった」と私は彼らに言った。

「たったいま選択性雑音確認の報告が入った」

「言葉が聞こえたんだ、英語の」

「こちらは選択性雑音を受信している」

「誰かが喋っていたんだよ、コロラド」

「選択性雑音とは何だと思う？」

「知らんね」

「無人衛星から信号が漏れてくるんだ」

「無人でどうやって声が送れる？」

「声そのものじゃないんだよ、トマホーク。選択性雑音なんだよ。これについちゃ遠隔測定のデータもきっちり出てる」

「声みたいに聞こえたがな」

「声みたいに聞こえるように出来てるんだよ。でも声そのものじゃない。合成音だ」

「合成音には聞こえなかったよ。あらゆる点で人間の声に聞こえた」

「信号なんだよ。信号が静止軌道から漏れてきて、それが通信異常を起こすんだ。君は三万五千キロ先からのボイスコードを受信したんだよ。中身はだいたい気象報告だ。こちらで速やかに処理する。当面はリダンダントをオンにしておくといい」

　およそ十時間後に、ヴォルマーがその声を聞いた。やがて彼は二人、三人と、別の人間の声を聞いた。人が話している声、会話している声。彼はそれを聞きながら私に向かって合図し、ヘッドホンを指さして、肩を上げ両手を広げて驚きと戸惑いを伝えてきた。雑音がひどかったので（と彼はあとで言った）話の中身をつかむのは難しかった。スタティック・ノイズは絶え間なく入ってくるし、話題も捉えどころがなかった。が、ヴォルマーが言うには、信号がどんなに弱いときでも、声には妙に胸に訴えるものがあった。ひとつだけ俺にも確かにわかることがある、とヴォルマーは言った。あれは選択性雑音なんかじゃない。ある種の悲しみみたいなもの、おそろしく純粋でおそろしく優しい悲しみみたいなものが、遠い宇宙空間から送られていたんだよ。はっきりしたことは言えんが、会話にはちゃんと背景音もあったと思う。笑い声とか。人間が笑っている音だよ。

我々はその後の通信において、テーマソング、アナウンサーの紹介、ジョーク、拍手喝采、ずっと昔に失われたブランド名の商品のコマーシャルを受信している。はるか以前に存在した、砂と川泥に埋もれた大都市の黄金時代を喚起するブランド名。

どういうわけか我々は、四十年、五十年、六十年前のラジオ番組の信号を受信しているのだ。

我々の当面の任務は、編隊配置をめぐる画像データの収集である。ヴォルマーは目下、ハッセルブラッド・カメラを抱え込んで何やら微調整に没頭している。海の方に向かって層積雲が膨らんでいる。陽光と沿岸流。ペルシャ絨毯のようにあざやかに青いなかに、プランクトンの異常発生が見える。花のような青色はこの上なく見事で、まるで生物の恍惚のようだ。何らかの内的歓喜が、色彩の変化によって表わされているような。表面のさまざまなかたちが広がってゆくなか、私はそれらの名を一つひとつ口にする。それは宇宙空間において唯一私が楽しむゲームだ。地球をめぐる名前、地理的輪郭と構造の名称、それらを列挙すること。氷河浸食、氷成堆積物。多重リングクレーターのシャッターコーン形成。再生カルデラ、胸壁状縁辺岩。今度は砂の海。パラボラ砂丘、星形砂丘、放射型頂上を備えた直線状砂丘。土地が空虚であればあるほど、その特徴を表わす名はより華々しく、より厳密になっていく。ヴォルマーに言わせれば、科学がなし遂げるもっとも優れた行ないは、世界の諸特徴に名前を与えることだ。

ヴォルマーは科学とテクノロジーの学位を持っている。学生時代は奨学金を与えられ、成績優秀生で、リサーチ・アシスタントだった。さまざまな科学プロジェクトを運営し、口蓋から転げ落ちてくるような太い真面目な声で研究発表を行なった。周回任務の専門家（非専門家）として、私は時おり、彼が示す非科学的な認識を不快に思うことがある。成熟と、均衡のとれた判断力を垣間見て、はなはだ面白くない気持ちになる。何だかこっちの領分を侵されたような気がするのだ。私としては彼に、システム、パネルから送られる指示、データのパラメータ、そういったものに専心していてほしい。彼の人間的洞察は私を不安にする。

「俺は幸福だよ」と彼は言う。

その言葉は明快な事実として、きっぱりした口調で述べられる。その単純な発言は私を激しく動揺させる。恐怖に陥れると言ってもいいくらいだ。いったいどういう意味だ、俺は幸福だよって？　幸福なんて俺たちの座標系のまるっきり外にあるんじゃないのか？　どうしてこんなところで幸福が可能だなんて思えるんだ？　私は彼に言ってやりたい。「これはただの家事上の取り決めなんだよ。大筋はもう決まってる仕事を一つひとつこなしていくだけなんだよ。仕事に専念しろよ、テストを続けろよ、チェックリストを確認しろよ」。私は言ってやりたい。「想像力なんて忘れろよ、物事の全体像も、戦争自体も、恐ろしい死も忘れろよ。万物の上に広がる夜も、静止点としてのそして数学的領域としての星も忘れろよ。宇宙的孤独も、こみ上げてくる畏敬も恐怖も忘れろよ」

私は言ってやりたい。「幸福とはこんな経験から生じる事実じゃない。少なくともそれをあえて口にできるほど、こんな経験から生じはしない」

レーザー・テクノロジーはその中核に予言と神話を抱え込んでいる。それは小綺麗な致死薬のパッケージである。お行儀のいい光子ビーム、巧みに管理された一貫性、そういうものを我々は扱っている。が、それに接する我々の心は、古代そのままの懸念や恐怖でいっぱいなのだ（人間が進化したおかげで設計・生産が可能になった兵器に対して、同じ人間が原始的な恐れを抱く。こうした皮肉な状況を言い表わす用語があってしかるべきだ）。だからこそたぶん、このプロジェクトの責任者たちは、二人の人間——二つの気質、二つの魂——が協同してコントロールを操作しないことには作動しない噴射システムを作るよう指示されたのだろう。光の力に対する恐れ、宇宙の物質性そのものに対する恐れ。

一人ぽつんと孤立した暗い精神が、突如霊感を受け、商業上の目的で高度一万メートルを飛ぶずんぐりむっくりのボーイングめがけて集束ビームを浴びせることに解放を見出す——なんてことだってありうるのだから。

ヴォルマーと私は噴射パネルに近づく。パネルは二人の操縦者が背中合わせに座るよう設計されている。コロラド・コマンドははっきりそう言ってはいないが、これは我々がたがいの顔を見ないようにするためである。とりわけ兵器を扱う人員が、相手の動揺や狼狽に影響されることのないよう、コロラドも万全を期しているのだ。かくして我々は背中合わせに椅子に縛りつけられる。準備は完了。ヴォルマーは紫と白のジャージを着て、ふかふかのスリッパをはいている。

これは単なるテストである。

私は再生をはじめる。あらかじめ録音された声の指示にしたがって、我々はそれぞれモーダル・キーをしかるべき鍵穴に差し込む。そして二人一緒に五からカウントダウンし、キーを左に四分の一回転させる。これでシステムがいわゆるオープンマインド・モードに入る。我々は三からカウントダウンする。合成音が言う。これでオープンマインド・モードに入りました。

ヴォルマーが声紋分析器に向かって喋る。

「こちらコードB、ブルーグラスのB。声紋判定クリアランスを求む」

我々は五からカウントダウンし、声紋分析器に向かって喋る。何でもいいから頭に浮かんだことを喋る。要はメモリー・バンクに登録された声紋に適合する声を発すればいいのだ。これによって、パネルに座った人物が、システムがオープンマインド時にそこに座る権限を与えられた本人であることが確認される。

私の頭に浮かぶのはこんなことである。「私は四番通りと本町通りの角に立っている。何千人もの人間が原因不明で死んでいて、焼け焦げの死体が街頭に山と重なっている」

我々は三からカウントダウンする。合成音が言う。クリアされました。これでロックイン・ポジションに進めます。

我々はモーダル・キーを右に二分の一回転させる。私はロジック・チップを作動させ、スクリーンに映った一連の数字を点検する。ヴォルマーは声紋分析器を外し、ボイス・サーキットを通して我々の声を搭載コンピュータの検出メッシュにつなぐ。我々は五からカウントダウンする。合成音が言う。ロックインが完了しました。

我々は一歩一歩ステップを進めていく。次第に高まる満足感が私の体を貫く。限られた者だけが知る、秘密の技に携わる悦び。具体的なルールによって、パターンやコードやコントロールによって、呼吸一つひとつが統制されている生活。私はこうした操作から生じる事態について考えまいとする。その全体的意義を、精密にして秘儀的な作業の連なりがもたらす結末を、頭の外に追いやろうと努める。だがうまく行かないことも多い。私はつい、そのイメージを中に入れてしまう。その思いを思考してしまう。時にはその言葉を口にしてしまいさえする。もちろんこれは困惑の種である。だまされたような気になる。私の悦びが、あたかもそれ自体の生命を持っているみたいに、裏切られた気分を覚える。噴射パネルに座った男とは別個の、子供のような、あるいは知的動物のような存在としての私の悦び――その悦びが、裏切られた思いを味わうのだ。

我々は五からカウントダウンする。ヴォルマーがシステムパージング・ディスクを外すレバーを引く。私の脈拍マーカーが三秒間隔で緑に光る。我々は三からカウントダウンする。我々はモーダル・キーを右に四分の三回転させる。私はビーム・シークェンサーを作動させる。我々はキーを右に四分の一回転させる。我々は三からカウントダウンする。ブルーグラスがスピーカー・ボックスから流れる。合成音が言う。これで噴射モードに入りました。

我々は世界地図キットを吟味する。

「自分の中に力を感じることってないか？」とヴォルマーが言う。「こう、自分がものすごく健康になったみたいな。傲慢ないい健康――うん、それだよ。とにかくものすごくいい気分で、自分がほかの連中より少しばかり偉いような気がしてくる。生命力、みたいな。要するに他人をダシにして、自分について楽天的になるんだ。そういうふうに感じることってないか？」

（うん、あるとも。）

「たしかドイツ語にこういう気持ちを表わす言葉があったんだけどな。でも俺が言いたいのはね、つまり、この力強い気持ちっていうのが、すごく――何て言うかな――すごくもろいってことなんだ。うん、それだよ。ある日にはそれを感じている。だけど次の日にはいっぺんに、自分なんてちっぽけで、この先どうしようもないって気になっちまう。たった一つ何かうまく行かないことがあるだけで、先行き真っ暗に思えてくるんだよ。まるっきり無力な負け犬。力強い行動なんてできない。まともな行動さえできやしない。そんな感じがするんだよ。ほかの人間はみんなラッキー、自分だけがアンラッキー。自分だけが不遇で、みじめで、無能で、お先真っ暗で」

（わかるよ、わかるとも。）

　我々は現在たまたまミズーリ川の上空にいて、ミネソタの上下レッド湖の方角を向いている。ヴォルマーが地図キットを検証し、二つの世界を整合させるのを私は見守る。地図の正確さを確認すること。そこには深い、神秘的な幸福感がある。ヴォルマーは心底満足そうだ。彼は何度も言う。「そうそう、そうそう」と。

　ヴォルマーは自分の少年時代の話をする。軌道に乗ってから、彼は生まれて初めて幼年時代をふり返るようになった。幼年時代をめぐる記憶の力に、彼は驚いている。話しながら、何度も顔を窓の方に向ける。ミネソタは人間的瞬間である。上レッド湖、下レッド湖。明らかに彼は、そこに自分自身の姿が見える気がしている。

「子供は散歩になんか行かない」と彼は言う。「日光浴をしたり、ポーチに座ったりもしない」

　彼はこう言いたいらしい。子供の生活というのは、あまりに中身が詰まっているから、我々大人が依存しているような、わざわざ強化した生き方などを受け入れる余地はないのだ、と。なかなか気のきいた考えである。だがいまそれについて深く考える余裕はない。量子燃焼の準備の時間なのだ。

我々は昔のラジオ番組を聞く。光が閃き、青い帯の縁を走り、夜明けの上、日没の上、影に覆われた都会の格子縞の上に広がる。一組の男女がしかるべきタイミングで言葉を交わす。洒脱でぴりっとした軽口の叩きあい。歌う若者のテナーには感じのよい響きがある。時間と、距離と、ランダムノイズとが、雄弁さと渇望とにくるんで伝えてくる、素朴な元気よさ。あらゆる音、あらゆる弦の響きが、時代がかった艶を帯びている。聞いたことがあるはずもないのに、ヴォルマーはこれらの番組を覚えていると言う。いかなる奇妙な偶然、いかなる物理法則のスタンドプレーもしくは恩寵によって、我々はこれらの信号を受信しているのか？　ひっそりくぐもった、濃密な、旅を続けてきた声。時おりそれらの声は、幻聴にも似た、どこか醒めたような、シュールな響きを帯びる。屋根裏部屋の声、亡くなった親戚の呟く愚痴。だが効果音の方は、切迫感に満ち、力強い。自動車が危険なカーブを切って、乾いた銃声が夜を満たす。戦時中だったのだ。戦時中なのだ。デューズ洗剤とグレープナッツ・シリアルの戦時中。コメディアンたちは敵の喋り方を面白おかしく真似てみせる。我々はヒステリックな偽ドイツ語を聞き、訳のわからないインチキ日本語を聞く。都市は光に包まれ、夜が静かに訪れるなか、戦争中とはいえ何百万の人たちが食事を終え、眠気を誘う部屋にのんびり集まって、ラジオを聞く。俺はこの一瞬一瞬を覚えている、とヴォルマーは言う。コミカルな抑揚とか、アナウンサーの太った男特有の笑い方とか。

スタジオに集まった聴衆の笑い声の中から浮かび上がった一人ひとりの声を彼は思い出す。セントルイスの会社員のくっくっという笑い。カリフォルニアに引っ越してきたばかりの、肩をいからせた金髪女のキンキン耳ざわりな笑い。今年のカリフォルニアでは、女たちはみな髪をふんわり束ね、かぐわしい香りを発散させている。

ヴォルマーはラウンジの空間を漂う。上下逆さになって、アーモンドバーをかじりながら。彼はときどきハンモックから浮かび出て、胎児のように体を丸めて空中で眠る。壁にぶつかったり、天井の格子の一角にくっついたりしながら。

「一分考えさせてくれ、その名前思い出すから」と彼は寝言を言う。

彼は垂直な空間を夢に見ると言う。夢の中で、少年に戻った彼は、その空間から何かを見ている。何をかはわからない、だが何かを見ているのだ。私の夢はもっと重苦しい。目覚めるのに苦労する夢、抜け出るのが難儀な夢だ。夢は私をがっちり押さえつけ、その濃密さでもって私の頭を重くし、薬づけにされたような、膨張したような気分にする。顔のない満足感を伴った、漠然と不安な感じの出来事を私は見る。

「考えてみりゃ、ほとんど信じがたいよ。あんな氷だの砂だの山だの荒野だのの中で生きてるなんて。見ろよ」と彼は言う。「ものすごく広い不毛の砂漠。ものすごく広い海。あんな恐ろしいもの、みんなどうやって耐えてるんだ？　洪水ひとつとったって、地震ひとつとったって、あんなとこに住むなんて狂気の沙汰だよ。あの断層を見てみろよ。馬鹿でかいのがそこらじゅうにあるじゃないか。火山の噴火ひとつとったって。火山の噴火ほど恐ろしいものがあるか？　毎年毎年、判で押したみたいに起こる雪崩。そんなものどうやって我慢できる？　あんなところに人間が住んでるなんて、ほんとに信じられないよ。洪水ひとつとったって。見ろよ、そこらじゅうに馬鹿でかい洪水の跡があるじゃないか。浸水して、すっかり変色しちまってる。みんなどうやって生きのびてるんだ？　どこへ行くんだ？　あそこに集まった雲を見ろよ。あそこで渦巻いてる台風の目を見ろよ。あんな台風が通過したら、そこに住んでる奴はどうなる？　きっとものすごい風が吹くにちがいないよ。稲妻ひとつとったって。海岸とか、木や電信柱のそばとか、まるっきり無防備の人間がいっぱいいるんだよ。あそこに都会がある。四方八方に光が広がってる。あそこの犯罪と暴力を想像してみろよ。低く垂れこめた煙を見ろよ。呼吸器官にどれだけ影響する？　狂ってるよ。あんなところに誰が住みたがる？　砂漠はどうだ、じわじわ広がってるじゃないか。毎年毎年、耕作地にくい込んでいくんだよ。あの雪野原の大きさはどうだ。海の上に浮かんでる馬鹿でかい暴風雨前線を見ろよ。あの下に船がたくさんいるんだぜ。中にはずいぶんちっちゃい船だってあるんだよ。波とか、揺れとか、考えてみろよ。ハリケーンひとつとったって。津波。津波にさらされた海辺の地帯を見ろよ。津波ほど恐ろしいものがあるか？　なのにみんなあそこに住んでる。あそこから動かない。だいたいどこへ行けるっていうんだ？」

私は彼とカロリー摂取について話しあいたい。耳栓の効果、鼻炎薬の効用について話しあいたい。耳栓は人間的瞬間である。アップルサイダーやブロッコリーは人間的瞬間である。ヴォルマー自身も人間的瞬間である。特にいまが戦争中であることを忘れているときの彼は。

短く刈り込んだ髪と、やや長めの頭部。わずかに飛び出た、穏やかな青い瞳。瘦せて撫で肩の人間にありがちな出目だ。長い手と、長い腕。穏やかな顔だち。ライトバンに乗った便利屋の気さくな顔である。バンの屋根には伸縮式の梯子が取りつけられ、緑と白の、すり傷だらけのナンバープレートには、州のモットーが数字の下に書かれている。そんな感じの顔。

あんたの散髪をしてやるよ、と彼は言ってくれる。考えてみれば、散髪とは非常に興味深い行為である。戦争がはじまるまでは、そういった行為のためにきちんと時間が割り振られていたものだ。ヒューストンは万事きちんと前もってスケジュールを組み、つねに我々をモニターし、そこから生じるささやかなフィードバックを逐一チェックしていた。我々はコードをつながれ、テープを貼られ、スキャンにかけられ、診断され、計測された。我々は宇宙飛行士であった。細心の注意を注ぐに値する、この上なく深い愛情と不安を寄せるに値する存在であった。

いまは戦争中だ。誰も私の髪なんかに構わないし、私が何を食べようと、宇宙船の内装について私がどう感じようと、誰ひとり気にしない。我々が現在接触を保っているのは、ヒューストンではなくコロラドである。我々はもはや、不慣れな環境の中を漂う脆弱な生物学見本ではない。光子や中間子でもって、敵にいつ殺されてもおかしくない存在である。電荷を帯びたそれらの粒子は、カルシウム不足だとか、内耳障害だとか、そんなものよりずっと早く我々を殺せる。流星塵よりも速く。いまや我々をめぐる感情は変わった。我々はもはや、気まずい事故死を起こす危険を抱えた存在ではない。何らかのミス、不慮の事態によって、どう反応したらいいのか国民を当惑させてしまう可能性を抱えこんだ存在ではない。戦地に赴いた兵士として、我々は、たとえ死に瀕しようとも、自分の死が人々の心の中に単純明快な悲しみを引き起こすだろうと確信できる。国民がそのもっとも素朴な儀式を飾るために、迷わず、感謝の念とともに利用しうる、率直で信頼しうる感情としての悲しみ——それを引き起こすだろうと確信して死ねる。

宇宙について。ヴォルマーは、我々の惑星は知的生命を抱えた唯一の惑星である、という結論に達しつつある。我々はひとつの偶然であり、一度きりの存在なのだ、と（卵型の軌道上にいる、人生の大問題を論じたくなんかない人間に向かって、まったく何て言いぐさだ）。彼がこんなふうに思うようになったのも、戦争が原因である。

戦争は、と彼は言う。戦争は、宇宙には生命体が満ちあふれているという考え方に終止符を打つだろう。これまで多くの宇宙飛行士たちが、星々の彼方に目を向け、無限の可能性を思い描いてきた。高等生物でひしめきあう、葡萄の房のように寄り集まったいくつもの世界を夢見てきた。だがそれは戦争前のことだ。我々の見解、彼と私の見解は、いまこの瞬間、天空を漂うさなかにも変わりつつあるのだ、そう彼は言う。

つまりヴォルマーは、宇宙をめぐる楽天主義というのは、戦間期にのみ許される贅沢だと言いたいのか？　それとも我々は、現在の自分たちの挫折と絶望を、恒星雲と無限の夜とに投影しているのか？　結局のところ、と彼は言う。結局のところそんな奴らがどこにいる？　もし奴らが存在するんだったら、なぜいままでひとつも合図がなかったんだ？　ただのひとつも、まともな人間がすがりつけるような、ほんのわずかの暗示もなかったんだ？　ささやきも、パルス信号も、影も？　戦争は俺たちに教えている。信じるのは愚かだ、と。

コロラド・コマンドとの我々の対話は、最近だんだん、コンピュータ・シミュレーションのつくるティータイムのお喋りといった様相を呈してきている。コロラド特有の妙な言い回しが特にひどくなると、ヴォルマーの忍耐も限界に達する。そんなとき彼は、連中にずけずけと批判を浴びせる。この点については私も彼と同意見だ。なのにどうして、彼の批判に私はだんだん苛ついてきているのか？　言葉づかいについて偉そうなことを言うには、ヴォルマーでは若すぎるということなのか？　操縦管理官、観念統轄官、廃棄物管理システムや脱出関連ゾーン・オプションのステータス・アドバイザー、そういった人々を叱咤するだけの、経験と地位を欠いているとでも？　それとも原因はまったく別のところにあるのだろうか？　コロラド・コマンドとも、我々とコロラドとの通信とも無関係な、何か別のものなのか？　それは彼の声だろうか？　私をどうしようもなく苛々させるのは、ただ単に彼の声なのだろうか？

ヴォルマーは奇妙な段階に突入した。一日じゅう窓ぎわに座って、地球を見下ろしている。口もほとんどきかない。ただひたすら眺めているのだ。ほかには何ひとつしたがらず、海と、大陸と、群島を眺めている。我々は交差軌道連鎖と呼ばれるコースを飛んでおり、地球を何周しても二度と同じ地点を通らないようになっている。彼は窓辺に座って眺めている。食事も窓ぎわ、チェックも窓ぎわ。熱帯暴風雨、山火事、大山脈の上を通過するなか、ろくに指示シートを見もしない。また戦争前のように、彼が古風な文句をこねくりまわして地球を描写し出すのを、私はずっと待っている。地球はビーチボールである、地球は陽光に熟した果実である。だが彼はアーモンドバーを食べながら、ただただ窓の外を眺めるだけだ。バーの包み紙がふわふわ宙に漂う。窓からの眺めは、明らかに彼の全意識を満たしている。その光景の力強さに、彼は黙りこむ。口蓋から転げ落ちるような声は沈黙する。椅子の上で不自然に身をよじらせたまま、何時間も座りつづけている。

それはいくら見ても飽きない眺めである。生涯抱きつづけていた疑問や漠然たる切望に対する解答のようなものである。それは満たしてくれる、あらゆる子供っぽい好奇心を、あらゆる抑えられた欲望を。それは満たしてくれる、彼の中にいる科学者を、詩人を、原始的予見者を、炎と流れ星を眺める者を。それは満たしてくれる、彼の心の夜の側に巣喰う妄執を。はるか彼方の名もない場所に抱いてきた、あらゆる甘美な夢想を。彼の中にあるあらゆる大地的感覚、狂おしい知覚の生み出すニューロンの律動、獣たちへの共感を。内在する生命力に対する、創造主に対するあらゆる信仰を。人間はひとつなのだというひそかな信念を、あらゆる願望的思考を、単純素朴な希望を。あらゆる多すぎるもの、少なすぎるもの、一時《いちどき》に起きるもの徐々に起きるものを。責任と日常を逃れたい、過度の専門化を逃れたい、閉じ込められ内に向かって螺旋を描きつづける自己を逃れたい、そういうあらゆる激しい衝動を。空を飛びたいと願う子供のころの願望の残りかすを、奇妙な空間と目もくらむ高さをめぐるあらゆる夢を。幸福な死をめぐる妄想を、あらゆる怠惰で贅沢な欲求を、安逸をむさぼり草を煙にして喫う者の、青い瞳で宇宙に見入る者のあらゆる夢想を——それらすべてをそれは満たしてくれる。一個の生命体の中に集まり群がるすべての想いを、窓からの眺めは満たしてくれる。

「本当に面白いよ」彼はやっと言う。「色とかいっぱいあってさ」

色とかいっぱいあってさ。

II

1988-1994

ランナー

The Runner (1988)

柴田元幸訳

ランナーはカーブをゆっくり曲がりながら、橋のそばでパンを撒いている女の子のもとにアヒルが集まってくるのを眺めた。小径はおおむね池の輪郭にそって、木立のあいだをくねくね伸びている。ランナーは自分の規則正しい呼吸に耳を澄ました。まだ若いのだから、もっと飛ばせることはわかっていたが、日が暮れてゆくなか楽々体を使っているという感覚を損ないたくなかった。丸一日の声や雑音が、汗とともに着々と流れ出ていく。

　車が次々そばをかすめて行った。女の子は父親からパンのかけらを少しずつもらっては手すりの向こうに投げ、五と合図するみたいに手を開いた。ランナーはゆったりと橋を渡った。三十メートル先に女が二人いて、道路につながる小径を歩いていた。ハトが一羽、ランナーが近づいてきてカーブにそって身を傾けると、とっとっと芝生を歩いていった。太陽は公園道路《パークウェイ》の向こうの木々に沈んでいた。

　池の西側の小径を四分の一くらい行ったところで、自動車が一台、道路から飛び出して、車体を弾ませ芝生の斜面に上がってきた。微風が生じ、ランナーは両腕を持ち上げて、空気がTシャツのなかに流れ込むのを感じた。一人の男が車から飛び出してきた。ランナーはベンチに座った老夫婦の前を過ぎていった。帰り支度に入っているのか、夫婦はばらばらにした新聞をまとめている最中である。そばの土手ぞいに生えたエゾミソハギが花開きかけていた。あと四周、限界近くまで行こうとランナーは思った。うしろの方、右肩ごしに、騒動が、別次元へのジャンプが生じている。ランナーが走ったままうしろをふり返ると、老夫婦が何も知らぬげにベンチから立ち上がり、それから、車が場違いに芝生の上にあるのが見えて、女が一人毛布の上に立って車の方を向き、両手を上げて顔を額縁のように囲んでいた。ランナーは前に向き直り、公園は日没時に閉園、と書かれた掲示の前を走っていった。といっても開閉柵などないから、人を実際に閉め出す手立てがあるわけではない。閉園といっても全面的に頭のなかの話だ。

車は古く、傷だらけで、右のリアフェンダーはさび止めの銅色に塗ってあった。走り去るとともに排気管からパン、パンと破裂音が出てくるのが聞こえた。

ランナーは南の端を回りながら、何が起きているのか窺えるかと、自転車に乗った二人の少年の顔を眺めた。両側を一人ずつすれ違っていき、一方が着けているヘッドホンから音楽が漏れてきた。女の子と父親が橋の隅にいた。光の線が一本、水の上をすうっと流れていった。斜面の女がさっきと反対を向いて公園道路の先を見下ろし、ほかにも三、四人が同じ方向を見ていて、あとはみなただ犬を連れて歩いていた。北行きの車線で車の列が流れていくのが見えた。

女の背の低い、肩幅の広い姿が毛布に貼りついている。自分の方に寄ってくる人たちの方を女は向いて、彼らに向かって声を上げはじめた。彼女が動揺していることをみんなもう承知していることがわかっていない。毛布を囲んだ彼らが、落着けというような身ぶりをするのが見えた。彼女の声は耳障りで、濁っていた。話す力も損なわれた、息切れ気味のもごもごした喋り方。何を言っているのかわからなかった。

ゆるやかな上り坂の下、小径は柔らかく、湿っていた。父親は斜面の方を見ながら手のひらを上にして片手をつき出し、女の子はパンのかけらをいくつか選びとって手すりの方を向いた。態勢を整えるとともに、女の子の顔が引き締まった。ランナーは橋に近づいていった。毛布を囲む男の一人が小径に降りてきて、道路に通じる階段の方へ小走りに駆けていった。片手をポケットに当てて、何かが飛び出さないよう押さえている。女の子は自分がパンを投げるのを父親に見てほしそうだった。

橋を越えて十歩走ったところで、斜めの角度から一人の女が寄ってくるのが見えた。道を訊こうとしている旅行者のような期待を顔に浮かべて、女は頭を傾けた。ランナーは走るのをやめたが完全には止まらず、女と向きあったまま少しずつ向きを変え、小径をゆっくりうしろに下がっていった。両脚はまだ、ランナーらしく上下に動かしている。

女は愛想好く「いまの、見ました?」と言った。

「いいえ。車が見えただけです。二秒くらい」

「私、男を見たわ」

「何があったんです?」

「私、このすぐ向かいに住んでる友だちと二人で帰ろうとしてたの。それで、車の音がしたと思ったら、ちょうど車道から飛び出すところで。一気に芝生に乗り上げたわ。で、父親が降りてきて、男の子を連れてったの。あっという間のことで、手の出しようもなかった。二人で車に乗って、行っちゃったわ。私も『エヴリン』って友だちに言うのが精一杯で。エヴリンが電話をかけに飛んでいったわ」

もうさっきから、彼は同じところで脚を上下させている。相手の女が近づいてきた。意図せぬ笑みを浮かべた中年女性。

「あなたのこと、エレベータで見かけたわ」と彼女は言った。

「どうして父親だったってわかるんです？」

「そこらじゅうでやってるじゃない。まだ覚悟もないのに赤ん坊つくって。どういう義務を負うかもわかってないのよ。次々に問題起こして。そのうちに別居するか、父親が警察沙汰起こすか。年じゅう見かけるでしょ？　男は失業していて、ドラッグやっていて。そうしてある日、俺はもっと子供に会う権利があるはずだって思い立つ。自分も養育権が欲しくなる。何日も考え込む。そうして会いに行って、母親と喧嘩になって、家具を壊すのよ。母親は裁判所命令を取る。父親はもう子供のそばに来られない」

二人は斜面の方を見た。毛布の女は立ったまま何やら身ぶりで伝えている。もう一人の女が持ち物を一部持ってやっていた。セーター、大きな布袋。犬が一匹、カモメを追って弾むように小径近くまで降りてきて、カモメたちは宙に浮かび、ふたたびそばに降り立った。

「あの人の肉のつき方ったら。ああいうのも増えてきたわよねえ。若い女の人たち。どうしようもないのよね。もうそういうふうに条件づけられてるのよ。あなた、あのビルに住んでどれくらい？」

「四か月です」

「誰かがいきなりどかどか入ってきて、発砲したり。内縁の夫たちよ。親を片方引き離して万事上手く行くって思う方が無理よね。お金とかちゃんとあったって、子供一人育てるのって大変なんだから」

「でも、絶対とは言えないでしょう？」

「私、父親も母親も見たし、子供も見たのよ」

「母親は何か言ったんですか？」

「その隙《すき》もなかったわ。父親が子供をがばっと摑んで、車に戻ってしまったんだもの。母親は凍りついてたと思う」

「車にはほかに誰かいたんですか？」

「いいえ。男の子を座席にどさっと下ろして、行っちゃったわ。私、何もかも見たのよ。父親が俺にも養育権をよこせって言って、母親が拒んだのよ」

女は執拗だった。光を受けた顔を女がしかめると、彼女を洗濯室で一度見かけたことをランナーは思い出した。あのときもやっぱり、眩しそうな顔で洗濯物を畳んでいた。

「まあたしかに、ひどく悲しそうな様子の女性があそこにいますよね」とランナーは言った。「でも内縁の夫ってのはどうかなあ。別居とか、裁判所命令っていうのも」

「あなた、いくつ？」と女が言った。

「二十三です」

「じゃあわからないわよね」

その声の刺々しさに彼はぎょっとした。相変わらず同じところで脚を上下させていて、予想外の事態にぽたぽた汗を垂らし、胸から熱が立ちのぼるのを感じている。と、パトカーが車道と歩道の敷居を飛びこえてやって来て、毛布のそばにいた連中がみなふり向いた。警官が車から出てくると、女はほとんど倒れ込みそうになった。慣れた様子のゆったりした足どりで、警官は人の輪の方に歩いてくる。女は倒れたがっているように、毛布のなかにくずおれて消えてしまいたがっているように見えた。ひとつの音が、寒々としたものが、その体から出てきた。誰もが少し近寄り、手を差し出した。

ランナーはその機に乗じて会話を打ち切った。走りに戻って、歩幅と呼吸のリズムを取り戻そうとした。工事列車が木立の向こう、池の反対側を過ぎていき、重々しい警笛を鳴らした。ランナーは南の端で大きくカーブを描きながら、落着かない気持ちでいた。さっきの女の子が父親にくっついて、出口に通じる狭い小径を歩いていくのが見えた。パトカーがもう一台、彼からずっと左の芝生に停まっているのが見えた。人の輪は散らばりかけていた。ランナーは橋を渡りながら、ついいままで一緒に話していた女の姿を探した。アヒルたちが水上をひょこひょこ、ばらまかれたパンに寄っていった。

あと二周で、切り上げられる。

ランナーは足を速めたが、まだリズムは保っていた。一台目のパトカーが女を乗せて走り去った。向こう端はもう誰もいなくなって、深い影に包まれつつあった。ランナーはカーブを回りながら、いくら刺々しい言い方をされたにしてもあんなに乱暴に会話を切るのはよくなかったな、と思った。浅い水のなかから、セーフティコーンが一個つき出ていた。ランナーは橋に近づいていった。

最後の一周に入って何歩か走ったところで、向きを変え斜面をのぼって行き、徐々に速度を落として、歩き出した。警官が一人、パトカーのドアに寄りかかって、最後の一人の目撃者の話を聞いていた。目撃者の男はこっちに背を向けて立っている。車が次々そそくさと過ぎていき、何台かはヘッドライトを光らせていた。ランナーが近づいていくと、警官はメモ帳から目を上げた。

「お邪魔してすみません。あの女の人、何て言ったのかなって思いまして。あれ夫だったんですか、知りあいだったんですか、子供をさらっていったのは？」

「あんたは何を見たんです？」

「車だけです。青い、フェンダーがひとつ変色した車。4ドアです。ナンバープレートは見なかったし、型もわかりませんでした。男をほんの一目見ただけです。ちょっと背を丸めて動いてました」

警官はメモに目を戻した。

「赤の他人だよ」と警官は言った。「あの女、それしか言わなかった」

目撃者の方はなかばこっちを向いていて、目下三人はゆるやかな輪を成して立ち、気まずく出会ってしまった人間同士みたいに目も合わせずにいる。微妙なライバル関係のなかに迷い込んだことをランナーは感じた。誰にともなく会釈して、小径に戻っていった。ふたたび駆け出して、逃げるようにその場を離れた。肱が宙を打った。カモメの群れが水の上で動かずにいた。

走りが終わりに近づいていった。ランナーは止まって、腰に両手を当てて深々と体を曲げた。少しして、小径を歩きはじめた。パトカーはいなくなっていて、タイヤの跡が芝生に筋になっていた。三組の曲線が、厚い土の尾根を残している。ランナーは道路に出て、陸橋を渡り、明かりの灯った商店が並ぶ方へ向かっていった。あの女に反論したりすべきじゃなかったんだ、いくらあの話が出来すぎていて妥協を受け入れないものであったにせよ。彼女はただ、自分たち二人を護ろうとしていただけだ。どっちを信じる方がいい――自分の子供を連れに来た父親か、夢の空間からふらふら現われる謎の男か？　自分たちの住むビルの外に置かれたベンチに女が座っていないか見てみた。蒸し暑い晩には、みんなよくここで涼んでいるのだ。彼女はあの出来事を、時間のなかに拡げよう、認識可能なものにしようとしていたんだ。形の定まらぬ影の存在、想像圏外の人間の存在を信じる方がいいというのか？　入口右の、ハナミズキの下に女は座っていた。

「ベンチの方に座ってらっしゃるかと思って」とランナーは言った。

「私、あの出来事が頭から離れないのよ」

「僕、警官と話しました」

「だって、実際この目で見たのに、捉えられないのよ。あまりに突拍子もなくて。あの子供が、あの男に摑まれてるのが見えて。銃よりもっと暴力的だったと思う。あの女の人、気の毒に、あんなことが目の前で起きて。あんなのどうやって予測できる？　私、体じゅうから力が抜けて、すごく変な気分だった。あなたが走ってくるのが見えて、誰かに話さずにいられないって思ったのよ。私、メチャクチャわめいてたわよね」

「完璧に落着いてましたよ」

「ここに座って考えてたのよ。基本的な事柄に疑いの余地はない。車、男、母親、子供。それが構成要素よね。でもその要素同士、どう組み合わさる？　だって、こうやってじっくり考えてみると、全然説明がつかないのよ。空中にぽっかり穴が開いたみたいなのよ。そのくらい筋が通らない。今夜はもう絶対眠れないわね。あまりにもおぞましかったもの。あまりにも法外だった」

「女が男の身元を話したんです。たしかに父親だそうです。警官に一切合財伝えたんです。あなたの言ってたこと、ほぼ全部そのとおりでした」

女はじっと、注意深く彼を見た。ランナーは突然自分を意識した。嫌な臭いを発して、ゼイゼイ喘いでいて、オレンジのショーツに色褪せて破れたタンクトップという格好はまるで漫画。自分がこの状況から離脱するのを彼は感じた。隠れ場所から覗いているみたいだった。女はさっきと同じ奇妙な、痛そうな笑みを浮かべていた。ランナーはわずかにあとずさりし、それから身を乗り出して女と握手した。そうやって二人はお休みなさいの挨拶をした。

白いロビーにランナーは入っていった。走りのこだまが体のなかで鳴っていた。疲れと喉の渇きの靄に包まれて、彼はそこに立って待った。エレベータが来て、ドアが開いた。ランナーは一人でビルの中核をのぼって行った。

象牙のアクロバット

The Ivory Acrobat (1988)

上岡伸雄訳

それが終わったとき、彼女は混雑した街路に立ち、群衆がしゃべる声の分厚いノイズを聞いていた。唐突にクラクションの音が通りの彼方で鳴り始めた。人々は互いの反応を見て、それに合わせようとした。知人の顔を探したり、何某が無事だという証拠を探したりして、通りを見渡している。彼女は街灯が点灯されたことに気づき、自分のアパートがどれくらい前から暗かったか思い出そうとした。みながしゃべっていた。同じフレーズが繰り返されるのが聞こえた。彼女は立ったまま胸のところで腕を組み、一人の女性が椅子を適当な場所に運ぼうとするのを見ていた。道路に沿って風に流されてくるクラクションの音。町から四方八方に出ようとする人々。彼女はすでに次の訪れのことを考えていた。いつでも、もう一度やって来るはずなのだ。おそらく何度も何度も。

トランプをしに集まった人たちがカフェの外に出ていた。歩道に落ちた煉瓦を調べている者もいれば、屋根を見上げている者たちもいた。窓から顔を突き出している者、何かを探して体をゆっくりと回している者。彼女はそれが始まったときに着ていたものを身に着けていた。ジーンズとシャツと薄いセーター、そして冬の夜だったため、室内でしか履かない変な形のモカシン。クラクションの音は泣き叫ぶように、恐怖に駆られた獣のように、どんどん大きくなった。そういえば、パニックの語源となった牧神パンはギリシャの神だ。彼女はそれについてもう一度考えたが、灯りがそもそも消えていたかどうか確信がもてなかった。寒い中、腕組みをして立っている女たちがいた。彼女は通りのど真ん中を歩き、飛び交う声を聞きながら、その断片を自分に向けて翻訳した。すべての人たちにとって同じことだったのだ。彼らは同じことを言い、知人の顔を探した。このあたりの道路は狭く、人々は駐車した車の中で煙草を吸っていた。そこここで子供が群衆を手で掻き分けながら走り回っている。午前零時に近いのに、興奮した子供が外に出ているのだ。彼女は空が光っているのではないかと思い、階段のある広い通りを登って、湾を見下ろせるところに出た。地震の直前か直後に空が明るくなるという記事を、どこかで読んだような気がするのだ。記事には「不可解な現象」といった小見出しがついていた。

しばらく経ってから、人々は中に戻り始めた。カイルは三時間歩いた。山や海岸に通じる主要な道路に車が押し寄せてくるのを見た。交通信号が真っ暗になっている場所もあった。車の長い列はもつれたり曲がったりで、なかなか前に進まない。麻痺。彼女はこの光景が、我々の中の、夢を見ている部分の景色に似ていると思った。都市が我々に恐れることを教える景色。人々はクラクションを押し続けている。その騒音は街路に広がり、最後の集団的な否定、混沌の域にまで達した。しばらくして静まったが、また騒がしくなった。彼女はベンチで眠っている人々がいるのに気づいた。歩道や中央分離帯に駐車した車にそろって乗っている家族もいた。彼女はこれまで地震について聞いたありとあらゆることを思い出した。

彼女の住んでいる地域の街路にはもうほとんど人がいなかった。彼女はアパートのビルに入り、階段で五階まで昇った。部屋の電気は点いており、割れたテラコッタの欠片が（このときになってようやく彼女は思い出したのだが）本棚のあたりの床に散らばっていた。西側の壁には長い亀裂が枝のように走っている。彼女はウォーキングシューズに履き替え、中綿入りのスキージャケットを着て、玄関以外の灯りはすべて消した。それからソファに敷いたシーツと毛布のあいだに入り、航空機で使う首マクラに頭を載せた。目を閉じ、体を丸め、両肘を腹部に当て、両手を膝にはさんだ。意志の力で眠ろうとしたが、ふと気づくと、一心に耳を傾けていた。部屋の音を聞いていたのだ。彼女は時間を超えた流れに身を委ねていた。できかけの考えに運ばれて、精神が螺旋状に動いていく。見せかけの眠りに落ち込み、それからまた耳を傾けていた。彼女は目を開けた。時計は四時四十分。砂がこぼれているような音が聞こえた。ざらざらした粉塵が隣り合わせの建物の壁と壁のあいだに落ちている音。部屋はキーキーという小さな音を立てながら揺れ始めた。音が大きくなり、力強くなる。彼女はベッドから出て、ドアに向かって少し身を屈めて歩いた。ドアを開け、揺れがおさまるまでドア枠のところに立っていた。それから階段を下りた。今回は、コートに腕を突っ込みながらドアから頭を出してくる隣人《ひと》はいない。街路もほとんど人気《け》がなかった。みんな同じことをもう一度する気になれなかったのだろう、と彼女は推測した。夜がすっかり明けるまでさまよい歩いた。公園で火を焚いている人たちが何組かいた。クラクションの音はまばらになっていた。彼女はアパートのまわりを何周もし、最後は新聞売店の近くのベンチに座った。人々が一日を始めようと街路に出て来るのを見て、彼らの表情を探った。どのような夜を過ごしたかを物語る表情はないか、と。彼女はすべてがいつもとまったく同じに見えはしないかと恐れていた。すり切れたアテネの騒々しい日常に人々が簡単に戻るなんて。何かが根本的に変わったと感じているのが、自分一人だというのは嫌だった。世界は内部と外部とにはっきり分かれてしまったのだ。

彼女は学校の同僚であるエドマンドと昼食をとった。小さなインターナショナルスクールの三年生から六年生に音楽を教えるのが彼女の仕事である。彼女は、エドマンドがあの状況にどのように反応したかを聞きたかったのだが、まずは外で食事をしようと彼を説得した。そして、繁盛している軽食堂の前のテーブルに席を取った。

「まだ死ぬ可能性はあるよね」とエドマンドが言った。「バルコニーが落ちてくるとか。椅子に座ったまま凍りつくとか」

「どんな気分だった？」

「心臓が胸から飛び出してくるんじゃないかって思った」

「いいわね。私もよ」

「逃げたよ」

「もちろんよ」

「階段を下りていくとき、ものすごくおかしな会話をしたな。廊下の向かいに住んでいる男とだ。それまでほとんど口もきいたことのない人なんだよ。二十人以上の人たちが階段を全速力で走り下りていた。そうしたら、突然その男が話しかけてきたんだ。僕がどこで働いているのか訊ねて、僕のことを奥さんに紹介したんだけど、奥さんのほうは僕の職業のあれこれなんかにまったく関心がなかった。それから男は、ギリシャでの生活はどうだと聞いてきた」

空は灰色で、低く垂れこめていた。人々は路上で互いに声をかけ合い、通り過ぎる車から叫んでいた。エクシ・コンマ・エクシ。最初の地震のこと、大きかったほうのことを言っているのだ。マグニチュード六・六。カイルはこの数字を朝からずっと聞いていた。畏敬の念、不安、陰気なプライドなどを込められて発せられる数字。陰鬱な街路にこだまする、宿命論的な挨拶の言葉。

「それで、どうしたの？」と彼女は訊ねた。

「二番目のが来た。その少し前に目が覚めた」

「何か聞こえた？」

「子供が窓に砂を一握り投げつけるような音」

「素晴らしいわ」と彼女は言った。

「それから揺れた」

「揺れた」

「バンとね。僕は大あわてでベッドから飛び降りたよ」

「灯りは消えた？」

「いや」

「最初のときはどうだった？」

「よく覚えてないな」

「いいわ。私も覚えてないの。どこかの時点で、空が光った？」

「僕は気づかなかったな」

「これは迷信なのかもしれないけど」

「新聞によれば、発電所が停止し、火花が飛び散ったかもしれないって。これについては混乱があるようだね」

「でも、私たちは似たようなことを経験したわ」

「そのようだね」と彼は言った。

「いいわ。嬉しい」

彼女はエドマンドのことを「イングリッシュ・ボーイ」と考えていた。実のところ彼は三十六歳で、離婚歴があり、関節炎を患っている様子で、イングランド人でさえなかった。しかし、彼はギリシャの光にイングランド人的な喜びを感じていた。「ギリシャの光」など、カイルから見れば、工場の排煙が廃墟にひたひたと寄せているだけだったのだが。また、エドマンドの顔には、小学生の肖像写真のように取り澄ました、時代遅れな雰囲気があった。ごわごわの硬い髪の毛に、物思わしげな顔。

「震源はどこだったの？」と彼女は言った。

「ここから西へ約六十五キロのところ」

「死者は？」

「十三人で、まだ増え続けている」

「私たちはどうする？」

「何に関して？」と彼は言った。

「すべてに関してよ。これだけ余震があるし」

「すでに二百回あったよ。何週間も続くと考えられている。新聞を読みなよ。数か月かもしれない」

「ねえ、エドマンド。私、今夜一人になりたくないの。いい?」

彼女は休止の中で生きていた。いつでも休止していた。一人でアパートにいるときも、手を止めて耳を澄ました。彼女の聴覚は研ぎ澄まされていった。細かく識別する鋭さが増した。食事をする小さなテーブルに座り、じっと聞いていた。部屋にはたくさんの音がある。トーンの乱れ、壁の中で解き放たれる圧力。彼女はそういう音を追い、待った。第二の、もっと安全なレベルもあり、屋外の騒音、エレベータの昇降音などをそれと考えていた。すべての危険は内部にあった。掠れる音。静かに揺れる音。彼女は玄関のドアを開けて、原爆の避難訓練を受けている子供みたいに膝を抱えてうずくまった。

揺れは彼女の血流の中に入ってきた。彼女は耳を傾け、待った。夜には眠れず、昼の合い間の時間に埋め合わせようと、学校の使われていない部屋でまどろんだ。家に帰るのが怖かった。皿に載っている食べ物を見ていて、突然立ち上がることがあった。注意深く耳を傾け、すぐにでも逃げよう、外に出ようとした。これにはどこか滑稽なところがあるに違いない。食べ物を見下ろしてじっと立っている女。ドアの方向にほんのわずか身を傾け、指先をテーブルの縁に当てて。

大地震の前に犬や猫が逃げるというのは本当だろうか? カリフォルニアの人々の話をどこかで読んだ気がする。彼らは新聞の個人消息欄を見て、犬の迷子の数が顕著に増えていないかどうか習慣的にチェックするというのだ。それとも、これも迷信なのだろうか?

風がシャッターを揺らし、バタバタと音を立てた。彼女は部屋の隅々、外界との接点《インターフェイス》の音を聞こうとした。すべてを聞き取った。すぐに逃げられるように、トートバッグを玄関のドアのそばに置いた――金、本、パスポート、家からの手紙。包丁研ぎ職人が巡回するときに鳴らす鐘の音が聞こえてきた。

彼女は新聞を読まなかったが、余震が最新の発表で八百回を超え、死者が二十人に達したことはわかっていた。震源に近いホテルの瓦礫の中やテント設営地でのこと。アテネの無防備な地域に暮らす、危険だと診断された建物に住む人々。

トランプをしている人たちは屋内でもコートを着ていた。彼女は刈り込んだ桑の木々を通り過ぎ、街頭市場に入った。卵を売っている女性を見て、互いが気持ちよくなるような言葉をこの人に言えないものかと考えた。けっこうまともな彼女のギリシャ語で、掘り出し物を探しつつ。男がエレベータのドアを押さえて待っていてくれたが、彼女は手を振って礼儀正しく断り、階段を昇った。部屋に入り、耳を澄ませた。テラスの天蓋《キャノピー》が風で膨らみ、パタパタという激しい音を立てていた。彼女は自分の人生を再びエピソード風に、無計画なものにしたかった。匿名の外国人――足音が静かで、自分で情報を得て、行き当たりばったりの観察に満足している者。自分が住んでいる労働者階級の地域の街路で、彼女はお婆さんたちや子供たちに気楽に話しかけたかった。

彼女は部屋からの脱出を心の中でイメージした。テーブルから玄関まで何歩。街路まで階段を何段。あらかじめイメージしておけば、ずっとスムーズにやれると思った。

宝くじを売る男が「今日だよ、今日だよ」と叫んだ。

ピリピリした夜を、彼女は読書で乗り切ろうとした。ぼんやりとした恐怖に満ちた時間。揺れは余震ではまったくなく、大陸の溝の奥深くに潜む不穏な動きの予告だという噂があった。力が蓄積されつつあり、やがてこの大理石造りの都市に押し寄せ、塵芥の山に変えてしまう、というのだ。彼女はベッドの上で上半身を起こし、ページをめくった。すんなり眠りに就く前に十五分必ず読書をする人の振りをしようとした。

学校ではそれほど悪くなかった。彼女は子供たちを守る心構えがあった。彼らの体に自分の体をかぶせる覚悟だった。

揺れは彼女の肌に染みつき、息遣いの一部となった。彼女は食べ物を見下ろして手を止めた。掠れる音。葦のようにゆったりした傾き。彼女は立ったまま耳を澄まし、一人で揺れる地面と対峙していた。

君に贈り物を買ったとエドマンドが言った。彼女が本棚の上の壁に立てかけていた、テラコッタの屋根飾りの代わりとなるもの。眠そうな目をしたヘルメスの頭からアカンサスの葉が広がっている飾りが、最初の揺れのときに落ちて割れたのだ。

「ヘルメスはそんなに惜しいと思わないだろ。つまり、どこにでもあるものだから」

「そこが好きだったのよ」

「すぐに代わりが買えるよ。山積みにして売ってるよ」

「また壊れちゃうだけよ」と彼女は言った。「次のが来たらね」

「話題を変えようよ」

「話題は一つしかないのよ。それが困ったことなの。かつては私も個性を持っていたと思うけど、今の私は何？」

「もう終わったんだと理解するように努めなよ」

「私、犬のような純粋な本能に戻ったのよ」

「人生は続いているんだから。みんな、自分の日常を続けているんだ」

「いや、違うわ。以前と同じようには続けていない。嘆き悲しんで歩き回っていないからって、以前に戻ったわけじゃないわ」

「嘆き悲しむことなど何もないよ。終わったんだ」

「でも、気を取られていないってわけじゃないわ。まだ一週間も経っていないのよ。余震はしょっちゅうあるし」

「どんどん小さくなっているよ」

「それほど小さくないのもあるわ。けっこうドキッとさせるのもあるわよ」

「お願いだから話題を変えてくれ」

彼らは学校の入口のすぐ外に立っており、カイルは子供たちの集団がバスに乗るのを見ていた。市の郊外の博物館に行くところなのだ。こういうときにイングリッシュ・ボーイなら、彼女に苛ついてくれるだろうとわかっていた。そういう面で彼は計算が立つ。どういう立場に彼が立つかわかっていたし、実際に発する言葉までしばしば予見できた。彼の唇に合わせて唇を動かせるくらいだった。暗鬱な時間に、ある種の安定を彼はもたらしてくれるのだ。

「以前の君はしなやかだったよ」

「今の私を見てよ」と彼女は言った。

「動きが重々しいよね」

「服を何重にも着ているからよ。着替えも一緒に着ているの。そのときのために備えているのよ」

「僕は着替えまで買えないんだ」と彼は言った。

「私は服をドライクリーニングに出すお金がないの」

「ときどき、どうして自分にこんなことが起こったのかって思うよ」

「私は冷蔵庫も電話もラジオもシャワーカーテンもなしで暮らしているのよ。バターとミルクはバルコニーに出しているの」

「君はとても静かだね」と彼はそのとき言った。「みんなそう言うよ」

「私が？　誰が言うの？」

「ところで、君は何歳なの？」

「一緒に一晩を過ごしたからってわけね？」

「一晩を過ごした。その通りだね。うずくまってあれこれ喋って過ごした夜だったけど」

「まあ、私にはありがたかったわ。大違いだったの。危機的な夜だったもの。ほかの夜がそんなに楽だったってわけじゃないけど」

「いつでも戻って来ていいよ。家に一人でいると、こう考えるんだ。しなやかな若い女性が僕の腕の中に飛び込んできたんだって」

窓から見ている子供たちが彼らに向かって手を振った。エドマンドは、渋滞で苛々しているバス運転手の真似をした。彼女は楽しげな顔が次々に通り過ぎていくのを見ていた。

「あなたって、いい色してるわよね」と彼女は言った。

「それって、どういう意味？」

「頬がピンクで健康そうってこと。父によく言われたわ。お前もちゃんと野菜を食べれば、頬の血色がよくなるよって」

彼女はエドマンドが「君のお母さんは何て言ったの？」と訊くのを待っていた。それから彼らは午後の授業までの時間を散歩して過ごした。エドマンドはセサミブレッドを買い、半分をカイルにくれた。お金を払うとき、彼は硬貨を載せた手を広げて、売り子に硬貨を選ばせた。皆に対して、自分はここをただ通りすがっただけだということを示すしぐさだった。

「噂は聞いたでしょ」と彼女は言った。

「でたらめだよ」

「政府は地震のデータを隠しているのよ」

「大地震が迫っているという科学的な証拠はまったくないんだよ。新聞を読みな」

彼女は分厚いジャケットを脱いで、それを肩にかけた。大衆の感情に左右される、少し馬鹿みたいな人間だと彼に思われたい。そう考えている自分に気づいた。最悪の事態が起こると信じることは、それが一般に広がった信念であるとすれば、ある程度の慰めがある。しかし、彼女は完全に服従したくはなかった。歩きながら、こう考えていた。こうしてエドマンドに訴えかけているのは、しっかりとした意見を述べてもらって、それを自分自身への反論として使いたいのではないか。

「あなた、内面の生ってある？」

「僕だって眠るよ」と彼は言った。

「そういう意味じゃなくて」

彼らは車がレーシングカーのように加速する広い通りを走って渡った。ピリピリとした緊張感を脱ぎ捨てるのは、彼女には気持ちよかった。そのまま半ブロック走り続け、彼のほうを振り返った。彼は子供を喜ばせようとするかのように、胸を手で押さえ、よろよろとした足取りで近づいてくる。彼はふざけているときでも、どこか学者臭いところがあった。

彼らは学校の建物に近づいていった。

「君が髪を伸ばしたらどんなふうだろうって思うんだけど」

「シャンプー代がかさむから無理よ」と彼女は言った。

「僕は定期的に髪を切るお金がないんだ。真面目な話」

「私はピアノなしで暮らしているの」

「それって、冷蔵庫なしの生活に匹敵する惨めさかな?」

「そういう質問ができるのは、あなたが私のことを知らないからよ。私はベッドなしで生活しているの」

「本当?」

「中古のソファで寝ているの。フジツボの上で寝ている感触よ」

「じゃあ、どうしてここに留まるの?」

「ほかの場所に移るだけの貯金ができないし、家に戻る気はまだ全然ないし。それにね、ここが好きなの。何て言うか、自分から積極的に座礁したような感じね。少なくとも、今まではそうだった。今に関して困ったことは、どこにいても起こり得るってこと。唯一重要なのはそれが来たときどこにいるかってことよ」

それから彼はプレゼントを渡した。ジャケットのポケットから取り出し、セピア色の包み紙を焦らすようにもったいぶって開いた。クレタ島の象牙の人形の模造品だった。女の牛跳び。体を見事に伸ばし、先細の脚が宙返りの曲線の頂点に近づいている。エドマンドの説明によれば、この若い女は突進する牡牛の角を飛び越えようとしている最中だという。ミノア芸術ではお馴染みの図。フレスコ画にも、ブロンズ像にも、粘土の印章にも、金の認印付き指輪にも、儀式用の杯にも描かれている。最もよくあるのは、若い男、場合によっては女が、牡牛の角を摑み、牛が頭をグイと持ち上げる力も使って、宙返りをして飛び越えるのだ。エドマンドは、オリジナルの象牙像は一九二六年に真っ二つに割れたのだと言った。そして、どうしてそうなったか知りたいかと彼女に訊ねた。

「言わないで。当ててみたいから」

「地震だよ。でも、修復はお決まりの仕事だったって」

カイルはフィギュアを手に取ってみた。

「牡牛は全速力で駆けて来るの？　こんなこと、可能かしら？」

「三千六百年前に何が可能だったかを疑う気はないね」

「ミノア文明って、全然知らないわ」と彼女は言った。「そんなに昔なの？」

「そうだよ。それに、もっと遡るんだ、ずっとね」

「たぶん、牛はしっかりと繋がれていたのよ」

「そういうふうに描かれたものはないんだ」と彼は言った。「大きくて獰猛な牛が、跳ねるように走ってる図ばかりなんだよ」

「芸術家が描いたままのことが起きたと信じなきゃいけないの？」

「そんなことはない。でも、僕は信じている。それに、この女は牛を伴ってはいないけど、その姿勢から、彼女がそれをしようとしてるってことがわかるんだ」

「牛跳びをしようとしている」

「そう」

「そして、彼女は生き延びて、それを語る」

「生き延びた。そして、今でも生きている。だから、僕は君にこれを買ったんだ。隠れたしなやかさを君に思い出してもらいたかったから」

「でも、アクロバットなのはあなたよ」とカイルは言った。「あなたは関節が柔らかいし、路上でパフォーマンスをしているし」

「滑らかで、弾むようでもあった、かつての君を思い出してもらうためさ」

「ジャンプしたり、踵をカチカチいわせたりするのが得意なのはあなたよ」

「実のところ、僕の関節はものすごく痛むんだ」

「彼女の手と腕の血管、すごいわね」

「蚤の市で安く買ったんだ」

「それを聞いて、気分がぐっと楽になったわ」

「これはまさに君だよ」と彼は言った。「君じゃなきゃいけない。賛成してくれる？　見て、感じてよ。これは魔術的な君の真の姿、それが大量生産されたものさ」

カイルは笑った。

「痩せていて、しなやかで、若い」と彼は言った。「内面の生で躍動している」

彼女は笑った。そのとき学校のベルが鳴り、彼らは中に入った。

彼女は部屋の真ん中に立っていた。靴以外はすべて身につけて、ブラウスのボタンをゆっくりと留めていた。手を止めた。ボタンを孔に通した。それから彼女は木の床に立ち、耳を澄ませた。今では死者が二十五人と発表されていた。何千人もが家を失った。破損していない家を捨てて、戸外生活の荒っぽい安全性を選んだ人々もいる。どうしてそういうことになるか、カイルには簡単にわかった。彼女自身、ようやく夜ある程度眠れるようになったが、エレベータは敬遠し、映画館には近づかなかったのだ。裏のバルコニーに置かれていた物で、固定されていなかった物は風に吹き飛ばされた。彼女は耳を澄まし、待った。自分が部屋を出る姿を思い描いた。

硫黄が工場地帯の空から降ってきて、舗道を汚した。学校の一人の教師は、砂漠の心地よい風に乗ってリビアから砂が吹き飛ばされてきたのだ、と言った。

彼女はパジャマとソックスという姿でソファに座り、地元の植物相に関する本を読んでいた。脚には毛布をかぶせていた。サイドテーブルには、水が半分入ったグラスが置いてある。彼女の目はページから離れた。午前零時まであと二分。彼女は休止し、中間の距離のあたりに目をやった。それから、それが始まる音が聞こえてきた。地面の轟き、空気に乗って伝わってくる力。彼女はたっぷり一秒動かず、物思いに深く沈んでから、毛布をはねのけた。その瞬間、周囲が破裂した。彼女は玄関に向かって走り、開けた。ランプシェードがカタカタ鳴っていることや、何か濡れたものがあることをぼんやり意識していた。彼女はドア枠の縁を摑み、部屋に顔を向けた。

物が飛んだり跳ねたりしている。彼女は断言的な思考を形作った。これは、これまでで最大だ。部屋全体がぼやけて見えた。今にも部屋が裂けてしまいそうな感覚があった。今回は脚に効いてくるように感じた。くり抜かれていくような、ある病にゆっくりと屈していくような感覚。信じがたかった。こんなに長く続くとは信じがたかった。彼女はドア枠を手で強く押し、自分の中に平静な部分を探した。自分の精神を絵で表現したものが目に見えるようだった。ぼんやりとした灰色の楕円が、部屋の上を漂っているのだ。揺れは一向に止まらない。そこには怒りがあった、しつこく突きつけられる要求が。彼女の顔は重量挙げ選手が踏ん張るときのようにくしゃくしゃになっていた。周囲で何が起きているかを知るのは容易ではなかった。物事を通常の見方では見られなくなっていたのだ。彼女に見えたのは自分自身だけだった。部屋が崩れてくるのを待っている、明るい肌の女。

それから揺れは止まった。彼女はパジャマの上に何か服をまとって、階段を下りた。足早に歩いた。小さなロビーを走り抜け、表玄関で煙草に火を点けている男をかすめて外に出た。人々は通りに出て来ていた。彼女は半ブロック歩き、大きな集団の近くで立ち止まった。激しい息遣いで呼吸し、腕をだらりと垂らしていた。最初にはっきりと考えたことは、遅かれ早かれ、屋内に戻らなければいけないということだった。彼女は周囲でさまざまな声が落ちてくるのに耳を澄ました。誰かがまさにこのことを言ってくれないかと思った——残酷さは時間の中にあるのだということ、容赦なく進む時間の中で人間が無力であるということ。彼女はそこにいた女性に、アパートの水道管が破裂したようだと言い、女のほうは目をつぶって頭を重そうに揺らした。このすべてはいつ終わるのだろう？　彼女はその女に、アパートから出るときにトートバッグを摑んでくるのを忘れたと言った。何日も用心深く計画を立てたのに、と彼女は言い、その話に悲しげなニュアンスを加えよう、ユーモラスでどこか自嘲的なものにしようとした。我々は何か滑稽なものにしがみつかなければならないのだ。彼女らは頭を揺らしながらそこに立っていた。

通りの端から端まで、煙草に火を点けている人々がいた。最初の地震から八日経っていた。八日と一時間。

彼女はほとんど夜どおし歩きつづけた。午前三時に、オリンピックスタジアム前の広場で立ち止まった。車が何台も停まっており、数十人の人々が集まっていた。彼女は彼らの顔を観察し、話に耳を傾けた。道路の車はゆっくりと流れていた。そこには奇妙な気分の二重性があった。すべての会話の核にある、孤独な内省。みんな知り合いを熱心に探しているはずが、どこか上の空だった。彼女はまた歩き始めた。

部屋で九時に朝食を食べているとき、初めてかなり大きな余震を感じた。部屋は激しく傾いた。彼女は立ち上がってテーブルから離れ、目に涙をため、ドアを開けて、そこにうずくまった。バターを塗ったロールパンを握りしめていた。

違った。最後のはマグニチュード最大ではなかった。六・二にすぎなかった。

そして、これもあとでわかったのだが、ほかの地震より長く続いたわけでもなかった。学校での話によれば、これは集団幻想だったのだ。

そして、彼女が見た、あるいは感じた水は、破裂した水道管から来たのではなかった。ソファ脇のテーブルに置いてあったグラスが倒れ、水がこぼれたのだ。

そして、なぜ地震は夜に起こり続けるのだろう？

そして、イングリッシュ・ボーイはどこにいるのだろう？

水を入れたグラスは割れなかったが、植物相に関するペーパーバックは濡れて皺が寄ってしまった。

彼女は昇るときも降りるときも階段を使った。

トートバッグをドアのところに置いたままにした。

彼女は感情を、衒いを、期待を、感触を奪われた。

冷酷なのは時間である。進んでいく時間の脅威。

彼女は憶測を、信念を、面倒な事どもを、嘘を、生きることを可能としている物事の入り組んだ配置をすべて奪われた。

映画館や混んだ建物には近づかない。彼女は数種類の音に、自分を諭す声に、絶え間なく内面を精査する目にすぎない存在になった。

彼女は休止した、一人で、耳を澄ますために。

自分が手際よく部屋から避難する姿を思い浮かべた。

人々の顔に、彼らの経験もまさに自分と同じだと物語るものはないか、探すようになった。ちょっとした思考の奇妙な展開までも同じように経験した人はいないか、と。

これのどこかにユーモラスなものがなければならない。我々が夜を乗り切るために使えるものが。

彼女はすべての音を聞いた。

学校でうたた寝した。

彼女はこの都市自体を奪われた。どこにいても同じなのだ、オハイオ州の果ての果てにいようと。

カゲロウのいる池を夢見た。落ちた花びらが水面に浮かんでいる池。

どこでも必ず階段を使う。カフェや食堂《タヴェルナ》では出口に近いテーブルに座る。

トランプをする者たちは充満する煙の中で座っていた。必要な動作だけをし、陰気な顔で自分のカードを守っている。

彼女はエドマンドが友人たちと北部にいることを知った。修道院を見て回っているのだという。

丘からオートバイのエンジンのうねる音が聞こえてきた。

彼女は西側の壁の亀裂を調べ、家主と話した。家主は目を閉じ、重たげに頭を揺らした。

風がどこかとても近くでカサカサと音を立てていた。

夜、彼女は寝床で起きていて、水でゴワゴワになった本を読もうとした。時間が急降下する地点に向かって無力に流されていく感覚から逃れようとした。

アカンサスは広がっていく多年生植物である。

そして世界のすべてのものは内部か外部のどちらかにあるのだ。

ある日、彼女は例のフィギュアを偶然見つけた。咳止めドロップやクリップなどと一緒に、学校の机の引き出しに入っていた。教師の休憩室として使われているオフィスでのこと。彼女はフィギュアをそこに入れたことを覚えてもいなかった。恥ずかしい気持ちと言い訳する気持ちが血の中で衝突するという、よくある感覚に襲われた。忘れられていた物体が投げつけてくる非難に対し、体熱が上がる感覚。彼女はフィギュアを取り出し、牛跳び女のすっきりと開かれた動作に、前腕と手の細かく描かれた緊張に、何か際立ったものを見出した。こんなに古いものは、どこか儀式ばった感じ、形のぎこちなさがあるべきではないか？　これは滑らかに流れるような作品だ。しかし、その驚きを超えてしまうと、そこから知り得るものはほとんどない。彼女は古代ミノア人のことを知らなかった。このフィギュアが何でできているのかさえわからなかった。こんなに軽い模造の象牙とはいったい何か。彼女はふと気づいた。机の中にフィギュアを置いてきたのは、それをどうすればいいかわからなかったからだ。どう固定するか、支えるか。体は単独で空中に浮かんでいる。支えるものもなく、定められた位置もない。手のひらに置くのがぴったりに思える。

彼女は小さな部屋に立って、耳を傾けた。

エドマンドはこのフィギュアが彼女のようだと言った。彼女はそれをじっくりと見た。ほんのわずかな類似でも引き出そうとした。腰巻とリストバンド、そして二重に首輪をつけた女。走る牡牛の角の上、空中に浮かんでいる。この行為、跳躍そのものがヴォードヴィルのショーでもあり、神聖な恐怖を呼び起こすものでもある。この十五センチのフィギュアには、さまざまなテーマや秘密があり、そして物語化された言い伝えがあったが、カイルにはその手がかりさえ摑めなかった。彼女はその物体を手の中で転がしてみた。安易な類似がすべてはがれ落ちていった。しなやかさ、若さ、軽快さ、現代性。音を立てて走る牛と、揺れる大地。カイルとこの作品の中の精神とをつないでくれそうなものは何もなかった。紀元前一六〇〇年、彼女から遠く離れた力によって動かされ、これを彫った象牙彫師の精神。彼女は古い粘土のヘルメス像を思い出した。葉の冠をつけたヘルメスは、我々の知り得る過去、共有された存在の舞台から彼女を見つめていた。ミノア人はこうしたものの埒外にいるのだ。ウエストが細く、優雅で、まったく別の精神を有している——言語と魔術の谷間の向こう側、夢の宇宙論の向こう側に失われたもの。これがこの作品のささやかな謎である。このフィギュアは対立する物体なのだ。彼女の存在に含まれないものを定義し、自己の限界を画定する。彼女はフィギュアを持った手を握り締め、その鼓動を肌に感じられるように思った。穏やかな規則正しい律動、大地との結びつき。

彼女はぴたりと動きを止め、頭を傾けて、耳を澄ました。バスが音を立てて通り過ぎた。窓枠の継ぎ目越しにディーゼルエンジンの煙霧が入ってくる。彼女は部屋の隅を見つめ、じっと集中した。耳を澄まし、待った。

アクロバットが始まるところで彼女の自己意識は終わった。一度そのことに気づいてからは、彼女はフィギュアをポケットに入れ、どこにでも持ち歩くようになった。

天使エスメラルダ

The Angel Esmeralda (1994)

上岡伸雄・高吉一郎訳

その年老いた修道女は夜明けに起床した。そこら中の関節に痛みを感じる。聖職志願者として過ごした日々以来、夜明けとともに起床し、板張りの硬い床にひざまずいて祈りを唱える習慣になっていた。彼女はまずブラインドを開けた。窓の外には神のお創りになった世界――小さな緑の林檎と、感染症。陽光が縞になって床に降りかかり、細かい木理が古くさい黄土色にてかてかと光った。その形と色が深い喜びを感じさせるものだったので、彼女は目をそむけるか、少女のように魅了されてしまうか、どちらかしかできなかった。白いナイトガウンに身を包んだままひざまずいた。果てしなく洗濯を繰り返された繊維は、泡立つ石鹸に打ちのめされて硬くこわばっている。そして、その下の肉体、彼女とともに世間を渡ってきた瘦せっぽちの体。おおむね石灰のように白いが、血管が浮き出した両手にはしみが浮かんでいる。短く刈られた細い髪の毛は亜麻色と灰色が混じり、眼は灰青色――昔日の少年少女たちの多くがこの瞳を夢にまで見たのだ。彼女はひとまとまりの文句をぶつぶつ唱えながら十字を切った――みぞおちの部分に触れて、体の形をした十字を完成させた。アーメン、ギリシャ語とヘブライ語の「まことに」にまでさかのぼるいにしえの言葉。日々使用される祈りのなかでも最も簡潔なものだが、一回唱えるごとに三年分の免償が得られるのであり、十字を切る前に聖水に手を浸すならば七年分にもなる。祈りとは実用的な戦略なのだ。「罪」と「赦免」の資本主義市場における現世的利益の獲得。

彼女は朝の祈禱を捧げると立ち上がった。流し場で粗末な茶色い石鹼を使って何度もごしごしと手を洗った。石鹼がきれいでないとしたら、手がきれいになるわけないじゃないか？　この問いが生涯を通じて彼女につきまとっていた。もし石鹼を漂白剤できれいにするとしても、漂白剤の容器は何できれいにすればいいのか？　漂白剤の容器をきれいにするのにエージャックス社の研磨剤を使ったとすれば、その箱はどうやってきれいにすればいいのか？　細菌にはそれぞれ特性がある。対象が変わればそこに宿る潜在的脅威のタイプも変化する。こうして、この問いはどこまでも内へ内へと向かっていく。

一時間後、彼女はヴェールをかぶり、修道衣を身に着け、黒いバンの助手席に座っていた。バンは学区を出て南下し、巨大なコンクリートの高速道路をあとにして見捨てられた街路へ入っていった。火災にやられた建物や、引き取り手のない魂たちの氾濫。運転席に座るのはグレイス・ファヘイ、普段着姿の若い修道女。その修道院にいる修道女はみな無地のブラウスとスカートを身に着けており、例外はシスター・エドガーだけだった。彼女は古風な名前を持った昔ながらの装束——頭巾《ウィンプル》、帯《シンクチャー》、胸衣《ギンプ》——で全身を固めてよいという許可を本部からもらっていたのだ。自分の過去に関してさまざまな逸話が残っていることを彼女は知っていた。大粒の数珠《ロザリオ》を振り回しては、鉄製の十字架で生徒の横面をピシャリとやった、とか。当時はすべてが今よりも単純だった。衣服は何重にも入り組んでいたが、実生活は逆だった。しかしエドガーは数年前に体罰をやめていた。年を取って教壇を去る以前に体罰はやめてしまった。シスターたちは彼女の厳格さについて楽しそうに囁き合っている。それはエドガーにもわかっていた。恥と畏敬の念を、彼女らは同時に感じているのだ。石鹸の匂いをぷんぷんさせた鳥のような体格の女性が、このように権力をひけらかしていること。エドガーが体罰をやめたのは、近隣地域が様変わりし、生徒たちの顔がだんだんと黒っぽくなってきた時期だった。魂からあらゆる義憤が抜け落ちていったのだ。自分に似ていない子供をいったいどうしてぶつことができようか？

「このおんぼろ、ちょっと修理が必要みたい」とグレイシーが言った。「変な音、聞こえます？」

「イスマエルに頼んで見てもらいなさい」

「クークークー」

「専門家ですから」

「自分でできますわ。ただちゃんとした道具が必要なだけ」

「私には何も聞こえないけど」とエドガーが言った。

「クークークークー？　聞こえないですか？」

「耳が遠くなってきてるのかも」

「耳が遠くなるのはあたしのほうが先ですよ、シスター」

「ご覧なさい、壁の天使がまた増えました」

二人の女性は何年分もの堆積物が幾層にも積み重なっている空地の光景を眺めた。家庭ゴミの時代、廃棄建材と破壊された車体の時代。たくさんの時代が廃棄物のなかで層を成している。この地域は、警察官たちのあいだでふざけて「バード」と呼ばれていた。「野鳥の聖域《バード・サンクチュアリ》」を縮めたもの。この場合は、社会秩序からはずれた一区画を意味する言葉だった。遺棄された物体の合間に雑草や木が生えている。犬が群れをなし、鷹やフクロウも目につく。市の職員が定期的にこの場所を掘り起こしに来た。スウェットシャツのフードをかぶり、そのうえにヘルメットをぴったりとかぶせて、彼らは巨大な掘削機――南瓜色の泥がついたショベルカーやブルドーザー――の横に用心深く立つ。その姿はまるで前進する戦車に身を寄せる歩兵のようだ。しかし、彼らはじきに立ち去る。いつも掘りかけの穴と、放棄された数々の備品と、発泡スチロール製のカップとペパローニのピザをあとに残して。修道女たちはこの光景を一望した。そこには害獣の連絡網があった。配管用の備品と石膏ボードが詰め込まれたクレーター。引き裂かれたタイヤの小山があり、繁茂する蔓植物で縁取られている。日没時には、解体された建物の低い壁のほうから銃声が聞こえてくる。修道女たちはバンのなかに座ったまま眺めた。ずっと奥に、孤立して建つ建物が一棟ある。捨てられた集合住宅で、かつて別の建物と隣接していた壁面が剝き出しになっている。この壁に、イスマエル・ムニョスと彼が率いるグラフィティ・アーティストの一団がスプレーで絵を描いている――近所で子供がひとり死ぬごとに、追悼の天使を描く。高い石壁のおよそ半分あまりが青とピンクの天使たちで埋め尽くされ、それぞれの天使の下に子供の名前と年齢が漫画の吹き出しに活字体で書き込まれている。時には死因や家族からのメッセージもあり、バンが近づくにつれ、エドガーにもその書き込みが読めるようになってきた。結核、エイズ、撲殺、通りすがりの車からの射殺、血液疾患、麻疹、ネグレクトや乳幼児遺棄――ゴミ収集箱に置き去り、車内放置、クリスマスイブにゴミ袋に入れて捨てられた、など。

「天使なんていい加減やめてくれたらいいのに」とグレイシーは言った。「まったく最低の趣味ですよ。天使を見たいんだったら、十四世紀の教会に行くものです。私たちはそういうのを変革しようと頑張っているのに、この壁がそれを宣伝しているんです。イスマエルはもっと前向きなものを見つけてそれを強調すべきですよ。共同住宅《タウンハウス》とか、みんなでいろんなものを植えている市民菜園とか。共同住宅はいいですよ、清潔ですし。そこの角を一歩曲がれば、普通に仕事に行って、学校に通っている人々がいるんです。お店や教会もね」

「タイタニック・パワー洗礼派教会、とか」

「教会は教会ですよ。どこに違いがあります？　このあたりは教会だらけですよ。まともに職に就いている人たちもたくさんいます。イスマエルが壁画を描きたいって言うんだったら、こうした人たちをこそ祝福すべきなんです。前向きになれっていうことですよ」

　エドガーは頭蓋骨の内部で笑い声をあげた。自分がここに属しているのだという意識をもつことができるのは、こうした天使たちのドラマのせいだった。これらの天使たちが象徴する恐ろしい死に様。グラフィティを生産する描き手たちが直面する危険。この追悼壁には避難梯子もなければ窓もないので、低い層に天使を描くときは、屋上からザイル留めされたロープにつかまって垂直に降下するか、あり合わせの不安定な足場を使用するほかなかった。死んだグラフィティストたち用に壁がもう一枚いるかも、などとイスマエルは血の気の失せた笑顔を輝かせて言ったものだ。

「それに彼は女の子はピンクで、男の子は青で描くでしょう。それが腹立たしいんです」とグレイシーは言った。

「ほかの色もあるのにね」とエドガーが言った。

「そうですよ。天使がリボンのようなものを高く掲げて、それが空に漂っているとか。道路に吐きたくなりますわ」

二人は修道院に寄って、生活困窮者たちに配布する食料雑貨品を受け取った。修道院は閉鎖された二軒のアパートに挟み込まれて立つ煉瓦造りの古い建物だった。灰色のマントに紐のベルトを巻いた三人の修道僧たちが、控えの間でその日の荷出しを準備している。グレイス、エドガー、ブラザー・マイクはビニール袋をいくつもバンまで運んだ。マイクは元消防士で、スチール製のたわしのような顎鬚を生やし、髪は貧弱なポニーテールにまとめていた。後ろから見たときと前から見たときではまるで別人である。修道女たちが最初に姿を現わしたとき、彼はガイド、保護者の役割を務めようと申し出たが、エドガーはきっぱり謝絶した。彼女は自分の修道衣とヴェールが安全装備として申し分ないと考えていた。このサウスブロンクスの路地を越えてしまえば、人々は彼女を歴史や年表の外の存在と見なすかもしれない。しかし、この瓦礫のまっただ中においては、彼女の姿はまったく浮いていない、彼女も僧衣をまとった修道僧たちも。鼠と疫病のための身支度として、これ以上相応しいものがあるだろうか？

エドガーは路地に修道僧の姿を見るのが好きだった。彼らは寝たきりの人々を訪問し、ホームレスのための避難所を運営し、飢えた者たちのために食料を集めて回った。彼らは男たちがあまり残っていない土地に生きる男たち。群れを成した十代の少年たち、それに武装したドラッグの売人——近隣の路上にいる男たちといえばこれくらいだった。そのほかの男たちがどこへ行ってしまったのか、彼女には知る由もなかった。二番目、あるいは三番目の家族と共に生活している父親たち。一人暮らし用の安アパートに身を潜めていたり、高速道路下の冷蔵庫用のダンボールのなかで眠っている父親たち。ハート島の無縁墓地に埋葬されている者たち。

「草木の種類を数えているんですよ」とブラザー・マイクが言った。「本がありましてね、それを空地に行く時に持って行くんです」

　グレイシーが言った。「あんまり空地の奥まで入らないようにね、いい？」

「空地じゃあみんな私のことを知ってますから」

「誰が知ってるですって？　犬にあなたのことがわかる？　狂犬がいるのよ、マイク」

「私はフランシスコ会修道僧ですよ。私の人差し指には鳥が留まるんです」

「奥まで入らないこと」とグレイシーは彼に言った。

「いつも見かける女の子がいるんです、十二歳くらいでしょうか、声をかけると逃げてしまうんです。廃墟に住んでるんじゃないかって気がするんですよ。聞いてみてくれませんか」

「わかったわ」とグレイシーが言った。

　バンに荷物が積み込まれると、二人は再び「バード」まで車を走らせた。イスマエルとの用事を済ませ、彼の部下を数人連れていって食料の配布を手伝わせるのだ。イスマエルとの用事とは何か？　彼女たちは、北ブロンクス、特にブロンクス河沿いに遺棄された車の位置についての詳細なリストを彼に渡す。河沿いは一大廃車場をなしていて、おもしろ半分に盗まれて乗り捨てられ、ほとんど丸裸にされてガソリンをサイフォンで抜き取られて野良犬の住みかとなりはてた自動車が集まっていた。イスマエルは部下を派遣して、車体と、無傷のまま残っている部品ならなんであれ持ち帰ってこさせる。彼らは小さな平床トラックに、頼りない巻き上げ機を載せて使っていた。運転台と荷台と泥除けには、地獄に堕ちた魂を主題としたグラフィティが描かれている。車体はこの空地まで持ってこられて、イスマエルが吟味して値段を付け、それからブルックリンの最果てにある屑鉄業者のところへ運び込まれる。この空地だけで、活かせる部品を取り外された車輌が四十から五十台ほど遺棄されていることもある。どれも博物館級の代物で、つぶれ、錆びついて、ボンネットやドアがなく、山地の星空を思わせる深い筋が窓に入っていた。

バンが建物の近くまで来ると、エドガーは帯に挟み込んであるラテックス製の手袋を捜して腹のあたりをまさぐった。

イスマエルには区をまたがって活動している一群の廃車情報屋たちがいて、彼らは主に橋や高架道の下の荒涼とした通りに目を光らせていた。黒こげになった車、ひっくり返った車、シャワーカーテンに包み込まれた死体を載せた車。これらすべてが、ニューヨーク市内の廃品回収業者に回されるのだ。修道女たちが廃車の位置特定作業と引き替えに受け取る金は、修道院の食料雑貨品代となった。

グレイシーはバンを停めた。見渡す限り、走行可能な車はそのバンだけだった。彼女はビニールでコーティングされた金属製の環をハンドルに取り付け、ロッドを錠の差し込み口にはめ込んだ。一方、エドガーはラテックスの手袋に手を押し込み、合成物質の確かさを感じた。ゴム加工した粘着性のプラスチックが与える密かな安心感。有機物の脅威を遮断するもの。飛び出す血や膿汁、内部に潜んでいるウイルス性物質、蛋白質で包まれた超顕微鏡的寄生体などから身を守ってくれるのだ。

不法占拠者たちがたいていの階に住み込んでいた。わざわざ見なくてもエドガーには彼らが誰なのかわかる。暖房、照明、水道なしで暮らしている貧窮者たちの文明。ペットもいれば玩具もある核家族であり、死人のリーボックをはいて夜をさまようジャンキーたちだった。彼女は街路にはびこるメッセージを消化吸収することで彼らの素性を摑んできた。彼らは略奪民であり、採集民であり、空き缶回収人であり、紙コップを片手に地下鉄車内を左右に体を揺らして進む人間たちである。穏やかな日には屋上で日光浴をしている娼婦たちもいれば、抑えの効かない凶暴さや下劣な冷淡さ、その他の犯罪に関して折り紙付きの男たちもいる。練り上げられたヴィクトリア朝の言い回しが必要とされる犯罪——現代の裁判所も雰囲気作りにそうした言い回しを採用している。さらに、聖霊の名を喚き散らす信者たちもいる——彼女はその存在を実際に眼にしていた——一群のカリスマ派信者が最上階で飛び跳ねたり泣き喚いたりしながら、言葉や言葉にならぬ声を発し、祈禱でナイフの切り傷を治そうとしている。

イスマエルの本部は三階にあり、修道女たちは階段を急いだ。グレイスは無駄なくらいしょっちゅうこの年長の尼僧のほうを振り返っていたが、エドガーのほうは体の可動部分に痛みを感じながらも一定のペースを保ち、衣擦れの音を響かせながら階段を上っている。

「踊り場に注射針があるわ」とグレイシーが注意を促した。

針に注意しろ、針を避けろ、自己を軽んずる者たちにとっての格好の道具を。グレイシーには中毒者がどうして清潔な針を使おうとしないのかがわからなかった。こうした怠慢のことを考えると彼女の頰は怒りで膨らんだ。しかし、エドガーは天罰の誘惑について考えた。あのトンボのような懐刀によるキスマークの誘惑。自分自身になんの価値もないとわかっているなら、虚栄心を満足させるには、死を相手の賭けに興じるしかない。

イスマエルは埃っぽい床に裸足で立っていた。古いチノパンをふくらはぎまでまくり上げ、明るい色のシャツの裾をズボンの外に出している。その姿は、波打ち際をくるぶしまで濡らして歩いていく暢気なキューバ人に似ていた。

「シスターさん、どんなもの持ってきてくれたかい？」

百戦練磨の雰囲気にもかかわらず、彼は意外と若いのではないかとエドガーは考えた。三十代前半だろう――まばらな顎鬚、腐りかけた歯のせいで複雑さを増した優しげな笑顔。彼の部下たちは立って煙草を吸っており、自分たちが与えたい印象について自信なさげだった。イスマエルはそのうちの二人を階下に送り、バンと食物の見張りをさせた。エドガーは、グレイシーがこの子供たちを信用していないことを知っていた。グラフィティを描き、車をあさり、おそらくケチな盗みもしている者たち。もっと重大な犯罪も犯しているかもしれない。みな街路で暮らし、家はなく、学校にも行っていない。エドガーが彼らに対して一番不満を感じるのは、その英語だった。彼らが喋る英語は不完全で、柔らかく、くぐもった音で、語尾変化もいい加減だ。彼らが動名詞の〝ｉｎｇ〟から〝ｇ〟を抜くたびに、彼女はその抜け落ちた隙間に硬質の〝ｇ〟を打ち込みたくなる。

グレイシーはここ二、三日のあいだに発見した車のリストを手渡した。時間と場所、車種、車輛の状態などに関する詳細。

彼が言った。「見事な仕事ぶりだよな。ほかの連中もこれくらいやってくれたら、今頃俺たち世界を牛耳ってるぜ」

エドガーがすべきことは、彼らの文法や発音を正すことなのか。栄養不良に苦しむ子供たち。何人かは親がいないし、妊娠しているのが外見からわかる者もいる――部下のなかに少なくとも少女が四人いる。実際、彼女は本気で彼らの英語を正したいと思った。彼らを黒板のある教室に連れ込み、綴り字と句読法で彼らの頭をガンガンいわせてやりたい。他動詞とは何か、ｉは必ず

eの前に来る（ただしreceiveのようにcのあとは別）。彼女は『ボルティモア教理要綱』をたたき込みたかった。正か誤か、イエスかノーか、空欄を埋めよ。この計画をイスマエルに話したことがある。彼は興味のある顔つきを装い、大げさにうなずき、考えておきますよ、と心にもない約束をした。

「次のときにならないと支払いができないんだ」とイスマエルが言った。「いまやってることがあって、元手がいるんだよ」

「何をやってるの？」とグレイシーが聞いた。

「俺はここに暖房と電気を入れる計画を立ててるんだ。それと、ニックスを見るためのケーブルテレビをこっそり引くことだな」

エドガーは部屋の奥まで行き、正面に面した窓のところに立った。外を見ると、ポプラとニワウルシの木の間を何者かが動いていった。瓦礫の散らばった空地内でひときわ茂みが深いあたりである。大きすぎるジャージを着て、縞模様のズボンをはいている少女。灌木の下生えのあたりを探っているが、おそらく食料か衣料を掘り起こそうとしているのだろう。エドガーは少女を見つめた。痩せこけた子供、一種猫のような賢さを感じさせ、一挙手一投足が自信に満ちている——無力のように見えながらも隙がない。体も洗っていなさそうなのに、なぜか清潔この上なく見える。土のように清潔で、飢えていて、敏捷なのだ。少女のなにかがこの尼僧に催眠術をかけた。魔法のような特性——人を導き、維持する恩寵のようなもの。

エドガーが何か言った。と、その少女は廃車の迷路を滑り抜け、グレイシーが窓のところへやってくるころには見えるか見えないかの小さな点となっていた。そして昔は消防署だった背の低い廃墟のなかに姿を消した。

「あの女の子、誰？」とグレイシーが訊いた。「空地の向こうのほうで隠れているのは誰なの？」

イスマエルが彼の部下のほうを眺めると、彼らのうちの一人が高い声を上げた。スプレー塗料が飛び散ったジーンズをはいている小柄な少年で、肌は浅黒く、シャツは着ていない。

「エスメラルダ。母ちゃんがどこかは誰も知らない」

グレイシーが言った。「あの女の子を見つけ出して、ブラザー・マイクに教えてやってくれない？」

「あの子はマジですばしっこいんだよ」

ぶつぶつと同意する声が聞こえる。

「あの子、めちゃくそ足が速いんだ」

短いクスクス笑い。

「お母さんはどうしていなくなったの？」

「ヤク中。連中は、ほら、何すっかわかんねえから」

あなたに教えてやりたい、とエドガーは考えた。前置詞で文を終わらせてはいけないということを。それができれば、私はあなたの人生を救ってやれるのに。

イスマエルが言った。「たぶん母親は戻ってくるよ。良心の呵責に苛まれてるはずだから。前向きに考えなきゃ」

「考えてますよ」とグレイシーが言った。「いつでもね」

「でも、本当のところは、母親や父親がいないほうが幸せにやってける子供たちもいるんだ。父親も母親も子供たちの安全を脅かすばかりだから」

グレイシーが言った。「エスメラルダを見かけたら、ブラザー・マイクのところに連れて行くか、ここに捕まえておくかしてね。私がここに来て、あの子と話ができるまで、放さないでほしいの。あの子はまだひとりでやっていくには幼すぎるし、仲間とここに住むにも幼すぎる。ブラザー・マイクは十二歳って言ったわ」

「十二歳ならもう子供じゃないよ」とイスマエルが言った。「ここで一番腕の立つ絵描きの一人は、ぴったり十一か十二だ。いかしたグラフィティを描く野郎でね、ファノっていう。複雑な文字を描くときはこいつをロープで降ろしてやらせるんだ」

「お金はいつもらえるの？」とグレイシーが訊いた。

「次には絶対だ。こういうスクラップで入ってくる金なんてゼロみたいなもんだからな。マージンをほんのちょっとしか取ってない。だからブルックリンの外にも手を広げようかって思ってる。爆弾を作ろうとしてる発展途上国に車を売りつけるんだ」

「何を作るですって？　そんな人たちがスクラップの車を求めてるわけないわ」とグレイシーが言った。「彼らが求めてるのは兵器級のウラニウムよ」

「日本人は、ニューヨーク六番街の高架鉄道から海軍を作り上げたんだ。この話、知ってるかい？　あるときスクラップだったものがさ、次の日には甲板から飛び立つ飛行機になってんだ。驚くなよ、俺の扱った屑鉄も流れ流れて、ほら、北朝鮮にたどり着くなんてことになるかも」

エドガーはグレイシーの顔のニタニタ笑いに気づいた。エドガーは笑わなかった。これは彼女にとって軽々しく受け止められる話題ではなかったのだ。冷戦を生きぬいたこの尼僧は、かつて共産主義国の爆弾の放射性物質から身を守るために部屋中の壁をアルミホイルで被《おお》ったこともあった。戦争にスリルを感じていなかったといえば嘘になる。自分の皮膚の上にドーム型の閃光が上がる白昼夢も見たし、今でも心に爆発を思い描いた。USSRというアルファベットがばらばらになり、巨大な頭文字がキリル文字の彫像のように倒壊した今現在でさえ。

一同はバンが停めてあるところまで降りていった。二人の尼僧と三人の子供たち。すでに街路に降りていた子供たち二人も加わって、食料品の配布に出発し、最初にこの団地のなかで最も厄介な者たちがいる地区へと向かった。

彼らはエレベータに乗り、それから長い廊下を歩いていった。それぞれのドアの向こうに、想像できないような人生がある。それぞれの歴史と記憶があって、埃っぽい水槽でペットの魚が泳いでいる。エドガーが先頭を歩いた。五人の子供たちが一列に並んで続き、それぞれが二袋ずつ食料品を持っている。グレイシーがしんがりで、食料品を抱え、リストに載っている人々のアパート番号を読み上げている。

彼らは一人暮らしの初老の女性と話をした。糖尿病患者で、片脚を切断した女性である。

彼らは癲癇持ちの男性に会った。

彼らは二人の盲目の女性と話した。二人は一緒に住み、一匹の盲導犬を共有して生活している。

彼らは「ニューヨークなんてクソくらえ」と書かれたTシャツを着て車椅子に乗った女性に会った。この女、私たちがあげた食料品をたぶんヘロインと交換するわよ、とグレイシーが言った。街角で手に入る最低ランクのヘロインとね。イスマエルの手下たちは顔をしかめ、黙って見つめていた。グレイシーは歯を嚙みしめ、色の薄い眼を細めながら、とにかくにも食料を手渡した。

これについて言い合いが生じた——尼僧たちだけでなく、子供たちのあいだでも。そして、全員がシスター・グレイスに反対することになった。あの車椅子の女だって、自分が食料をもらって当然とは考えていないのだ。

彼らは癌患者と話し、この男はラテックスで被われたシスター・エドガーの両手にキスしようとした。

五人の幼い子供たちに出会った。全員がひとつのベッドの上に寄り集まり、十歳の子供に世話をされていた。

彼らは一列になって廊下を進んだ。子供たちはパンに食料を取りに戻り、また一列になって、白っぽい灯りの点る廊下を歩いた。

彼らは、スペイン語の昼メロを見ている妊娠した女性と話をした。エドガーは彼女に、赤ん坊が洗礼を受けたあとで死ねばまっすぐ天国に行けるのだと話した。女性は感心したようだった。赤ん坊が危険な状態で、近くに司祭がいなかったら、母親自身で洗礼を施してもよい、とエドガーは言った。どうやって？　赤ん坊の額に普通の水をかけて、「父なる神と子なるキリストと聖霊の御名において、われは汝に洗礼を授ける」と言えばいい。女性はその言葉をスペイン語と英語で繰り返し、みんなそれで気分がよくなった。

彼らは廊下を進み、百もの閉ざされたドアを通り過ぎた。エドガーは洗礼を受けずに地獄の辺土へ落ちていった幼児たちのこと、地獄の一歩手前にいる赤子たちのことを思った。中絶された赤子以前の赤子、土星の輪のように浮かぶどろどろした胎児たちの星雲、そして免疫系を具えることなく生まれてきた赤子たち、コンピュータによって泡のように産み出された子供たち、生まれつき中毒反応を示す子供たち——彼女は毎日こういう子供たちと出会う。電球のような頭をしたコカイン依存症の新生児は、どこか農夫たちのあいだに伝わる民話から抜け出したように見える。

ゴミがガラガラとダストシュートを落ちていく音が聞こえた。彼らは一列になり、三人の少年と二人の少女が尼僧たちと一体化して、くねくねと動く一匹の湾曲した多足生物となって廊下を進んだ。エレベータを降り、一連の長屋で配達を締めくくった。どの長屋も玄関ドアのガラスは割れていて、ベニヤ板が張ってあった。

グレイシーが手伝いの者たちを「バード」で降ろそうとしていた時、一台の観光バスが停車した。何これ？　信じられる？　そのツアーバスはカーニバルのような塗装を施され、フロントガラスの上には「超現実サウスブロンクス」と標識が入れてある。グレイシーの息づかいが荒くなってきた。カメラを首から下げたおよそ三十人あまりのヨーロッパ人がおどおどとバスから降り、板が打ちつけられた店舗や閉鎖された工場の前の歩道に立つ。そして道の向こうの、少し離れたところにある遺棄されたアパートのほうをじっと眺めている。

グレイシーは半ば凶暴化し、バンから首を突き出すと声を張り上げた。「ちっとも超現実なんかじゃないわ。これが現実よ、現実なのよ。あんたたちのバスが来るから、これが超現実になるのよ。現実を超えてるのはあんたらのバスのほうよ。現実離れしてるのはあんたらよ」

修道僧がひとり、ぼろぼろの自転車に乗って通りがかった。観光客たちは彼がペダルをこいで道を進むのを見守った。グレイシーが自分たちにがなりたてるのに耳を傾けた。そして、電池で動く風車を売りに来た男を見た。色鮮やかな羽根が棒にピン留めされている風車。男はそれを十本くらい手に持ち、残りはポケットに挿して、腕で押さえていた。プラスチックの羽根が彼のまわりじゅうで回転している。売り子の年老いた黒人は黄色いスカルキャップをかぶっている。観光客たちはこの男を見た。ニワウルシの密林を見て、腐蝕した廃車の山を見て、天使たちが描かれた六階分の石壁を眺めた。愛らしい童顔の上にリボンがはためいている。

グレイシーが叫んでいた。「これは現実よ、現実なのよ」――さらに叫ぶ――「超現実的なのはブリュッセルよ。ミラノよ。現実はこれだけよ。ブロンクスこそ現実よ」

観光客の内の一人が風車を買ってバスのなかに戻った。グレイシーはぶつくさ言いながら車を出した。ヨーロッパの尼僧たちはボンネットをかぶるんだけど、それって片持ち梁が飛び出した海の家みたいなのよ、と彼女は言った。それこそ現実離れしてるわ。「バード」からそう遠からぬところで渋滞が起きていた。二人の女はじっと座って、あれこれ思いを巡らした。エドガーは学校帰りの子供たちが歩いているのを見守った。彼らが吸い込んでいる空気は、海から立ち上り、大陸の端のこの街路まで風に運ばれてきたものだ。爪が汚れている子供に災いあれ。エドガーはかつて、五年生の子供たちの手が鋳造されたばかりの十セント貨のようにピカピカでないと、その指関節を定規で叩いたものだ。

そこらじゅうでけたたましい騒音が鳴っていた。くたびれたクラクションや警察のサイレン、恐竜の唸り声のような消防車のクラクション。

「シスター、たまに不思議に思うんですけど、なんでこういったことを我慢してるんですか？」とグレイシーが言った。「心の平和と安寧を手にする資格ならもう充分手に入れたでしょう。州北部に住んで、修道院の資金集めの仕事に就くこともできるはずです。薔薇園に腰を下ろして片手には推理小説、足元にはあのペッパーちゃんがすり寄ってくるなんて、私だったら最高なのに」。ペッパーちゃんとは州北部の修道会本部にいる猫のことだ。「お弁当持って湖にピクニックにも行けるじゃないですか」

エドガーは内心陰気にニヤッと笑ったが、それは表には現われず、どこか口蓋の奥のほうに漂った。彼女にとって北での生活など憧れでもなんでもなかった。まさにこの場所が世界の真実であり、魂のふるさとであり、自分自身の姿なのだ。彼女は自分自身の姿を見た。臆病者の子供――自己の内に残る崩壊の恐れを治すため、路地の持つ本物の恐怖に立ち向かわなくてはならない。自分の仕事を為すべき場所として、ほかにどこが考えられるだろう？　勇敢で狂気に駆られたイスマエル・ムニョスの壁が立つここでないとすれば？

と、グレイシーがバンから飛び出していた。シートベルトを外し、バンの外に降り、通りを走っている。ドアは開け放たれたままだ。エドガーにはすぐにわかった。彼女は振り返り、あの少女、エスメラルダを見た。グレイシーの半ブロックほど前を走り、「バード」に向かっている。不格好な靴と地味なスカートをはいたグレイシーは、渋滞する車のあいだを縫って走る。少女を追って角を曲がると、ちょうどさっきの観光バスが渋滞に捕まっている。観光客たちは走っている二人の姿を眺める。エドガーには彼らの顔が揃って向きを変え、窓のところで風車が回るのが見えた。

薄暗くなりつつある空にあらゆる物音が集まる。

エドガーは観光客たちのことがわかるような気がした。博物館や夕日を見るためではなく、廃墟を見るために旅をする――爆撃された大地、苔むした拷問と戦争の記憶を辿るための旅。救急車が一ブロック半ほど行ったところに集まっていた。作業員たちが、白っぽい煙の波に洗われながら、地下鉄通気口の格子をこじ開けている。彼女は素速く祈りの文句を唱えた。希望の営み、三年間の免償。すると、いくつかの頭と胴体がぼんやりと出現し始めた。人々が口を歪め、狂ったように喘ぎながら、地上に出て来る。電線のショート、地下鉄火災。バックミラーで、彼女は観光客たちがバスから降りるのを見た。彼らは通りをおずおずと進み、写真を撮ろうと構える。それに、ほとんどなんの興味も示さずに脇を通り過ぎていく学童たち――彼らはテレビで実際の殺人シーンを見ているのだ。しかし、いったい彼女は何を知っているのだろう？　いまだ金曜日には魚を食べ、ラテン語のミサをなつかしがるこの老女は？　自分はシスター・グレイスよりもずっと役に立たない。グレイシーは人間の価値のために戦う兵士であり闘士。エドガーは基本的に警察の補佐であり、一連の法律と禁則を保護しているにすぎない。交通の止まった道路に、パトカーの甲高い音が脈打つように鳴り響いた。蛍光色のベストを着た作業員に付き添われて百人もの地下鉄乗客がトンネルから出てくる。そして彼女は観光客らがスナップ写真を撮るのを見て、何年も前のローマ旅行を思い出した。勉強のため、魂の再生のためのローマ旅行。巨大な円蓋の下で頭をくらくらさせたり、カタコンベや教会の地下室をうろついたりしたものだった。そして、乗客が表通りに上がってくるのを見ながら思い出していた。とあるカプチン会派教会の地下礼拝堂で、そこに積み上げられた骸骨の山から目をそらすことができなかったこと。おびただしい蹠骨《しょこつ》や大腿骨や頭蓋骨、壁龕《へきがん》や隅に積み上げられた頭蓋骨をかつて飾っていた修道僧たちの肉はいったいどこへ行ったのだろうと思ったものだ。そしてあの時の自分は、罰する者の立場からこう考えた。この死者たちはいつか地上に現われ、生者を鞭打ち、棍棒で殴り、罪を犯した生者に罰をくれるのだ。そう、死の勝利——しかし、今でも本当にそう信じたいのだろうか？

しばらくして、グレイシーが運転席に乗り込んできた。落胆し、頰を紅潮させている。

「もう少しで捕まえられたのに。空地でも一番茂みが深いところに走り込んでいって、そこで気を逸らされたの。本当のところめちゃくちゃ恐かった。なぜって蝙蝠が、自分の目を疑ったけど、本物の蝙蝠——ほら地上唯一の空飛ぶ哺乳類ってやつ？」彼女は皮肉っぽく指を翼の形にひらひらさせた。「それが医療廃棄物でいっぱいの穴から飛び出してきたんです。体液で汚れた包帯とか」

「そういう話は聞きたくありません」

「見たんですよ、都市いくつ分もの死への願望をすべて満たしてくれそうなくらいたくさんの使用済み注射器とか。死んだ白い鼠が何百匹もいました。どれも身体が硬くなっていて、ぺったんこに潰れてるんです。野球カードみたいに指ではじけそうなくらい」

乳白色の手袋のなかでエドガーは指をのばした。

「それでエスメラルダは、あの茂みと廃車の山のどこかで暮らしているんです。絶対廃車のなかに住んでると思うわ」とグレイシーが言った。「何があったのかしら？　地下鉄の火事みたいですね」

「そうね」

「死者が出たかしら？」

「そんなことはないみたい」

「あの子を捕まえたかったわ」

「あの子はきっと大丈夫よ」とエドガーは言った。

「大丈夫じゃないですよ」

「自分の面倒くらい自分で見られますよ。土地勘はあるんだし。賢いし」

「きっとそのうち……」とグレイシーが言った。

「あの子は安全よ。賢いから。きっと大丈夫」

その夜、エドガーは浅い眠りの表層のすぐ下で再び地下鉄の乗客を見た。成人男性、出産適齢期の女性たち、みな煙の立ちこめるトンネルから救出され、作業員専用通路を手探りで進み、昇降口階段を昇って街路まで誘導される。父親たちに母親たち、はぐれていた親たちが見つかり、身を寄せ合う。蛍光色の羽根を持つ、顔のない小さな生き物によってシャツを摑まれ、体を持ち上げられて地上まで導かれる。


数週間後、エドガーとグレイシーは腐った落ち葉に覆われた空地を徒歩で越え、市の境界に近いブロンクス河畔にたどり着いた。その藪のなかに、後ろから追突されたホンダ車が捨ててある。ナンバープレートとタイヤは外され、窓もきれいに取り外されて、グローブボックスのなかでは鼠たちがカリカリと音を立てている。二人で車の遺棄の状況を詳しくメモし、車に戻ったとき、エドガーは何とも言えぬ嫌な気持ちに襲われた。ずっと昔、生徒か親か、あるいは別の尼僧に関して恐ろしいことを予感したときのような、虫の知らせ。そんなとき彼女は、修道院の埃っぽい回廊や、鉛筆の木材や作文練習帳の匂いが立ちこめる学校の用具室で情報がうごめくのを感じた。あるいは、学校に隣接する教会で。ミサの侍者を務める少年が香炉を振るとき、その煙と一緒に暗い報せが漂った。かつてはいろんな物事が、老朽化した床板が軋る音や、衣服の香り、他人の湿っぽいキャメルコートを介して彼女のもとに訪れたのだ。ニュース、噂、破局を、染みひとつない木綿製の修道衣とヴェールの編み目に彼女は吸い込んだのだ。

だからといって、疑いを抱かずに生きる力が自分にあると主張するつもりはない。

彼女は疑い、掃除をした。その夜、彼女は自分の部屋の洗面器に屈み込み、消毒液に浸したスチールウールのたわしで、掃除用のブラシの毛を一本一本きれいにした。しかしそうなると、彼女は消毒液の瓶を、その消毒液よりも強力なものに浸さなければならなくなる。そして、彼女はそれをしていなかった。それをしなかったのは、無限に後退することになるからだ。後退が無限なのはそれが無限後退と呼ばれるものだからだ。疑いは病となり、物体の強引なぶつかり合いから成る世界を超えて広がり、遥か高みの、言葉が言葉自身を相手に戯れるような次元にまで浸透する。

その次の日の朝、エドガーはバンに座り、シスター・グレイスが修道院から出てくるのを眺めていた。肩をゆするような歩き方、短い脚、角張った体。グレイシーは顔を背けたまま車の前方を回り込み、運転席側のドアを開けた。

彼女は乗り込み、ハンドルを握って、じっと前方を見据えた。

「修道院から連絡がありました」

それから彼女は手を伸ばしてドアを閉め、再びハンドルを握った。

「エスメラルダが何者かに強姦されて、屋上から投げ捨てられたんです」

彼女はエンジンをかけた。

「ここに座って考えているんです。誰を殺せばいいのかって」

彼女はエドガーをちらっと見遣り、それからギアを入れた。

「だって、誰を殺そうかっていうのは、自分がばらばらになってしまわずに問える唯一の問いなんです」

彼女たちはバンで路地を南へ抜けていった。朝日を浴びて安アパートの煉瓦が心地よさげに煙っている。エドガーはグレイシーの憤怒と苦痛に荒れる心を感じた——彼女はこの数週間のうちで、あの少女に二度か三度接近し、遠くから話しかけ、衣料品の袋を少女が立っているアメリカヤマゴボウの草むらに放り投げたりしていた。道中、彼女たちは口を利かず、年輩のほうの尼僧は『ボルティモア教理要綱』の問答を心のなかで暗誦した。不朽の祈りともいうべきこの修練の強みは、彼女の声に付き従う声にあった。何十年もの昔から応答してくる子供たちの声。音節ごとに歯切れよく響く、彼女の人生の透明な音楽ともいえるパン神の笛のような声。問いと答え。これ以上深遠な対話を正しき精神が編み出しえようか？　彼女は手を伸ばし、ハンドルを握るグレイシーの手に自分の手を重ね、ダッシュボードのデジタル時計の数字が変わるまでそこに留めた。誰が我々を造ったのですか？　神様です。澄んだ目をした、あまりにも素直な顔、顔、顔。神様とはどなたですか？　神様とは万物を造った至高の存在です。彼女は両腕に疲れがたまるのを感じた。腕が重たくて鈍くなった。十二課まですべて暗誦し終えた頃には、貧窮者向けの公団住宅が空の端に姿を現わした。くたびれた石材の幅広く薄暗い壁面と対照的に、上階部分の窓が陽を浴びて白く光っていた。

ついにグレイシーが重い口を開いた。「まだありますね」

「何があるの？」

「聞こえません？　聞こえません？」

「何が聞こえるの？」とエドガーが言った。

「クークー。クークー」

それから彼女はバンを走らせて団地を通り過ぎ、グラフィティの壁を目指した。

到着してみると、すでに所定の場所に天使が描かれたあとだった。彼らはこの天使にピンクのトレーナーを着せ、ピンクと青緑色のズボン、そしてロゴがくっきり描かれた白のエアジョーダンをはかせていた。「めちゃくそ足が速い」少女だったので、イスマエルは彼女にランニングシューズを与えたのだろう。フアノという名の少年がまだロープにぶら下がり、旧式の手動巻き上げ機によって屋上から吊り下げられている。普段は車輛を運搬車の荷台に積み込むのに使っている巻き上げ機だ。イスマエルとその仲間たちは屋上の手摺り越しに下を覗いて、フアノに正しい綴り字を伝えようと声を振り絞っていた。フアノは壁に近づいたり遠ざかったり浮遊しながら、身を乗り出して、重なり合った文字を描きつけていく。それは、あの偉大なる往年のグラフィティ、ワイルドスタイルと呼ばれたものを今に伝えている。尼僧たちはバンの外に立ち、少年が作業するさまを眺めた。少年は綴り字を間違えながら最後の単語を仕上げ、刺すような風に揺られながら空へ向かって引っ張り上げられた。

エスメラルダ・ロペス
きょう年十二さい

尼僧たちとイスマエルは三階で出会った。グレイシーは空っぽの部屋を歩き回る。イスマエルは隅っこに立って、フィリーズ太葉巻《ブラント》をくゆらしている。グレイシーはどうやって切り出せばいいのかわからないようだった。この名状しがたい行為をどう言葉にすればいいのか、自分が何とかして救いたいと思っていた子供に対して何者かが行った仕打ちを。彼女は歩き回り、拳を握りしめた。数ブロック離れたところで、市バスが排気ガスのうめき声を上げるのが聞こえた。

「イスマエル。あなたに犯人を見つけ出してもらわないと」

「俺がこの町を仕切ってるとでも言うのかい？　ロサンゼルス市警じゃないんだよ、俺たちは」

「ほかの誰も持っていないような情報網を持ってるじゃない、この地区では」

「どの地区？　地区なんてあっちの話だろ。ここは『バード』だぜ。俺はこのガキどもが壁に描くときに綴りを間違えないようにしてやるのが精一杯さ。俺が現役だった頃には、真っ暗闇で地下鉄の車輌に落書きしても綴りなんか間違えなかった」

「綴りなんてとやかく言う人いないわ」とグレイシーが言った。

イスマエルはシスター・エドガーとこっそり目配せし合い、歯を見せてにやりと笑った。その乱杭歯は、彼が歯の手入れをずっと怠ってきた歴史を物語っていた。シスター・エドガーは無力感と喪失感を感じた。「恐怖」がいま・ここのものになった今、我々はどうやって生きたらよいのだろう？　巨大な影は解体された。紀元前五〇〇年の釣り鐘型の甕に描かれた、ギリシャ神話の勝利の女神ニケに因んで名づけられ、空に向かって打ち上げられた対空誘導弾ナイキ（アメリカで冷戦期初期に配備された迎撃用高高度地対空ミサイル）——もはやそれが「恐怖」なのではない。いま、それは何か？　すぐ近くの街路から聞こえてくる騒音、果物ナイフを持った泥棒、走り去る車から何気なく発砲される弾丸の吃音、あなたの子供を連れ去る者。古代の恐怖が再生されている——やつらは私の子供をさらいに来る、私が眠っているときに私の家までやってきて私の心臓を切り取る、やつらは悪魔と語り合う連中だから。グレイシーはその日ずっと、悲しみと疲労を抱え続けたが、エドガーはそれを放っておいた。その次の日も、それから二週間、三週間後までも。エドガーは、自分が危機的状態に陥るのではないかと思った。世界をこんなふうに見てしまうのではないか——世界とは、純然たる物質が束の間ほとばしったにすぎず、それがたまたまエメラルド色の惑星をここに、死んだ星をあそこに、ランダムな廃棄物を両者の中間に創り出したのだ、と。測り知れぬ神意の静穏が、彼女の眠りから抜け落ち始めている。形と釣り合いを与えるもの、畏怖と興奮を呼び起こす力が。グレイシーと少年たちが公団住宅に食料を運び込んでいるあいだ、エドガーはバンで待った——バンに乗った尼僧——エスメラルダについての理由を求める人々と直面できないのだ。

情け深き母よ、私たちのために祈ってください。これで三百日。

それから噂が始まった。界隈から界隈へ言葉が飛び、教会やスーパーマーケットを通過した。おそらくは少々歪曲され、あちらこちらで誤訳されたりもするのだろうが、ひどくねじ曲げられてはいない——みなが同じ超自然現象について語っているのは明らかだ。なかには自分の目で見るためにそこまで足を運び、結果をまわりの人々に伝える者もいる。それによって、超越的な物事が育む類の希望を掻き立てる。

日が暮れると、彼らは橋への昇り口に挟まれた吹き曝しの場所に集まってきた。一人か二人の流言に引き寄せられた七、八人、さらに、その七人に引き寄せられた三十人、それがついには張りつめて静まり返った群衆になった。数は増えていくものの、崇敬の念はまったく弱まらない。二百人もの群衆が道路上の中央分離帯にすし詰めになっている。ブロンクスの最南端、中央卸売市場から高速道路が大きな弧を描いて降りてきて、鉄道の操車場が海峡に向かって延びていく場所。工業地帯につきものの荒涼さに包まれ、大恐慌時代から続く不機嫌な美によって人の胸を張り裂く場。雑草が高々と生い茂る高速道路の入口、ハーレム河に渡された古い列車用の鉄橋。その両岸には剝き出しの鉄塔が立っており、執拗な風にかすかに揺れているようだ。

彼らはぎゅう詰めになってやって来た。車で来たのならまず駐車スペースを捜し——それぞれの車には六人から七人の人間が乗っている——急勾配の路肩に斜めに駐車したり、工場の脇道に駐車したりした。それから、彼らはこのコンクリート製の孤島に——高速道路と痘痕面の大通りに挟まれた孤島に——体をねじ込み、肌寒い風が吹き込んでくるのを感じながら、上を見上げた。自動車が闇雲に走り抜けていく道路の上、薄暗がりのなかに広告掲示板が浮かんでいる。川の堤防の遥か上空に掲げられた宣伝広告、それは、北の郊外からマンハッタンの濃密な金と飽食めがけて絶え間なくやってくる通勤電車の乗客の朦朧とした目線を捉えるべくそこに立っている。

食堂でエドガーはグレイシーの正面に腰を下ろした。彼女は味わうことなく料理を食べていく。数年前、味などは問題でないと心に決めたからだ。問題なのは食器を綺麗にすることだ。

グレイシーが言った。「だめですよ。いけません」

「ちょっと見るだけ」

「だめ、だめ、だめ」

「自分で見ておきたいの」

「こんなのタブロイド紙ネタですよ。タブロイド紙の迷信ネタでも最悪の部類です。ひどいものです。そんなの完璧な——何でしたっけ？　完璧な責任放棄ですよ、ねっ？　冷静になってください。ご自分の良識を放棄しないで」

「みんな本当に、彼女を見てるのかもしれないわ」

「これが何だかおわかりですか？　夜のニュースですよ。夜十一時のローカルニュース。グロテスクなニュースをうまくちりばめて、三十分間視聴者を飽きさせないようにしてるんです」

「でも、行かなきゃいけないと思うの」とエドガーは言った。

「こういうのは貧しい人々のためのものなんです。貧しい人たちがこういうのに向きあって、判断して、できることなら理解するんです。私たちはそういう枠組みで見ないと。貧しい人たちには幻視が必要なんです。でしょ？」

「あなた、自分が愛している人々を見下してるわけね」とエドガーは穏やかに言う。

「それは意地悪ですわ」

「貧しい人たちって言ったわね。でも、貧しい人たち以外の誰の前に聖人が姿を現わすかしら？　銀行頭取の前に聖人や天使が現われる？　ニンジンを食べなさい」

「夜のニュースですよ。児童の殺人事件を臆面もなく食い物にしてるんです」

「でも、誰が食い物にしてるの？　誰も食い物になんかしていないわ」とエドガーは言った。「みんなあそこに涙を流しに行くのよ、信じるために」

「だからこそすごいニュースになって、テレビも新聞も必要なくなるんです。人々の知覚のなかに巣食うんですよ。現実に、偽の現実になってしまって、人々は自分が作り出したものを見ているだけなのに、本物を見ていると思い込んでしまう。メディアのいらないニュースなんです」

エドガーはパンを食べた。

「私は法王よりも歳をとってるわ。法王より長生きするなんて思ってもみなかったし、だから私はこれを見る必要があると思うの」

「イメージは嘘をつくんですよ」とグレイシーは言う。

「見ないといけないわ」

「イメージに向かって祈らないでください。祈るのは聖人に向かってです」

「行ってみなければいけないわ」

「でも、だめですよ。バカげてますもの。シスター、やめてください」

しかし、エドガーは出かけた。ジャニス・ラウダーミルクという、物静かな恥ずかしがり屋の修道女を連れて行った。彼女は歯並びが悪いので、それを矯正する固定装置をつけていた。二人はバスと地下鉄に乗り、最後の三ブロックは歩いた。シスター・ジャンは助けが必要になったときのために携帯電話を持って行った。

茜色の月が街の上空にかかっていた。

通り過ぎる車のライトに照らし出された群衆、何百人もの人々がその中央分離帯に集まっていた。彼らの乗ってきた車は曲がったり傾いたりした状態で駐車され、通過する車の流れに危うく接触しそうである。尼僧たちは大通りを大急ぎで渡り、分離帯のなかに潜り込んだ。群衆は彼らのために隙間を空けてくれて、密集する体の群れが左右に別れ、二人は楽に立てるようになった。

二人は熱に浮かされたような群衆の凝視の先を追った。彼女らはじっと見た。広告掲示板の照明は不均衡で、ところどころ暗く、電球はいくつか切れたまま交換されていない。しかし、中心となる要素ははっきりと見えた。画面の右上からオレンジジュースの瀑布が斜め左下のゴブレットに注がれている——郊外に住む白人女性の完璧な形の手がゴブレットの脚を握っている。遠くに見える柳やぼんやりした湖の眺望が、場所の社会的意味を明らかにしている。だが、目を奪うのはオレンジジュースのほうだ。濃厚で果肉に満ちた液体は、茜色の月に合わせたかのように赤味がかっている。詳らかに見えるジュースの一滴一滴、ゴブレットの底に跳ね返り、しぶきとなってあたりに飛び散るさまが、どの細部もプレシジョニスト（都市の建物や産業社会の情景を簡潔明瞭な輪郭をもつ幾何学的形態の組み合わせで表現した一九二〇年代のアメリカの画家たち）の絵画のように飾り立てられている。甚大な労力と技術、惜しみなく費やされた細部への工夫——中世の教会建築に匹敵するのではないか、とエドガーは思った。そして広告掲示板の下のほうに並んだミニッツメイドの六オンス缶。まったく同じ缶が百も並び、その図柄も色も字体もこの上なく馴染み深く、人格さえ持っているように思える——橙色のかわいらしい小人が陽気に騒いでいるかのようだ。

どのくらい待たなくてはいけないのか、エドガーにはわからなかった。そもそも、いったい何が起きるというのか。農産物のトラックが重低音を轟かせて夕闇を行き交う。彼女は群衆のほうへと視線を向けた。労働者の男たちだ、と彼女は思った。労働者の女たち、小売業者たち、浮浪者や不法居住者もいるのだろうが数はそれほど多くない。それから彼女は最前列に近い一団に気づいた。尖った分離帯の先端にはまりこむような塩梅で陣取っている一団——「バード」にある安アパートの最上階に暮らすカリスマ派の信者たちだ。たいていだぼだぼした白い服を着ており、女たちは桶のような体つきで、ドレッドヘアの男たちは痩せている。群衆は辛抱強いが、彼女は苛々してきた。疑念で体が張りつめ、グレイシーの声が頭のなかで聞こえてきた。ラガーディア空港に向かって暗闇から降下してくる飛行機が、減速するエンジンの轟音で空を引き裂く。彼女とシスター・ジャンは悲しげに目配せをしあった。立ちすくんで、じっと見つめた。呆けたようにオレンジジュースを凝視した。二十分ほど経った頃、衣擦れのような音、人間の立てた風のようなものがやってきた。群衆は北を見遣り、子供たちは北を指さし、エドガーは彼らが見ているものを見逃さないように全身を力ませた。

電車だ。

物体そのものを見る前に彼女は言葉を感じた。その言葉を口にした者などいないにもかかわらず、彼女はそれを感じた。このようにして群衆は物事を単一の意識に引き寄せるのだ。それから彼女は見た。ありきたりの通勤電車、青色と銀色で、落書きされていない車輌が跳ね橋に向かってなめらかに動いていく。列車のヘッドライトが広告掲示板をさっとかすめ、群衆から声が上がる。ハッと呑んだ息が、嗚咽と呻き声になって出てくる。名状しがたい、痛みに満ちた歓喜の叫び。口から噴き出た喚声、堰を切った信仰の慟哭。電車の照明が広告掲示板上でも一番薄暗い箇所を照らし出すと、霧立ちこめる湖に人間の顔が出現した。それはあの殺された少女の顔だ。十数人の女たちが自分の頭をぎゅっと摑み、喚声を上げ、すすり泣いた。聖霊が、神の息吹が群衆を吹き抜けた。

エスメラルダ。

エスメラルダ。

エドガーは体に衝撃を感じた。見ることには見たが、あまりにも瞬間的で、理解する時間などなかった——少女がもう一度現われてくれればと思った。女たちは赤ん坊を広告板に向かって、流れるオレンジジュースに向かって掲げている。洗礼の香膏と香油に浸そうとするかのように。そしてシスター・ジャンがエドガーの顔に向かって、轟く人声と騒音とに向かって尋ねた。

「彼女に似ていました？」

「ええ」

「本当ですか？」

「似ていたと思うわ」とエドガーが言った。

「間近で見たことがあるんですか？」

「あの地区の人たちは見ているわ。ここに来ているみんな。何年も彼女のことを知っていたのよ」

グレイシーならこう言うだろう。何て恐ろしい、何て悪趣味な光景なの。エドガーはグレイシーが何と言うかわかっていた。グレイシーならこう言う。下に絵があるんですよ。技術的なミスです。昔の広告の上に新しい広告を貼ったものだから、上の広告に強い光を当てると、昔の広告が浮かび出すんです。

エドガーの頭に、グレイシーが自分の喉を摑んでいる様子が浮かんだ。大げさに爪を立て、息ができない振りをしている。

彼女の言うことは正しいのだろうか？　ニュースがそれをレポートする機関に依存していた時代は終わったのか？　ニュースはいまや、市井の人々の眼球上で自ずから作り出されるものなのだろうか？

しかし、もし昔の広告が下に隠れていないとしたら？　どうしてオレンジジュースの広告の下にもうひとつ広告がなくてはならないのか？　新しい広告を設置する前に古いやつは取り外すものではないか？

シスター・ジャンは言った。「今度は何かしら？」

彼らはじっと待った。今度は八、九分待つだけで次の電車がやってきた。エドガーは動いた。前に出ようと、肘でそっと人混みを掻き分けた。人々は彼女に道を開けてやり、彼女を見た。ヴェールをかぶり、丈の長い修道衣と冬物の肩掛けで身を包む尼僧。その後ろからお付きの者がおどおどと歩いていく。みすぼらしい外套を着て頭にスカーフを巻き、携帯電話を頭上に掲げている。

彼らは彼女を見て、抱擁し、彼女はそれを許した。彼女の姿それ自体がうしろだてになってくれる。秘蹟を有し、銀行と怪しい関係を結ぶ国際的宗教を代表する人間——しかもこの人は清貧、貞節、服従の道を選んだのだ。人々は彼女を抱擁し、それから道を開けてやった。こうして彼女が、体を揺らしているカリスマ派の一団のなかに入り込むと、電車のヘッドライトが大きくカーブして来て広告掲示板に当たった。エスメラルダの顔がぼんやりと浮かび上がるのを彼女は見た。果汁が描く豊饒の虹の下、郊外にある小さな湖の上空、その顔は存在と気質を持っている——像《イメージ》のなかに誰かが生きている、他人と区別される精神と人格が、理性を持つ生き物の美しさがある。人生の儚い刹那、一秒にも、〇・五秒にも満たない一瞬の後、その部分は再び闇に包まれる。

彼女は何かが自分に押し寄せてくるのを感じた。シスター・ジャンを抱きしめた。彼女らは握手した。空に向けて目を剝いている恰幅のいい女たちと力強い握手を交わした。女たちは両手を握り合って上下に振り動かし、即興的な言葉、恍惚状態の発言を喚き散らした。ありきたりの譫妄状態を突き抜けた物事をこの人たちは歌っている、とエドガーは思った。彼女は近くにいる男の胸を拳骨で叩いた。何もかもが間近に感じられ、自分に打ち寄せてくるように感じた——悲しみ、喪失、栄光、年老いた母親の侘しい憐憫、そしてどこか深いところにある哀悼の力。その力のせいで、彼女は震える者、悼む者、潮のような車の往来のなかで畏れに打たれている人々と自分とが不可分である気にさせられた。彼女は束の間名前を失い、個人史の細部を忘れ、肉体のない液状化した事実となって群衆に溶け込んだ。

シスター・ジャンが言った。「わからないわ」

「もちろんわかるわよ。わかるわよ。彼女の姿を見たでしょ」

「わかりません。あれは影でした」

「湖上のエスメラルダ」

「自分が何を見たのかわからないんです」

「わかってるわよ。当然わかってる。あれは彼女だったわ」

二人はさらに二本の電車を待った。空には着陸灯が現われ、対岸の滑走路目指して飛行機が三十秒ごとに一機ずつ、次から次に降りてきた。轟音の余波が重なり合い、すべてが切れ目ない騒音の塊になる。焦げ臭い燃料の悪臭。二人はさらにもう一本の電車を待った。

物事は最終的にどのように終わるものなのか？　このような物事は、先細りになっていくだけなのか——疲れ果てて雨のなかで身を寄せ合う信心深い人々の、忘却された核にすぎなくなるのか？

次の夜、一千人もの群衆があたりを埋め尽くした。彼らは車を大通りに停め、車の流れのなかに浮かぶ孤島に身をねじ込もうとしたが、大半の者は高速道路の徐行車線に立つしかなく、びくびくしながら辺りを見回すことになった。ひとりの女がオートバイに轢かれ、アスファルトにもんどりを打った。ひとりの少年が止まろうとしない自動車によって百メートル——なぜかいつでも「百メートル」なのだ——引きずられた。立ち往生した渋滞の列を縫うように、売り子たちが花束やジュースや子猫を売って回った。エスメラルダの姿が印刷され、ラミネートでコーティングされたお守りカードも売った。常に回り続ける風車も売って歩いた。

その翌晩、エスメラルダの母親が姿を現わした。行方不明になっていた母親。エスメラルダの顔が広告掲示板に浮かび上がると、彼女は両腕を振り上げて地面に崩れ落ちた。人々は彼女を救急車に乗せ、それを今度はテレビ中継車の集団が追った。二人の男がタイヤ着脱用の梃子を武器に喧嘩を始め、高速道路の入口を塞いでしまった。ヘリコプターのカメラがその現場を記録し、警察はオレンジ色のテープで一帯を囲んだ——あの新鮮な果汁と同じオレンジ色。

その次の晩、広告掲示板は真っ白になった。それは空間に、何という空洞を作り出したことか。群衆はやって来るが、何を言えばいいのか、何を考えればいいのかわからない。いったいどこに目を遣ればいいのか、何を信じればいいのか。広告掲示板は白い無地に「広告主募集」の文字が小さく記され、洒落た字体で連絡先の電話番号が書き添えてあるだけだった。

そして日が暮れ、最初の電車がやってきて、ヘッドライトの光線が当たったところからは何も浮かび上がらなかった。

そしてあなたは最後に何を記憶しているのか？　皆が家へ帰り、街からは信仰と希望が抜け落ちて、川風が吹くだけになったとき？　記憶は希薄でほろ苦く、その根元的な非真実によって——その微妙な意味と都合のよい輪郭によって——あなたに気恥ずかしい思いをさせるのか？それとも超越の力はまだ残っているのか？　自然法則を超えた物事の感覚、熱い地平線に脈動する何か神聖なもの、自己の懐疑に立ち向かうにはどうしても神意の証が必要なゆえに、あなたの熱望する幻影がまだ残っているのか？

エドガーはあの像《イメージ》を心の内にしっかりしまっていた。光線を受けた広告板に一瞬浮かんだ少女のざらついた顔、自分の処女の双子であり娘でもある少女。そして彼女は飛行機燃料の匂いを思い出した。それは彼女の経験の香りとなった——焦げたヒマラヤ杉と樹脂の匂い、あの瞬間のすべてを収める容器。あらゆる瞬間、うっとりと見とれたあの時、連帯感に包まれたあの時。

彼女は節々が痛むのを感じた。宿痾の痛みがこたえる老体、関節の接触点に走る痛み、骨と骨との接続点に走る鋭い感覚。

彼女は立ち上がって、祈った。

我らが願いを聞き届け給え、主よ、我らが心に恩寵を注ぎ給え。

これで十年間の免償となる。もしこの祈りが夜明けと正午と夕べに唱えられたならば、あるいは、それ以降の時間でできる限り速やかに唱えられたならば。

III

2002-2011

バーダー＝マインホフ

Baader-Meinhof (2002)

都甲幸治訳

部屋に別の人間がいるのが彼女にはわかっていた。はっきり音がしたわけではなかった。ただ背後の気配だけ、空気がかすかに動いただけだ。しばらくは彼女しかいなかった。展示室の中央に置かれたベンチに坐り、四方に絵が飾られていた。十五枚のキャンバス一揃いだ。まるで葬儀場の礼拝堂に坐って、親戚か友人の遺体を前に通夜を過ごしているようだ、と彼女は感じていた。そういうのもビューイング《対面／鑑賞》と言ったりするんだっけ、彼女は思った。

彼女はウルリケを見ていた。頭部と上半身、首にはロープによる火傷の痕がついていた。でも首を吊るとき、どんな器具が使われたかはよく知らなかった。

別の人間がベンチのほうに歩いてくるのが聞こえた。男が、重たげに脚を引きずる音だ。彼女は立ち上がり、ウルリケの絵の前に立った。関連した三つの場面の一つだ。どの場面でもウルリケは死んでいる。独房の床に倒れていて、横顔が見える。キャンバスの大きさはまちまちだった。頭、首、ロープによる火傷、髪、顔の表情といった、その女の姿は作品ごとに様々だった。ぼんやりとうす暗い調子で、細部が明瞭だったりそうでなかったりする。ある一枚ではざっと描かれているだけの口が、他ではほとんど写実的だった。すべてが不統一だった。

「どうしてこんなふうに描いたんだろうね？」

彼女は男のほうを向かなかった。

「すごくぼんやりしてる。色もない」

彼女は言った。「知りません」。そして次の作品群に向かった。『撃たれた男』という題名だった。アンドレアス・バーダーだ。彼について考えるとき、彼女は名字と名前両方か、名字だけを思い浮かべた。マインホフについて考えるときは、マインホフという名字ではなく、名前のウルリケだけを思い浮かべた。グードルーンについてもそうだった。

「この人たちに何があったか考えようとしてるんだ」

「自殺したんです。じゃなけりゃ国家が殺したんです」

彼は言った。「国家」。そしてその一言をくり返した。低く太い声にはメロドラマっぽい威嚇の響きがあった。もっとぴったりなセリフの言い方を試しているみたいだ。

彼女は苛立ちを感じたかったたが、代わりに湧いてきたのは漠然とした悔しさだった。究極的な公的権力の行使という、このあまりに厳しい文脈で、「国家」なんていう言葉を使うのは彼女らしくない。そんなのは彼女の語彙ではなかった。

独房で死んでいるバーダーを描いた二つの作品は同じ大きさだったが、対象の表現方法はいささか違っていた。そして今、彼女はその違いに集中していた——腕、シャツ、額縁近くにある何だかわからないもの。差異、あるいは不明瞭さ。

「何があったかはわかりません」彼女は言った。「みんなが信じていることをお話ししてるだけです。二十五年前のことです。爆弾騒ぎや誘拐なんかがあった当時のドイツが、実際どんなふうだったかは知りません」

「やつらは取り引きをした、そう思わないか？」

「彼らは独房の中で殺されたと信じている人もいます」

「協定だよ。やつらはテロリストだろ？　他人を殺さないときは、自分たちを殺すんだ」彼は言った。

彼女はアンドレアス・バーダーを見ていた。まず一枚の絵を見て、それから別のを見て、また元のほうに戻った。

「どうでしょう。ひょっとしたら、そっちのほうがひどいかもしれません。そうならよっぽど悲しいですよね。ここの絵には強い悲しみがある」

「笑顔のやつもあるよ」彼は言った。

『対峙　二』のグードルーンだった。

「笑顔かどうかはわかりません。そうかもしれないけど」

「この部屋ではいちばんはっきりした絵だろう。ひょっとしたらこの美術館でもいちばん。これは笑顔だよ」彼は言った。

反対側の壁にあるグードルーンを見ようとして彼女が振り向くと、ベンチに坐っている男が見えた。彼女のほうに半分体をひねっていて、スーツ姿でネクタイを緩めていた。それほどの年でもないのに禿げかけていた。彼女は男をちらっとだけ見た。相手は彼女を見ていたが、彼女は男の向こうにあるグードルーンの姿を見ていた。刑務所の作業着を着ていて、壁にもたれ掛かり、笑っている。そうだ、中央の絵の中ではまず間違いなく笑っていた。グードルーンの三枚の絵。ひょっとしたら笑っている、笑っている、そして、たぶん笑っていない。

「ここの絵を見るには特別な訓練が必要だな。どれが誰だかわからない」

「そんなことないでしょ。見ればいい。見なくちゃいけないんです」

微かに相手を責める響きを、彼女は自分の声に聞いた。奥の壁まで行き、刑務所の独房の一つを描いた絵を見た。高い本棚がキャンバスのほとんど半分近くを覆っていて、生霊のような暗いものも描かれていた。ハンガーにかかったコートかもしれない。

「あんたは大学院生だ。でなけりゃ美術の先生だ」彼は言った。「おれはただ暇つぶしに来ただけだ。仕事の面接の合間はいつもそうしてるんだよ」

三日連続でここに来ていることを、彼女は男に言いたくなかった。隣の壁に移って、ベンチに坐っている男に少しだけ近づいた。そして彼にそのことを告げた。

「大金持ちか」彼は言った。「じゃなきゃあんたもメンバーか」

「メンバーじゃありません」

「じゃ美術の先生」

「先生じゃありません」

「黙っててほしいみたいだな。黙れボブ、なんてな。まあおれの名前はボブじゃないけど」

群衆の中を柩が運ばれている絵を見て、彼女は最初柩だとわからなかった。群衆だとわかるのにもだいぶ時間がかかった。群衆の大部分は灰色の染みとして描かれていて、前景中央右寄りでこちらに背を向けて立っている数名だけは人の姿だとわかった。そしてキャンバスのほぼ天辺には割れ目が、地面か道路だろう淡い色の帯があった。もう一つ、人か木の塊がある。絵の中央部あたりにある三つの白っぽいものが柩だとわかるのにしばらくかかった。柩は群衆の中を運ばれているか、もしくはただ台の上に置かれていた。

これはアンドレアス・バーダー、グードルーン・エンスリン、そして彼女が名前を思い出せない男の遺体だった。この男は独房で撃たれた。バーダーも撃たれた。グードルーンは首を吊られた。

それが起こったのがウルリケの一年半後だったと彼女は知っていた。ウルリケが死んだのは一九七六年五月だ。

二人の男が展示室に入ってきた。そのあとから杖をついた女性が来た。三人とも説明の前に立ち、読んでいた。

柩の絵には他にもよく分からないものが描いてあった。二日目の昨日まで彼女はそれに気づかなかった。いったん見つけると、強い印象を受け、もはや逃れられなくなった――絵の天辺、中央から少し左、たぶん樹木だろう、大ざっぱに十字の形をしている。

彼女はその絵に近づきながら、杖の女性が反対側の壁に向かうのを聞いていた。

これらの絵が写真を元にしていることは彼女も知っていたが、写真は見たことがなかったので、墓地の向こう側に裸の樹、枯れた樹が一本写った写真があるかどうかはわからなかった。ひょろ長い幹があり、その天辺あたりに一本の枝が残っている。あるいは二本の枝が横に伸びて、十字架の横棒を形作っている。

今や男は彼女の隣に立っていた。彼女がしゃべっていた男だ。

「何が見えるか教えてくれ。本気で知りたいんだ」

ガイドに導かれて団体が入ってきた。彼女はしばし振り向き、連作の最初の絵の前にみんなが集まるのを見た。それはウルリケの肖像で、まだずっと若いころ、ほとんど少女のころの彼女だった。遠くを見るような、物思いに沈んだ表情で、周りのどんよりとした暗闇の中に、手や顔が半ば浮かんでいた。

「一日目はほとんど何も見てなかったと今ではわかります。見てると思ってたけど、絵の中にあるもののほんのわずかしか見えてなかった。やっと見え始めたところです」

二人は共に立ったまま、柩や樹や群衆を見ていた。ツアーガイドが団体にしゃべり始めた。

「それで、見ててどう感じるんだい？」

「わかりません。複雑な感覚です」

「おれは何も感じないからさ」

「無力だと感じてるんだと思います。ここにある絵を見てると、人間はどれほど無力になれるんだろうと感じるんです」

「だから三日連続で来たのかい？　無力だと感じるために？」彼は言った。

「私がここに来るのは、ここの絵が大好きだからです。どんどん好きになります。最初は面喰らったし、今でも少しはそうです。でも今はここの絵が大好きなんだとわかりました」

それは十字架だった。彼女はそれを十字架と見て、正しいかどうかはわからないが、こんなふうに感じた。この絵には許しの要素があると。男二人と女一人のテロリストも、彼らの前に死んだテロリストのウルリケも、許され得ない存在ではないと。

でも彼女は隣に立っている男に十字架のことは指摘しなかった。そのことについて話しあいたくはなかったのだ。自分が十字架を想像しているだけだとは、絵のちょっとした筆あとに十字架を見てしまっているのだとは思わなかった。だが誰かが根本的な疑問を口にするのを聞きたくはなかった。

二人は軽食堂に行き、正面のウィンドウに沿って据えられた、幅の狭いカウンターの前に並ぶスツールに腰掛けた。彼女は七番街を行く群衆を見ていた。世界の半分の人々が急ぎ足で通り過ぎていく。そして彼女は食べ物の味をほとんど感じなかった。

「初日の盛り上がりが懐かしいね」彼は言った。「株価があり得ないくらい上がってさ、二時間で四百パーセントとか。おれは二次市場を狙って買ったんだけど、こいつは大したことなくて、どんどん下がってった」

スツールが埋まると、人々は立ったまま食べた。彼女は家に帰って留守電を確認したかった。

「いくつか面接の約束をしてる。髭を剃って、にこにこ笑う。おれの人生は生きながらの地獄だよ」男は穏やかに言った。しゃべりながら食べ物を噛み続けた。

場所を取る男だった。背が高く恰幅のいい男で、何だかゆるい感じがした。ぞんざいで、もたついた感じ。誰かが彼女の前に手を伸ばし、容器から紙ナプキンを取った。自分でも何をしているのか、何でこの男と話しているのか、彼女にはわからなかった。

男は言った。「色がない。意味がない」

「彼らがやったことには意味があります。間違ってたけど、行き当たりばったりでも空疎でもなかった。画家はその意味を探してるんだと思います。それに、どんなふうにああいう結末に至ったのか？　画家はそれを問うてるんだと思う。全員が死ぬなんて」

「他にどんな結末があり得る？　本当のところを言ってくださいよ」彼は言った。「あなたは体の不自由な子供たちに美術を教えてるんでしょう」

　この言葉が面白いのか残酷なのか、彼女にはわからなかった。それでもしぶしぶ笑みを浮かべている自分がウィンドウに映っているのを彼女は見た。

「美術なんて教えてません」

「これはファーストフードで、おれはそれをスローに食べようとがんばってる。三時半まで面接の約束がないんだよ。ゆっくり食べるんだ。で、何を教えてるか聞かせてくださいよ」

「何も教えてません」

　自分も失業中なことは男には言わなかった。仕事の説明をするのが嫌になっていた。教育分野の出版社の管理部門だ。そんなこと話してみたってはじまらない。仕事も会社ももう無くなってしまったんだから。

「問題は、ゆっくり食べるのはおれの性格に合ってないってことだ。そうするんだって自分に言い聞かせなきゃならない。でもそれでもうまくできない」

　でもそれが理由ではなかった。失業中だと言わなかったのは、二人とも同じ境遇だということになってしまうからだった。互いに対する共感のうねりや、仲間意識は欲しくなかった。話はこのままばらばらなほうがいい。

　彼女は林檎ジュースを飲み、通り過ぎていく群衆を見ていた。一秒の半分かそこらのあいだ、彼らの顔は完璧に知りえるものと思えるのだが、それより短い時間で永久に忘れられてしまう。

　彼は言った。「ちゃんとしたレストランに行くんだったな。ここじゃしゃべりにくい。あなたも落ち着かないでしょ」

「いいえ、大丈夫です。ちょっと今急いでますし」

彼はこの言葉について考えている様子だったが、じきにそうするのをやめた。特にがっかりもしていないようだった。彼女はトイレに行こうと思ったが、やっぱりやめた。死んだ男のシャツを思い浮かべた。アンドレアス・バーダーのシャツだ。ある絵では、もう一枚の絵の中でよりもっと汚れているか、もっと血まみれかだった。

「あなたも三時に約束があるんでしょ」彼女は言った。

「三時半です。でもずいぶん先のことだ。もはや別の世界だよ。そこではおれはネクタイを直して、部屋に入り、自分が誰だか言う」彼は一瞬黙り、それから彼女を見た。「『あなた誰?』っておれに訊くべきだろう」

彼女は自分が微笑みを浮かべるのを見た。でも何も言わなかった。彼女は思った。ひょっとしたらウルリケのロープの火傷痕は火傷痕じゃなくて、ロープそのものだったかもしれない。もし使われたのがロープで、針金やベルトや何かではなかったなら。

彼は言った。「これはあんたのセリフだ。『あなた誰?』せっかくおれが完璧にお膳立てしたのに、あんたときたらまるっきりタイミングを逃がしちまった」

二人は食べ終えたが、紙コップはまだ空ではなかった。彼らは家賃や賃貸契約や地域差の話をした。自分がどこに住んでいるのか、彼女は相手に言いたくなかった。ここから道をたった三本隔てたところにある、色あせた煉瓦の建物に彼女は住んでいた。そのさまざまな制約や不調を、彼女は生活の手触りみたいなものとして理解するようになっていた。日々の不満とは切り離して考えるべきなのだ。

それから男に、住んでいる場所を教えた。ジョギングしたり自転車で走ったりする場所の話を二人でしている最中だった。やがて男が、自分がどこに住んでいるかや、どういうルートを走っているかを彼女に伝えた。住んでいる建物の地下に停めておいた自転車を盗まれたと彼女は言い、どこに住んでいるのかと彼に訊かれると、わりと何気なく教えた。そして彼はダイエット・ソーダを飲み、窓の外を見た。あるいは仲良く並んで、ぼんやりとガラスに映った自分たちを見たのかもしれなかった。


彼女がバスルームから出てくると、彼は台所の窓の前に立っていた。まるで眺望が開けるのを待っているみたいだった。外には埃っぽい建物の石材とガラスしか見えなかった。隣の道に面した、倉庫のような産業用の建物の裏側だ。

そこはワンルームのアパートだった。台所は一部分しか仕切られておらず、部屋の隅にあるベッドは小さめで、四隅の柱もヘッドボードもなく、ベルベル産の明るい色のローブで覆われていた。この部屋で少しでも個性あるものはそれだけだった。

ここは酒の一杯も出すのが礼儀だろう。予想外の客を前にして、困った、こういうのは慣れないな、と彼女は感じていた。どこに坐って何を言うべきか、ちゃんと考えないといけない。冷蔵庫の中にあるジンのことは言わなかった。

「ここには、いつから？」

「四か月も経ちません。遊牧民みたいなもので」彼女は言った。「又貸しで借りたり、友達のところに居候したり。いつも短期です。結婚に失敗してからは」

「結婚」

彼はこの言葉を、さっき「国家」と言うときに使った低いバリトンの声に少し変化を加えて言った。

「おれは結婚したことはない。信じられるかい？」彼は言った。「大部分の友達は同世代だ。ほぼ全員だよ。結婚して子供がいて、離婚して子供がいる。いつか子供が欲しいって思う？」

「いつかって、いつ？　ええ、欲しいですよ」

「おれも子供のことを考える。自分勝手じゃないかって気がするんだ、家族を持つことにこんなに慎重になるなんて。仕事があるかどうかなんて関係ない。仕事なんてすぐに就けるさ、いい仕事に。そういうことじゃない。要するに、すごく小さくて柔らかい誰かを育てるってことが、恐ろしいんだ」

二人はレモンの切れ端を入れた炭酸水を飲んだ。低い木のテーブルを挟んで、斜めに向かい合って坐っていた。彼女が食事をするコーヒーテーブルだ。男との会話に彼女は少し驚いていた。沈黙のあいださえ気まずくはなかった。沈黙も自然だったし、男も正直にものを言っているように思えた。

男の携帯電話が鳴った。彼は体のどこかからそれを取り出し、少ししゃべると、それを手に持ったまま坐り続け、考えこんでいる様子だった。

「電源を切っておくべきだったな。でもこう思うんだ。もし電源を切ったら、何を取り逃がすことになるか？　信じられないような何かを」

「すべてを変えてしまう電話」

「信じられないような何か。人生を完全に変える電話。だからおれは携帯電話に敬意を払う」

彼女は時計を見たかった。

「今の、面接だったんじゃない？　取りやめになったの？」

そうじゃないと男は言い、彼女は壁の時計をこっそり見た。彼に面接に行き損なってほしいと自分は思っているのだろうか。いや、そんなこと思ってるはずがない。

「ひょっとしたら君はおれに似てるのかもしれない」彼は言った。「君は何かが起こりそうになると、それに対して身構えるにも、まず自分をしっかりと見いだす必要がある人間なんだ。そうなって初めて本気になる」

「これって父親になることについての話？」

「面接、実はこっちから取りやめにしてもらったんだよ。君があそこに入っているあいだに」バスルームに向かってうなずきながら彼は言った。

彼女は奇妙な恐怖を感じた。彼は口の中に氷が滑りこむまで頭を後ろに反らして、炭酸水を飲み干した。二人はしばらく坐っていた。氷が溶けていった。そして彼はぶら下がったネクタイの先を指でいじりながら、彼女をまっすぐ見た。

「どうして欲しいか言ってくれ」

彼女は坐ったままだった。

「君は覚悟ができてないみたいだし、おれも焦ってやりたくはないからね。でも、ねえ、おれたちはここにいる」

彼女は相手を見てはいなかった。

「おれは相手を支配しようとするたぐいの男じゃない。誰を支配する必要もないんだ。どうして欲しいか言ってくれ」

「何も」

「会話、対話、なんでもいい。優しい思い」彼は言った。「これは世界における重大な瞬間なんかじゃない。やってきて過ぎ去るだけだ。でもおれたちはここにいる。だから」

「出てってください」

彼は肩をすくめて、言った。「何なりと」そしてそこに坐ったままでいた。

「『どうして欲しいか言ってくれ』って言ったでしょう。出てって欲しい」

彼は坐っていた。動かなかった。彼は言った。「おれはちゃんと理由があって取りやめにした。その理由とは、こうしたやりとりのことなんかじゃない。おれはあんたを見てる。自分に言う。彼女はどんなふうに見える？　回復しつつある人間みたいに見える」

「進んで認めるわ、私のほうの間違いだったのよ」

「おれたちはここにいるって言ってるんだ。どうしてこうなった？　間違いなんてないよ。友達になろう」彼は言った。

「ここでやめにしなきゃいけないと思う」

「何をやめにするんだ？　おれたちは何をしてる？」

いまこの場にあるぴりぴりとしたものを拭い去ろうとして、彼は柔らかくしゃべろうとした。

「彼女は回復しつつある人間みたいに見える。美術館にいたときから、おれはそう思った。いいよ。わかった。でも今、おれたちはここにいる。この日一日は、おれたちが何を言おうと何をしようと、やってきて過ぎ去る」

「こんなこと続けたくない」

「友達になろう」

「そんなの正しくない」

「いいや、友達になろう」

その声のあまりに嘘っぽい親密さのせいで、それは少し威嚇のようにも響いた。なぜ自分がまだここに坐っているのか彼女にはわからなかった。と、男が彼女のほうに屈み込んで、彼女の前腕に片手をそっと置いた。

「おれは人を支配しようとはしない。そういう人間じゃないんだ」

彼女が腕を引っこめて立ち上がると、男は彼女を両腕で抱いた。彼女は男の肩に自分の頭を押しつけた。彼は両腕に力を込めなかったし、彼女の胸や腰を愛撫もせず、ただ彼女を緩やかに包みこんでいた。しばらくのあいだ、自分が消え去っていくように思えた。包み込まれて、じっと動かず、息を殺して隠れていた。やがて、身を離した。彼はそれを止めようともせず、彼女をまるで値踏みするように冷静に見ていた。そのせいでほとんど見覚えのない人間のように彼女には思えた。どうしようもなくひどい、相手を萎えさせるやり方で、男は彼女を分類し採点していた。

「友達になろう」彼は言った。

彼女は自分が首を振っているのに気づいた。そうすることで、今こうしていることを否定し、何か撤回可能な、ただの誤解にしてしまおうとしていた。男は彼女を見ていた。彼女はベッドの近くに立っていた。これこそまさに、彼の視線が捉えた情報だった。彼女と、ベッド。彼はこう言うように肩をすくめた。当然じゃないか。だって、我々がここでするはずのことをしなかったら、ここにいる意味はどこにある？　それから彼は上着を脱いだ。急ぐことのない一連の動きが、まるで部屋全体にまで広がっていくようだった。くしゃくしゃのワイシャツ姿の男は、それまでよりもっと大きく見えた。汗をかいていて、彼女にとって完全に未知の人物だった。彼は上着を持った腕を横に伸ばした。

「な、簡単だろう。君の番だ。まず靴を脱げばいい」彼は言った。「まず片方、そしてもう片方」

彼女はバスルームへ向かった。どうしていいかわからなかった。うつむいたまま壁に沿って歩いた。やみくもに進んでいた。そしてバスルームに入った。ドアを閉めたが、恐くて鍵はかけなかった。そうしたら彼が怒り出すんじゃないか、刺激されたら何かやるんじゃないか、何かを壊したり、もっとひどいことをするんじゃないか。だから差し錠を横に滑らせはしなかった。彼がバスルームに近づくのが聞こえてこないかぎり、そうしないでおこうと決めていた。彼が動いた気配はないと思った。彼がコーヒーテーブルの近くに立っていると彼女は確信していた。ほぼ確信していた。

彼女は言った。「出てってください」

彼女の声は不自然だった。上ずった、小さい声で、そのせいで彼女はもっと恐くなった。それから彼の動く音が聞こえた。ほとんどゆったりしていると言ってもいい音だった。ぶらぶら歩くみたいにゆっくりスチームの前を過ぎた。スチームのカバーが微かにガタガタ鳴った。そして彼はベッドに向かった。

「出てって」彼女はもっと大きな声で言った。

彼はベッドに坐り、ベルトを外していた。その音が聞こえたと彼女は思った。ベルトの先がベルト通しから抜け出て、金属部分がカチッと小さく鳴る。ジッパーが下ろされる音が聞こえた。

彼女はバスルームのドアに体を付けて立っていた。しばらくして彼の息の音が聞こえた。集中して何かをしている音、鼻から出てくる、リズムのある音だ。彼女はそこに立ったまま待った。うつむいて、体をドアにぴったりと付けて。聞きながら待っていることしか彼女にはできなかった。

彼が終えたあと、長い沈黙があり、衣擦れの音やごそごそ動く音が聞こえてきた。上着を着ている音だと彼女は思った。それから彼は彼女のほうにやって来た。もっと早く、彼がベッドにいるうちに鍵をかけておけたのにと彼女は思った。彼女はそこに立ったまま待った。それから彼がドアに寄りかかるのを感じた。もろに体重をかけて、たった二センチ少し向こうで。押してはおらず、くずおれるようにドアにもたれかかっていた。彼女は差し錠を静かに滑らせ、穴に差した。彼はドアにくっついたまま、呼吸し、ドアに沈みこんでいた。

彼は言った。「許してくれ」

その声はほとんど聞こえず、呻きに近かった。彼女はそこに立ったまま待った。

彼は言った。「悪かった。頼む。何て言えばいいかわからないよ」

彼が行ってしまうのを彼女は待った。彼が部屋を横切り、やっと外に出てドアを閉めると、彼女はもうまる一分待った。そしてバスルームから出ると、玄関のドアの鍵を閉めた。

いまや彼女は、すべてを二度ずつ見た。自分がいたい場所に、しかも一人でいるのに、何もかもが変わってしまっていた。クソ野郎。部屋にあるほぼすべてのものが二重の意味を帯びていた――それそのものと、彼女の心の中で起こる連想とだ。彼女は散歩に出かけて、また戻ってきたが、まだ連想はそのままそこにあった。コーヒーテーブルに、ベッドの上に、バスルームの中に。クソ野郎。彼女は近所の小さなレストランで夕食をとり、早めに寝た。

次の朝、彼女が美術館に戻ると、彼は展示室に一人でいて、部屋の真ん中のベンチに坐り、入り口に背を向けていた。そして連作の最後の一枚を見ていた。他のどの絵よりもずっと大きく、おそらく最も衝撃的な作品だ。柩と十字架のある絵で、『葬儀』という名前だった。

ドストエフスキーの深夜

Midnight in Dostoevsky (2009)

都甲幸治訳

僕ら陰鬱な二人の青年は、コートを着て背中を丸めていた。厳しい冬がどっしりと腰を落ち着けようとしていた。州のずっと北の方にある小さな町の外れに大学はあった。いや、町とは言えない、もしかしたら村かもしれない、あるいは、信号が灯ったときだけ列車が停車するだけの集落かもしれない、と僕らは言った。そして僕らはいつも歩いていた。外に出るだけで、どこに行くというあてもなかった。空は低く木々は裸で、人っ子一人《ソウル》いなかった。僕らは地元の人たちをそう呼んでいた。彼らは魂《ソウル》だ、はかない亡霊だ。通り過ぎる車の窓に見える、反射光ににじむ顔。積み上げられた雪からシャベルが突き出ている長い通り。あたりには誰もいなかった。

僕らが線路と平行に歩いていると、古い貨物列車がやって来た。僕らは立ち止まって見物した。列車は、たいてい誰にも気づかれずに通り過ぎていった、ある種の歴史のようだった。ディーゼル機関車に百輛の貨物車が続き、人里離れた田舎を走っていく。トッドと僕は、過ぎ去った時間や消滅したフロンティアへの敬意を無言のうちに分かち合い、それからまた歩き続けた。大したことはしゃべらなかったが、何か大切なことをしていると感じていた。列車が午後の遅い時間の中に消えていくなか、汽笛が聞こえた。

フード付きのコートを着た男を僕らが見たのはその日だった。僕らは彼のコートについて議論した――ローデンコートだ、アノラックだ、パーカだ。いつものことだった。僕らは常に言い合いの種を見つけていたのだ。あの男が生まれてこの町にたどり着き、そのコートを着ていたのは、僕らに議論されるためだった。彼は僕らのずっと先をゆっくり歩いていた。両手を背後で組んだ小柄な姿が、今、角を曲がって家が建ち並ぶ道へ入り、僕らの視野から消えようとしていた。

「ローデンコートにはフードはないだろう。フードはローデンコートって文脈に合わないよ」トッドは言った。「パーカかアノラックさ」

「ほかにもあるさ。いつだって、ほかにもあるもんさ」

「じゃ一つ挙げてみろよ」

「ダッフルコート」

「ダッフルバッグもあるな」

「ダッフルコートもある」

「ダッフルコートという語はフードを含むか？」

「ダッフルコートという語は複数のトグルを含む」

「あのコートにはフードがあった。トグルがあったかどうかはわからない」

「そんなの関係ないよ」僕は言った。「だって、あの男が着てたのはパーカだから」

「『アノラック』ってイヌイットの言葉だよな」

「だから？」

「あれはアノラックだよ」彼は言った。

僕はとっさにパーカという言葉の歴史的変遷をでっち上げようとしたが、すぐには思いつかなかった。トッドは別のことを考えていた――貨物列車や、運動の法則や、力の効果なんかを。そして、機関車が何輛の貨車を引いていたか、という問いを会話に忍び込ませようとしていた。貨車の数を数えよう、と前もって打ち合わせてはいなかった。けれども僕たちは互いに、他の話をしているあいだも、相手が貨車の数を数えているだろうと分かっていた。自分が得た数を僕が言うと、彼は何とも反応しなかった。それがどういうことかは分かった。彼も同じ数だったのだ。こんなこと起こるはずはない――僕らは不安になり、世界は平板になった――そして僕らはしばらくのあいだ、悔しさにむっつりと黙って歩いた。純粋な物理的現実の捉え方すら、僕と彼とでは、基本的な感覚のレベルまで異なっているはずだった。そして今、僕らは理解した。この午後の残りは、互いの違いを際立たせることに費やされるだろうと。

遅い時間の授業に出ようとして、僕らは大学のほうに戻っていった。

「アノラックは分厚いだろう。あの男が着てたのはずいぶん薄っぺらだった」僕は言った。「それに、アノラックには毛皮の裏地のフードが付いてる。語源を考えてみろよ。イヌイットの話を持ち出したのはおまえだろう。イヌイットはフードの裏地に毛皮を付けるんじゃないのかい？北極熊もセイウチもいるしさ。イヌイットなら、上から下までモコモコの分厚いコートが要るはずだ」

「僕らはあの男を後ろから見ただけだよ」彼は言った。「どんなフードだったかなんてどうしてわかる？　後ろから、それも遠くから見ただけなのに」

語源を考えてみろよ。彼のイヌイットの話を、僕は彼を批判するために使い、きちんと理屈に合った反応を強いた。こんなふうに彼が弱みを見せることはめったになかった。トッドは断固たる思索家で、事実や観念を、もうこれ以上ないところまで考え抜くことを好んだ。背が高くて手足がひょろ長く、どこもかしこも骨張っていた。動きが全身の関節とかならずしも一致しない、というタイプの体だ。彼をコウノトリの私生児みたいだと言うやつもいた。いやダチョウだ、と言うやつもいた。トッドは食べ物を味わっているようには見えなかった。摂取可能な植物性や動物性のものを、単に取り込んで、吸収した。距離を言うとき、単位にメートルやキロメートルを使った。これは気取りというより、単位間を素早く変換できるようになりたいという欲求のせいだと分かるまでしばらくかかった。彼は自分の知識を試すのが好きだった。立ち止って、ある論点を強調するのが好きだった。そのあいだも僕は歩き続けた。木に向かって話している彼を放っておくことで、僕なりに違いを際立たせようとしていたのだ。議論が浅ければ浅いほど、僕らはますます熱くなった。

今回の議論も、僕は支配権を握ったまま話を続けて、彼を追いこみたかった。何を言うかなんて関係ない。

「遠くからでも、あのフードは毛皮の裏地があるにしては小さすぎると分かったね。フードはちっこかった」僕は言った。「本物のアノラックだったら、下に毛糸の帽子をかぶっても収まるくらい大きなフードが付いてるはずだろう。イヌイットならそうするんじゃないのかい？」

田舎道の反対側に並んだ高い木々のあいだから、きれぎれにキャンパスが見えた。僕らが住んでいた寮は省エネ型の建物群で、太陽電池パネルがあり、屋上には芝が植えてあって、壁はベイスギでできていた。授業があるのはもとからの建物で、いくつかのでかいコンクリートの校舎は、まとめて独房棟と呼ばれていた。寮から行くには自転車に乗るか、長いこと歩くしかない。往復する学生たちの列は部族の群れみたいで、さながら建築それ自体の一部だった。僕はここに来てまだ一年目で、周囲の身振りを解釈しては、行動様式に順応しようとしていた。

「カリブーがいるだろう」僕は言った。「アザラシの肉があって、流氷があるだろう」

時には意味を衝動に委ねた。つまり、言葉を現実と見なしたのだ。散歩のあいだ、僕らはそうしていた——周囲にあるもの、環境や出来事の中に散らばるリズムを摑んで、人間的なたわごととして再構築したのだ。


論理学の授業は第二独房棟だった。僕ら十三人は長いテーブルの両側に並んで坐り、上席にはイルガウスカスがいた。がっしりした、四十代後半の男だった。今日は断続的に咳をしていた。立ったまま話し、前に屈み、テーブルに両手をついた。そしてしばしば、部屋の反対側の真っ白な壁を見つめ続けた。

「因果関係」彼は言い、壁を見つめた。

彼は見つめた。僕らはちらちらと見た。そして、向かいの学生たちと何度も視線を交わした。僕らはイルガウスカスに魅了されていた。彼はトランス状態にあるように見えた。でもそれは、発言をしながらも上の空、あるいは教育に捧げられた年月というトンネルを疲れ切った声が響くだけ、という、よくあるやつではなかった。彼は神経系の問題を抱えている、と僕らの数人は考えていた。退屈しているのではなくて、ただ単にバラバラなのだ。ある種の洞察に見舞われるがままに、自由に、不規則にしゃべる。これこそ神経化学的な問題だろう。こうした状態はあまり広く理解されていないので名前も与えられていない、と僕らは考えていた。そして、名前がなければーーと僕らは論理学の命題めかして言ったーー治療法もない。

「原子的事実」彼は言った。

そして彼が十分間、詳細に語り続けているあいだ、僕らは聞き、ちらちらと見て、ノートを取り、教科書をぱらぱらめくって活字に逃げこもうとした。彼がしゃべっていることと、だいたいは同じと思われる記述を探していたのだ。教室にはノートパソコンもモバイル機器もなかった。持ってくるな、とイルガウスカスが言ったわけではなかった。ある種、暗黙の了解から、誰も持ってこなかった。タッチパッドやスクロールボタンがなければ、ほとんど考えをまとめられない者もいたが、それでも、高速データ処理システムはここにはそぐわない、と僕らにはわかっていた。それらはこの環境に対する攻撃だったのだ。長さと幅と奥行きで定められ、時間が引き延ばされたこの環境では、データ処理は心臓の鼓動に従ってなされた。僕らは坐ったまま聞いているか、もしくは坐ったまま待っていた。ペンか鉛筆で書いた。僕らのノートは、自由に曲がる紙の束でできていた。

僕はテーブルの向かい側に坐った女の子と視線を交わそうとした。彼女と向かい合って坐ったのは初めてだったが、彼女は何度も下を向き、自分のノートや、自分の手や、テーブルの縁の木目を眺めていた。僕じゃなくて、イルガウスカスから目をそらしてるんだ、と僕は自分に言い聞かせた。

「Fと非F」イルガウスカスは言った。

イルガウスカスの前に出ると、彼女は内気になった。彼の存在という無遠慮な力の前で。分厚い身体、力強い声、スタッカートの咳、それから、彼がどの授業にも着てくる、アイロンのかかっていない古いダークスーツ。シャツのはだけた襟から覗いているカールした胸毛。彼はドイツ語やラテン語の用語を定義せずに使った。僕はなんとか女の子の視界に入りこもうとした。体を縮こまらせ、下から見上げた。僕らは熱心に聞いていた。僕ら全員が理解したいと願い、理解する必要など超越してしまいたいと願った。

時に彼は、丸めた手のひらに咳をした。別のときには、テーブルに向かって咳をした。そして僕らは、顕微鏡でなければ見えないような小さな生命体がわっとテーブルの上に押し寄せ、跳ね返り、目の前の呼吸可能な空間を飛び回るさまを想像した。彼のすぐ側に坐っている何人かはうっとたじろいで身をすくめた。だがその表情は、半ば弁解がましい微笑みでもあった。イルガウスカスから離れて坐っているにもかかわらず、恥ずかしがり屋の女の子の両肩は震えていた。彼が謝ることを僕らは期待しなかった。なにしろイルガウスカスなのだ。悪いのは僕らだった。咳をする彼と居合わせたせいか、咳の激しさに対応できないせいか、あるいは、まだ僕らが知らない別の理由のせいかはわからなかったけれども。

「こうした問いを発することは可能だろうか？」彼は言った。

僕らは問いを待った。そして、僕らが待っている問いとは、いま彼が発した問いのことだろうかと考えた。言い換えればこうなる。いま彼が問うている問いを彼が問うことは可能だろうか？これはひっかけでも、ゲームでも、論理パズルでもなかった。イルガウスカスはそういうことはしなかった。僕らは坐ったまま待っていた。彼は部屋の反対側の壁を見つめていた。

こうした天気のなか、外に出るのは気持ちよかった。そろそろ雪が降りだす時期の、いかにも冬らしい気候だ。僕は古い家が立ち並ぶ道を歩いていた。すぐにでも修理が必要な家もあった。惨めな家、堂々とした家。出窓がある家、弧を描いた玄関ポーチがある家。そしてあの男が角を曲がり、僕のほうに近づいてきた。少し屈んで、同じコート姿で、フードに埋もれて顔はほとんど見えなかった。彼は前と同じようにゆっくりと歩き、前と同じように両手を背後に回していた。そして僕を見ると、ほとんど認識できないくらい短いあいだ立ち止まったようだった。今や首はうなだれていて、足どりもおぼつかなかった。

道には他に誰もいなかった。近づくと彼は僕を避けて横にそれた。彼を安心させようとして、僕も少しだけ彼から離れた。でも彼を盗み見もした。フードの中の顔には無精ひげが生えていた——顔色の悪い老人だ、と僕は思った。鼻は大きくて、目は歩道を見ていたが、同時に僕の存在も意識している。すれ違ったあと、僕は少し待ってから振り返って見た。彼は手袋をしていなかった。それがなんだか彼にはふさわしいように思えた。すさまじく寒いのに手袋をしていないということがだ。

ほぼ一時間後、僕は互いに逆方向に行き交う学生たちの大移動に参加していた。雪が風の中を舞っていた。おおよそ平行な二本の縦列が、旧キャンパスから新キャンパスに、そして反対方向に動いていた。スキーマスクに覆われた顔、風を肩で押し分けて進む体、風に煽られている体。僕はトッドを見た。大股で歩いている姿を指さした。これが僕らの合図だった。挨拶したり賛成の意志を示したりするときに僕らは指さしたのだ。吹雪の中、通りすぎる彼に僕は叫んだ。

「あの男をまた見たよ。同じコート、同じフード姿で、別の道にいた」

彼はうなずき、僕を指さした。そして二日後、僕らは町外れを歩いていた。僕は一対の大木を身振りで示した。裸の枝が、十五メートルか二十メートルくらい突き出していた。

「ノルウェーカエデだ」僕は言った。

彼は何も言わなかった。木や、鳥や、野球チームなど彼には何の意味もなかった。彼はクラシックから十二音技法までの音楽、数学の歴史、その他数百のことを知っていた。僕は十二歳のときに行ったサマーキャンプで木について学んだ。だからこの木々がカエデだということはちゃんとわかっていた。ノルウェーについてはまた別だ。赤カエデと言ってもサトウカエデと言ってもよかったが、ノルウェーのほうが印象が強かったし、物知りな感じがした。

僕らは二人ともチェスをした。僕らは二人とも神を信じていた。

家々が道の向こうにそびえていた。そして中年女性が車から下りてきて、折り畳み式のベビーカーを後部席から取り出して広げるのを僕らは見た。それから彼女は、車から買い物袋を四つ取り出した。一度に一つずつ出してベビーカーに積みこんだ。僕らはしゃべりながら見ていた。僕らは伝染病や、世界的な流行病や、疫病の話をしていたが、そのあいだも彼女を見ていた。彼女は車のドアを閉め、ベビーカーを後ろ向きに引っぱり、押し固められた歩道の雪を乗り越え、長い階段を上がって、玄関ポーチまでたどり着いた。

「彼女の名前は？」

「イザベル」僕は言った。

「真面目にやれよ。おれたちは真面目な人間だろう。彼女の名前は？」

「わかったよ。彼女の名前は？」

「メアリー・フランシスだ。ちゃんと聞けよ」彼は囁いた。「メアーリー・フランーシス。ただのメアリーじゃない」

「わかったよ。多分な」

「どうしてイザベルだなんて思った？」

彼はわざと心配げな顔をして、僕の肩に手をおいた。

「わかんない。イザベルは彼女の妹で、二人は一卵性双生児なのさ。イザベルのほうはアル中。でもそんなこと訊くなんて、大事な問題から外れてるんじゃないのか？」

「そんなことないね。あのベビーカーを使ってた赤ん坊はどこへ行った？　誰の赤ん坊だ？」彼は言った。「赤ん坊の名前は？」

僕らは町から出る道を歩いていった。軍の基地から飛び立った飛行機の音が聞こえた。僕が振り向いて見上げると、飛行機は飛び去った。ジェット戦闘機三機が東に旋回していた。それから、百メートルほど向こうにフード姿の男が見えた。急な坂道のてっぺんあたりに差しかかると、僕らのほうへ歩いてきた。

僕は言った。「今は見るな」

トッドは振り向いて見た。道の向こう側に渡ってあの男と距離を取ろう、と僕はトッドに言った。僕らはどこかの家の敷地内の道から見ていた。頭上には風雨に曝されたバスケットボールのバックボードとリングがあって、車庫のドアの上まで伸びた屋根の梁に固定されていた。ピックアップトラックが通りすぎた。男はちょっとのあいだ立ち止まると、また歩き続けた。

「コートを見ろよ。トグルはないぞ」僕は言った。

「アノラックだからさ」

「パーカだよ――パーカに決まってるだろう。ここからだとよく分からないけど、髭を剃ったみたいだな。それか、誰かに剃ってもらったんだな。誰か一緒に住んでる人に。息子か娘か孫にさ」

今や彼は道を隔てて、ちょうど僕らの反対側にいた。ちゃんと雪掻きされていない雪を避けながら慎重に歩いていた。

「彼はここの出身じゃない」トッドは言った。「ヨーロッパのどっかから来たんだ。ここに連れてこられたんだよ。もう自分の身の回りのことはできない。妻は亡くなった。老夫妻はずっと同じところにいたかったんだけど、妻が亡くなったんだ」

トッドは虚ろにしゃべっていた。男を見てはいたが、彼の向こう側にむかってしゃべっていた。世界の反対側のどこかに男の影を見つけたようだった。男は僕らを見ていなかった。それは確かだった。彼は角まで来た。片方の手を背後に回して、もう片方の手は会話をするときのように小さく動かしていた。そして次の道に入ると見えなくなった。

「靴を見たか?」

「ブーツじゃなかった」

「足首まであった」

「深靴だ」

「旧世界だ」

「手袋をしてなかった」

「上着が膝の下まであった」

「自分のじゃないのかもしれない」

「お下がりかお上がりだ」

「帽子を被っているとしたら、どんな帽子かな？」僕は言った。

「帽子は被ってなかった」

「でももし被っているとしたら、どんな帽子かな？」

「フードを被ってた」

「でもどんな帽子かな、帽子を被っているとしたら？」

「フードを被ってた」トッドは言った。

僕らは曲がり角までたどり着くと、道を渡り始めた。僕がしゃべる一瞬前に、トッドがしゃべり出した。

「彼が被る可能性のある帽子は一種類しかないね。耳覆いが付いてて、それが首の後ろを通って反対側まで繋がってるやつだ。古くて汚い縁無し帽さ。耳覆い付きの、尖った縁無し帽」

僕は何も言わなかった。これに対しては、何も言うことが思い浮かばなかった。

彼が曲がっていった道には、男がいた形跡はまったくなかった。数秒間、神秘のオーラが辺りを漂った。でも彼がいなくなったのは、道沿いのどこかの家に住んでいる、というだけのことだった。どの家かなんてどうでもいい。僕はどうでもいいと思ったが、トッドはそうではなかった。彼は男が住んでいそうな家を見つけたがった。

僕らは道の真ん中をゆっくりと歩いた。互いに二メートル離れたまま、歩きやすいように、車が雪に付けた轍を進んだ。トッドは手袋を片方外して手を広げた。指を伸ばして曲げた。

「空気を感じてみろよ。摂氏マイナス九度だぜ」

「アメリカでは摂氏は使わないよ」

「でも彼は使うんだ。彼の国では摂氏を」

「どの国だよ。たしかに完全な白人って感じじゃないな。スカンジナビア人じゃない」

「オランダ人でもアイルランド人でもない」

僕はアンダルシア人のことを考えた。アンダルシアって正確にはどこにあるんだ？　わからなかった。ウズベク人か、カザフ人か。でもそう言うのはいいかげんなように思えた。

「中央ヨーロッパだ」トッドは言った。「東ヨーロッパだ」

彼は灰色の木造家屋を指さした。普通の二階建てで、板張り屋根だった。町のあちこちにある家みたいな、寂れた風流さなんてものはなかった。

「あれじゃないか。ときどきなら散歩していいって家族に言われてるんだ。一定の範囲から出なければ」

「寒さはあまり気にならない」

「もっと寒いのに慣れてるからな」

「それに、手足の先にはほとんど感覚がない」僕は言った。

玄関のドアにはクリスマスのリースはなかったし、イルミネーションもなかった。住人は誰か、どこ出身なのか、何語を話しているのかを示すものは何も見当たらなかった。道が森で行き止まりになっている場所までたどり着くと、僕らは来た道を戻った。

二人ともあと三十分で授業だった。僕はもっと急いで歩きたかった。トッドはまだ家を一軒一軒見ていた。僕はバルト海の国々とバルカン半島の国々について考え、ちょっとのあいだ混乱した――どっちがどっちで、どれがどこだっけ。

トッドがしゃべる前に僕がしゃべった。

「一九九〇年代の戦争から逃げてきたんだと思う。クロアチア、セルビア、ボスニア。もしくはつい最近やってきたんだ」

「そういう感じはしないな」彼は言った。「ふさわしい仮説じゃないと思う」

「あるいはギリシャ人で、名前はスパイロスだ」

「おまえ、そのまま安楽死したほうがいいぜ」わざわざ僕のほうを見ることさえせずに、彼は言った。

「ドイツの名前だ。ウムラウトがついてるやつ」

最後の一言は嫌味な感じしかしなかった。僕もそのことは分かっていた。もっと速く歩こうとしたが、トッドは一瞬立ち止まって、例によって傾いた姿勢で灰色の家を見ていた。

「考えてみろよ。数時間以内に夕食が終わって、家族がみんなテレビを見ているあいだ、あの男は自分の小さな部屋にある狭いベッドの端に坐って、長い上下の下着姿でぼんやり宙を眺めてるんだ」

その宙を僕ら二人で埋めようとトッドは思っているのかな、と僕は考えた。

長い沈黙のあいだ、僕らは待っていた。そして彼が咳をすると、僕らはうなずいた。大学っぽい肯定の徴としてだ。彼は今日はこれまで二度しか咳をしていなかった。皺のよった小さな絆創膏を顎の先に貼っていた。イルガウスカスも髭を剃るんだ、僕らは思った。自分で顔を切り、クソ、なんて言うんだ。トイレットペーパーを丸めて傷口に当てる。そして鏡に顔を近づけ、数年ぶりに自分の顔をはっきりと見る。

イルガウスカスだ、彼は思う。

毎回の授業で、僕らは決して同じ席に坐らなかった。どうしてこんなふうになったのかはわからない。イルガウスカスはこうしたほうが喜ぶ、と突然の茶目っ気から学生の一人が言い出したんだろう。確かに、そうした考えには根拠があった。彼は僕らが誰かを知ろうとはしなかった。彼にとって、僕らはただの通りすがりだった。ただの汚れた顔、車にはねられて道端で死んでいる動物だ。僕らはこう考えた。神経系の問題のせいで、彼は他人を交換可能だと考えている。このことも興味深かった。交換可能性というのも授業の一部、彼がときどき口にする真理関数の一つに思えた。

でも、僕たちは決まりを破っていた。恥ずかしがり屋の女の子と僕は、また向かい合わせに坐っていたのだ。こうなったのはただ、僕が部屋に入ったのが彼女のあとで、ちょうど向かいの席が空いていたからだった。彼女は僕の存在に気づいていた。それが僕だと気づき、口が開きっぱなしのそいつが何とか目を合わせようとしていると気づいていた。

「どんな色もない表面を思い浮かべてみよう」イルガウスカスは言った。

僕らは坐ったまま思い浮かべた。彼は黒い髪を手で梳いた。ぼさぼさの固まりとなった髪は、いろんな方向に飛び出していた。彼は授業に本を持ってこなかった。教科書も紙束も、影すらない。そして彼のよろよろ歩きのような話を聞いていると、僕らは彼が目の前に見ているものに、形の定まらない固体になりつつあるような気がした。僕らには基本的に何の属性もなかった。たとえば、オレンジのつなぎを着た政治犯の前でイルガウスカスが話していたとしても同じことだった。僕らはこのことに魅了された。なにしろ僕らは独房棟にいたのだから。彼女と僕はおずおずと視線を交わした。イルガウスカスはテーブルに屈みこんだ。神経化学的な生命を宿した目が泳いでいた。彼は壁を見て、壁に向かって話した。

「世界の終わるところで論理も終わる」

なるほど、世界ね。でも彼は世界に背を向けて話しているようだった。といっても、彼の主題は歴史でも地理でもなかった。イルガウスカスは僕らに、純粋理性の諸原理を教えていたのだ。僕らは熱心に聞いていた。一つの見解が消え去り、別のものが現れた。彼は芸術家、抽象の芸術家だった。彼はいくつかの問いを口にし、僕らは大真面目にノートをとった。彼の口にする問いには答えようがなかった。少なくとも僕は。それに、どのみち彼は答えを期待していなかった。僕らは教室ではしゃべらなかった。誰も全くしゃべらなかった。学生が教授に質問することはなかった。そういう確固たる伝統も、ここでは死に絶えていたのだ。

彼は言った。「事実、イメージ、もの」

「もの」って何のことだろう？　多分僕らが理解する日は来ないのだろう。僕らは受け身すぎるんだろうか、この男を受け入れすぎているんだろうか？　単なる機能不全を見て、神がかりの知性だなんて呼んでいるだけなのだろうか？　僕らは彼のことを好きになりたかったのではない。ただ彼を信じたかった。そして彼の飾り気のない方法論に深い信頼を寄せていた。もちろん彼には方法論などなかったけれども。ただイルガウスカスがいただけだ。彼は僕らの存在理由を揺るがし、僕らの思考や信条、僕らが正しいとか間違っているとか思っていることの真実性や虚偽性を揺るがした。これこそ偉大なる教師がやることじゃないか？　禅の師匠やヒンドゥーの学者が。

彼はテーブルにもたれかかるようにして、あらかじめ決まっている意味について話した。僕らは必死に聞き、理解しようとした。けれども授業を聞き始めて何か月か経った今になって、急に理解できたとしたら、僕らはかえって混乱しただろう。一種、幻滅さえしたかもしれない。両手をテーブルの上にぴたりと付けて、彼はラテン語で何か言った。それから奇妙なことをした。彼は僕らを見たのだ。両目を動かし、テーブルの片側の列の顔を手前まで順番に眺めると、もう片側の列の顔を向こうまで眺めた。僕らは全員そこにいた。僕らはずっとそこにいた。隠された自己がずっとそこにいた。最後に、彼は腕を上げて時計を見た。何時かなんて関係なかった。その仕種自体が、授業は終わりだと告げていた。

僕らは考えた、あらかじめ決まっている意味、と。

彼女と僕はそこに坐っていた。そのあいだ他の学生たちは本やプリントをまとめ、椅子の背にかけていたコートを取り上げていた。彼女は青白くて痩せていて、ひっつめた髪をピンで留めていた。わざとあたりさわりなく見えるようにしてるんだ、私に注目できるならしてみろと人々に挑むために、と僕は思った。彼女はノートの上に教科書をきっちり真ん中に載せると、顔を上げ、僕が何か言うのを待っていた。

「あの。なんて名前？」

「ジェナよ。あなたは？」

「ラーズ＝マグナスだって言ったら信じてくれるかな」

「信じない」

「ロビー」僕は言った。

「フィットネス・センターでトレーニングしてたでしょ」

「クロストレーナーをやってたんだ。君は何やってたの？」

「ただ通りがかっただけよ」

「いつもそんなふうなの？」

「そうね、いつもこんなふう」彼女は言った。

最後の学生が出て行った。彼女は立ち上がり、椅子に掛けてあったバックパックの中にどさっと本を落とした。僕は坐ったまま見ていた。

「あの人のことどう思ってるか聞かせてくれない？」

「教授のこと？」

「何か見抜いた、とかある？」

「一度しゃべったことある」彼女は言った。「一対一で」

「本当に？　どこで？」

「町の食堂で」

「自分から話しかけた？」

「ときどきキャンパスの外に出たくなるの。どっかに行かずにいられなくなる」

「その感じわかるよ」

「ここ以外で食事ができるのはあそこだけだから、私、入って席に着いたの。そしたら彼が通路の反対側のボックス席にいた」

「信じられないね」

「私、席に坐ったまま思ったの。彼だって」

「彼だ」

「おっきな折り畳み式のメニューがあったから、それに隠れながら私、こっそり彼を見続けたの。ちゃんとした食事を食べてた。地球の真ん中から湧いてきたみたいな茶色のグレービーソースに浸かった何かを。それと、罐に差した先の曲がったストローからコーラを飲んでた」

「で、彼に話しかけたんだ」

「私は何か普通っぽいことを言って、それから二人でぽつぽつ話した。彼は向かい側の席に雑にコートを置いてて、私はサラダを食べてた。コートの上に本が一冊あったから、何を読んでるか訊いたの」

「彼に話しかけたんだ。原始的な恐怖と不安で君をうつむかせるあの男に」

「食堂で、彼はストローでコーラを飲んでた」彼女は言った。

「すごいね。それで何を読んでたの?」

「ドストエフスキーを読んでるって言ってた。正確にはこう言ったのよ。『昼も夜もドストエフスキーを読んでる』」

「すごいね」

「だから私、偶然ですねって言ったの。最近たくさん詩を読んでて、ちょうど二日前に読んだ詩にこんな一節がありましたって。『ドストエフスキーの深夜のように』」

「そしたらなんて言った？」

「なにも」

「ドストエフスキー、原語で読んでるのかな？」

「それは訊かなかった」

「そうなのかな。そんな気がするけど」


沈黙があり、それから彼女は大学を辞めると言った。僕は食堂にいるイルガウスカスのことを考えていた。ここにいるのが辛いのと彼女は言い、あんたって辛くなるのだけは上手いんだから、と母親に言われたと言った。西へ、アイダホへ行くつもり、と彼女は言った。僕はなにも言わなかった。ベルトのところで両手を組んでいた。彼女はコートも着ずに教室を出て行った。もしかしたら彼女のコートは一階のコート掛けにあるのかもしれなかった。

僕は冬休みもキャンパスにいた。そんなやつはほとんどいなかった。僕らは自分たちのことを落ちこぼれと呼び、互いに怪しげな英語で話した。ゾンビのポーズ、焦点の合わない目付き、それがお決まりの芸だった。飽きるまで半日それをやった。

僕はジムに行き、クロストレーナーの上でバカみたいに気取って歩きながら、いろんなことをぼんやりと考えていた。アイダホ、僕は考えた。アイダホ。すごく母音が多いし、すごく田舎だ。今いるここだって、まさにここだって田舎なのに、これじゃ彼女には足りないんだろうか？

休みのあいだ図書館はガラガラだった。僕はキーカードで中に入ると、棚からドストエフスキーの小説を一冊取り出した。テーブルに本を置き、ページを開くと、その上に屈みこみ、読み、呼吸した。登場人物と僕が互いに同化していくような気がした。顔を上げると、今どこにいるのか、自分に言い聞かせなければならなかった。

父がどこにいるかは知っていた。北京にいて、この中国の世紀に自分の証券会社を押し込もうとしているのだ。母は流浪していた。たぶん以前の恋人のラウールと一緒にフロリダキーズ辺りにいるんだろう。父は彼をロー・イール《生の鰻》と呼んだ。まるで目を閉じて食べる何かみたいに。

雪が降り続き、町は死んだように静まり返った。時には完全に無音になった。僕はほぼ毎日、午後になると散歩に出た。フードの男のことが頭から離れなかった。彼が住んでいる通りを行ったり来たりした。一度も見かけなかったが、それも相応しいことのように思えた。この場所には本質的にそういう部分があるのだ。この町のこうした通りに、僕は親近感を覚え始めていた。ここにいると自分自身でいられて、ものを一つずつはっきり捉えられた。今まで知っていた唯一の生活の場である都市からは遠く離れて。都市では全てが積み重なり、層になっていて、一分間に千の意味が押し寄せてきたものだった。

もはや成長を止めた町の商店街では、まだ三軒が営業していた。そのうち一軒は食堂で、僕は一度そこで食事したし、二、三度は入口のドアから首を突っこんで、ボックス席をざっと眺めた。歩道には、ぽつぽつと穴の空いた、古いブルーストーンが敷いてあった。僕はコンビニでキャンディバーを買い、カウンターにいた女性と、彼女の息子の奥さんが腎臓の感染症にかかったことについて話した。

図書館で、僕は一度坐るたびに、ぎっしり詰まった小さな活字を百ページくらいむさぼり読んだ。建物を出るときには本をテーブルの上に置いたままにした。読むのを止めたページで開きっぱなしで。次の日に戻ると本はまだそこにあって、同じページで開いていた。

どうしてこんなことが不思議に思えるんだろう？　どうして僕はときおりベッドに入って、眠りこむ少し前に、空っぽの部屋にまだある、僕が読むのを止めたところで開いたままの本のことを考えてるんだろう？

こんなふうに過ごしていたある深夜、そろそろまた授業が始まろうというころ、僕はベッドから出て廊下を歩き、サンルームへ行った。そこは、何枚ものガラスが組み合わさった傾斜のある屋根に覆われた部屋で、僕は側面のガラスの掛け金を外して開けた。パジャマが蒸発してしまったような気がした。毛穴や歯で寒気を感じた。歯がカチカチ鳴っている気がした。立ったまま眺めていた。僕はいつも眺めていた。まるで子供のような気持ちで、挑戦を受けて立っていた。どれだけのあいだ寒さに耐えられるだろう？　北の空、生きている空をじっと見た。息は爆発した小さな煙に変わった。まるで、僕自身が僕の体から離れていっているみたいだ。僕は寒さが大好きになっていたが、これはバカげていた。だから僕は窓を閉め、自分の部屋に戻った。部屋の中をしばらくせかせかと歩き回り、両腕を胸の前まで振り上げ血をかき回して、体を温めようとした。ベッドに戻ってから二十分後、僕は完全に目覚めたまま、あることを思いついた。それはどこでもない場所から、夜のなかから、ちゃんとした形をなしてやってきて、いくつかの方向に伸びていた。朝になって目を覚ますと、それは僕の周り中に広がって、部屋を満たしていた。

午後はあっというまに暗くなり、僕らはほぼ休みなしにしゃべり続けながら、風に逆らって競歩していた。どの話題もぼんやり繋がり合っていた。トッドの肝臓が生まれつき悪いという話が、一度マラソンを走ってみたいという僕の話に変わり、この話があれになり、素数の理論について話していると、誰も通らない道沿いに並んだ田舎の郵便ポストに行きついた。立っていた十一本とも、全体が錆びていて、今にも崩れ落ちそうだった。十一って素数じゃないか、とトッドは言い、携帯電話で写真を撮った。

ある日僕らは、フードの男が住んでいる通りに近づいていった。そして僕はトッドにあの思いつきを、凍てつく夜の啓示を話した。あの男が誰だかわかった、と僕は言った。全部がぴったり合うんだよ、全部の要素がさ。男の出身地も家族関係も、どうしてこの町にいるのかもね。

彼は言った。「ふーん」

「まず、彼はロシア人だ」

「ロシア人」

「彼がここにいるのは、息子と暮らすためだ」

「ロシア人っぽい挙動はないけど」

「挙動？　挙動ってなんだよ？　彼の名前、パヴェルでも不思議じゃないだろう？」

「そんなことないね」

「実にいろんな名前が考えられる。パヴェル、ミハイル、アレクセイ。Kの入ったヴィクトル。で、死んだ妻はタチアナだ」

僕らは立ち止まり、通りを眺め、あの男が住んでいることになっている灰色の木造家屋を眺めた。

「いいか、聞けよ」僕は言った。「彼の息子がこの町に住んでるのは、大学で教えてるからだ。名前はイルガウスカス」

トッドが唖然とするのを僕は待った。

「イルガウスカスはフードの男の息子だ」僕は言った。「われらがイルガウスカスさ。親子でロシア人なんだ」

僕はトッドを指さし、トッドが僕を指さし返すのを待った。

トッドは言った。「あの男の息子にしては、イルガウスカスは歳がいきすぎてる」

「まだ五十前だよ。フードの男は七十は軽く越えてる。おそらく七十代半ばだろう。ぴったりだよ。うまくはまる」

「イルガウスカスってロシアの名前かい？」

「そうじゃ悪いか」

「どっか他の、近いけどロシアじゃない場所のじゃないか」彼は言った。

僕らはそこに立ち、家のほうを見ていた。僕はこうした抵抗を予想しておくべきだったが、思いつきにあまりに感じ入ってしまって、用心深い本能がどこかへ追いやられてしまっていたのだ。

「イルガウスカスについて、お前が知らないことがある」

トッドは言った。「ふーん」

「朝から晩までドストエフスキーを読んでるんだ」

どうやってそんなことを知ったのかと、トッドが訊いてこないことはわかっていた。それは魅力的な細部であり、しかも言ったのは僕であって彼じゃない。ということは、彼は何も言わずにやり過ごすはずだ。でもその沈黙は短かった。

「ドストエフスキーを読んでるからって、ロシア人じゃなきゃいけないのかい？」

「そこがポイントじゃないよ。ポイントは、全てがぴったり合うってことだ。ひとつの系統を成している。巧みに構造化されてる」

「イルガウスカスはアメリカ人だよ。僕らと同じさ」

「ロシア人はどこまでもロシア人さ。それに、彼にはちょっと訛りだってある」

「訛りなんて聞こえないね」

「ちゃんと聞けばわかるよ」僕は言った。

訛りがあるかどうかなんてわからなかった。ノルウェーカエデだって、別にノルウェーじゃなくてもいい。僕らは周囲にある素材から、自然に思いつく色々な変種を生み出そうとしていたのだ。

「おまえはフードの男があの家に住んでると言う。それは僕も受け入れる」僕は言った。「僕は彼が息子夫妻と一緒にここに住んでると言う。息子の妻の名前はイリーナだ」

「それで息子は。イルガウスカスのことだけど。彼のファーストネームは？」

「そんなもの要らないよ。ただのイルガウスカスで充分だ」僕は言った。

彼の髪はぐちゃぐちゃで、スーツの上着は埃だらけ、染みだらけだった。肩の縫い目がほどけかけて、今にもバラバラになりそうだった。彼はテーブルに屈みこんだ。顎は四角張っていて、目は眠そうだった。

「もしふと浮かんだ、束の間の考えを分離させられたら」彼は言った。「起源も推し測りようのない考えを。そうしたら、我々は日常的に錯乱している、毎日発狂しているということが見えてくる」

毎日発狂しているという考えが僕らは気に入った。確かにそのとおりだ、という感じがした。

「心の最も奥底には」彼は言った。「混沌と霧しか存在しない。生まれたままの自己を撃退するために、我々は論理を発明したんだ。我々は肯定し否定する。Mの次にはNがくる」

心の最も奥底、僕らは思った。いま本当にそう言っただろうか?

「重要な法則とはただ一つ、思考の法則だ」

両手の拳が握りしめられ、テーブルの上に置かれていた。指の関節が白くなっていた。

「それ以外は悪魔崇拝だよ」彼は言った。


僕らは散歩に出かけたが、フードの男はいなかった。ほとんどの玄関からリースが取り去られていた。服を着こんだ人がときどきいて、車のフロントガラスから雪を掻き落としていた。時が経つにつれて、こうした散歩はただのキャンパス外のそぞろ歩きではない、ということが僕らにもわかり始めていた。いつものように木々や貨物列車を見て、名づけ、数え、分類したりはしなかったのだ。この散歩は違っていた。フード付きのコートを着た男が目標だった。前屈みの老体、修道士のように布に覆われた顔、歴史、色褪せたドラマ。僕らはもう一度彼を見たかった。

トッドと僕はこの点で同意すると、まずは協力して彼の一日を書き記した。

彼は小さいカップに入ったコーヒーをブラックで飲み、子供用のボウルに入ったシリアルをスプーンですくう。食べようとして前屈みになるので、頭はほとんどボウルにつっ込みそうになっている。彼は新聞は見ない。朝食後は部屋に戻り、坐って物思いにふける。義理の娘がやってきてベッドを整えてくれる。イリーナだ。とはいえ、このイリーナという、想像力を拘束する名前をトッドが受け入れたわけではなかったが。

僕らは幾日かは、顔にマフラーを巻き付け、くぐもった声で話し、通りや天気にさらしているのは目だけという格好で過ごさねばならなかった。

学校に通っている子供が二人と、もう一人ちいさな女の子がいる。女の子はイリーナの妹の子供で、僕らがまだちゃんと決めていない理由でこの家にいる。そして老人はときおり朝、この子と一緒にテレビアニメを見るともなく眺める。だが彼女の隣には坐らない。テレビからけっこう離れた肘掛け椅子に坐り、時々うとうとする。口は開いている、と僕らは言った。頭は傾き、口はだらりと開いている。

どうして自分たちがこんなことをしているのか、僕らにはわからなかった。でも細かいところまできちんとやろうと努めた。新たな要素を毎日書き加えて、訂正し改善し、そのあいだもずっと通りを探し回り、二人の意志の力を合わせて彼を出現させせようとした。

昼食はスープだ。毎日手作りのスープだ。そして彼は大きなスプーンをスープボウルの上に持ってくる。旧世界のボウルで、幾分かは子供用に似ていなくもない。彼は今にもそのこてみたいなやつをスープに浸して、すくおうとしている。

ロシアはあの男には大きすぎる、とトッドは言った。あんなだだっ広い場所では彼は迷ってしまう。ルーマニアやブルガリアがいい。もっといいのはアルバニアだ。キリスト教徒だろうか、イスラム教徒だろうか？　アルバニアだったら、文化的文脈も深まるよな。文脈という言葉にトッドは頼っていた。

彼が散歩に行く時間になると、イリーナはパーカ、あるいはアノラックのボタンを留めるのを手伝おうとする。だが彼はぶっきらぼうな言葉で彼女をはねのける。イリーナは肩をすくめて、同じような言葉で応える。

イルガウスカスは原語でドストエフスキーを読んでいる、とトッドに言い忘れたと僕は気づいた。これはありそうな真理だ、使える真理だ。ならば文脈上、イルガウスカスはロシア人と言える。

彼はサスペンダー付きのズボンをはいている。はいていない、と僕らが決めるまでそうしておいた。ちょっとステレオタイプ過ぎるが。髭は誰が剃ってるんだろう？　自分でやってるんだろうか？　僕らとしては、自分でやってほしくなかった。でも誰が、どれくらいの頻度で？

これこそがくっきりとした繋がりだった——老人、イルガウスカス、ドストエフスキー、ロシア。僕はいつもそのことを考えていた。お前の一生の仕事になるだろうな、とトッドは言った。僕は思考の泡の中で人生を過ごし、繋がりを純化し続けるのだ。

彼には自分専用のトイレはない。子供たちと共有しているが、ぜんぜん使っていないように見える。六人家族の中で彼は、人間として可能なかぎり不可視の存在である。坐り、考え、散歩に出てはいなくなるだけだ。

僕らは男の像を共有した。夜ベッドにいて、心は過去をさまよっている——村や、丘や、死んだ家族たちのもとを。僕らは同じいくつかの通りを毎日、取り憑かれたように歩いた。そして、言い争うときも抑えた声で話した。考え深い顔の反論、というのも僕らの討論術の一部だった。

おそらく体臭はきついだろう。けれどもそのことに気づいているらしいのは一番年上の、十三歳の女の子だけだ。夕食の席についた彼の椅子の後ろを通りながら、女の子は時々顔をしかめる。

太陽の出ない日がもう十日も続いていた。その数字に特に意味はなかったが、雰囲気は暗くなっていった。寒さや風のせいではなくて、光も男も現れないせいだった。僕らの声は不安げな抑揚を帯びていった。彼は死んだのかもしれない、と僕らは思った。

キャンパスに戻りながら、二人でずっとこのことを話した。彼を死んだことにするか？　男の死後も彼の人生を組み立て続けるか？　あるいはたった今、明日、明後日こんなことはやめて、町に出るのをやめて、彼を探すのをやめるか？　一つだけ分かっていた。彼はアルバニア人としては死ななかった。

次の日に僕らは例の通りの、行き止まりになっている場所に立っていた。彼の家だということになっている家がある場所だ。僕らはほとんど何もしゃべらずに、一時間そこにいた。彼が現れるのを待っていたのだろうか？　自分たちでも何をしているか分かっていたとは思えない。彼が違う家から出てきたら？　それは何を意味するだろう？　彼の家だということになっている家から別の人が出てきたら？　若いカップルがスキーの道具を持って出てきて、敷地のなかに停めてある車に向かったら？　ひょっとしたら、僕らはただ、敬意を表するためだけにそこにいた、死者の存在を前に静かに立っていただけなのかもしれない。

誰も現れず、誰も入っていかなかった。僕らは自信を無くしたままそこにいた。

何分かあと、線路に近づいてくる彼が見えた。僕らは立ち止まり、互いを指さし、一瞬その姿勢を保った。ことが起こるのを見るのは、ことが三次元になるのを見るのは、すさまじいほど素晴らしくて、僕らはわくわくした。彼は角を直角に曲がると、僕らがいた通りに入ってきた。トッドは僕の腕を叩き、向きを変えて走りだした。そして僕も走りだした。僕らはついさっき自分たちがやって来た方向に戻っていった。ひとつ角を曲がり、通りを走り、また角を曲がって待った。じきに彼が現れた。僕らのほうに歩いてくる。

これこそトッドが望んだ状況だった。彼を間近で見たかったのだ。僕らは彼に向かって歩いていった。彼は一種、考えこむルートとも言うべきものを歩いていた。考えに合わせて、左右に蛇行していた。僕はトッドを引っ張り寄せて、車道と歩道の境目の方に来させた。これで男は、僕らのあいだを通らずにすむ。彼に見られるのを僕らは待っていた。彼が顔を上げる瞬間までに歩いた歩数さえ、僕らには数えられそうだった。細部に満ちた、張りつめた時間だった。彼のこけた顔が見えるところまで近づいてきた。無精ひげがたっぷり生えていて、口の周りは萎み、顎がたるんでいた。と、彼は僕らを見て、立ちどまった。片方の手で、コートの前についているボタンを握り締めていた。みすぼらしいフードの中の顔は取り憑かれたようだった。彼は場違いに見え、孤立して見えた。まさに僕らが想像しつつある人物でもおかしくないように思えた。

僕らはすれ違い、八、九歩歩き続けたあと、振り返って彼を観察した。

「よかったよ」トッドは言った。「本当にがんばった甲斐があった。これで次の段階に進める」

「次の段階なんてないよ。近くでじっくり見たじゃないか」僕は言った。「彼が誰だかわかった」

「何もわかってないよ」

「僕らはもう一度彼を見たかっただけさ」

「何秒か見ただけだ」

「どうしたいんだ、写真でも撮りたいのか？」

「携帯電話、充電しないと」彼は真顔で言った。「ところであのコート、アノラックだったろう。近くで見たから絶対だ」

「パーカだったよ」

フードの男は、左に曲がるまで二ブロック半の場所にいた。そこを曲がると、彼の家がある通りに入る。

「次の段階に進むべきだと思う」

「それは聞いたよ」

「彼に話しかけるべきだと思う」

僕はトッドを見た。張りついたような笑顔、取ってつけたような笑顔を浮かべていた。

「イカれてる」

「完全に筋が通ってるよ」彼は言った。

「そんなことをしたら、僕らの思いつきが台無しになるよ。今までやって来たこと全てが台無しになる。話しかけるなんてだめだ」

「いくつか質問するだけだよ。静かに、控えめにね。それで何か分かればいい」

「ただ答えを聞くとかいう話じゃないぞ」

「あの貨物列車、僕が数えたら八十七輛だった。おまえが数えたら八十七輛だった。覚えてるだろう」

「それは別の話だし、そのことはお互い分かってるだろう」

「おまえが知りたがらないなんて信じられないね。僕らは並行人生を探し出そうとしてるだけじゃないか」彼は言った。「質問したからって、いままで話してきたことは全く変わらないよ」

「全く変わっちゃうよ。そんなの違反だ。イカれてる」

僕は通りの先の、問題の男のほうを見た。彼はまだゆっくりと進んでいた。少々定まらない軌道で。両手はしかるべく背後で組まれていた。

「気が進まないって言うなら、僕がやる」彼は言った。

「そんなのだめだよ」

「どうして」

「だってあの男は年寄りだし、体も弱ってるじゃないか。おまえの意図なんて彼にはわからないよ」

「僕の意図だって？　ちょっと言葉を交わすだけだよ。向こうが嫌そうだったらすぐにやめる」

「だって彼は英語さえしゃべれないんだぞ」

「そんなことおまえは知らない。おまえは何一つ知らないんだ」

彼は歩いていきかけた。僕は彼の腕を摑み、僕のほうを向かせた。

「彼が怖がる」僕は言った。「おまえを見ただけで。異常者だと思うよ」

彼は僕を凝視した。時間のかかる凝視だった。それから腕を振りほどいた。僕は彼を車道に突き飛ばした。彼は向こうを向いて歩き始めた。僕は彼に追いつき、その体を回転させ、手のひらの付け根で彼の胸を突いた。それはサンプルとしての打撃、イントロダクションだった。車が一台、僕らのほうにやって来て、横にそれた。窓越しにいくつか顔が見えた。僕らは取っ組み合いを始めた。彼の体はあまりにちぐはぐで、全体を押さえつけるのは不可能だった。どこもかしこも角張っていて、肘や膝がいろんなところから飛び出している。見かけは妙に強そうだった。僕は彼をしっかりと摑むのに苦労し、手袋が片方外れてしまった。彼の肝臓を殴ろうとしたが、肝臓がどこだかわからなかった。彼はスローモーションで連打してきた。僕は彼の懐に入りこみ、頭の側面を素手で殴った。二人とも痛かった。彼は声を上げ、胎児のようにうずくまった。僕は彼の縁無し帽を引っ摑んで放り投げた。僕は彼を組み伏せて頭をアスファルトに叩きつけたかった。でもそうするには、彼の構えはしっかりしすぎていた。彼はまだ声を上げていた。途切れない唸り声、SFの効果音。それから彼は手足を伸ばした。興奮して顔は赤く、目はぎらぎら光っていた。そして手をむちゃくちゃに振り回し始めた。僕は後ずさり、百八十度回りこむと、打ちこめる場所が開《ひら》けるのを待った。でも僕が打ちこむ前に彼は倒れ、すぐに立ち上がると走り出した。

フードの男は僕らの視野から消えつつあった。角を曲がり、自分の住む通りに入ろうとしていた。僕はトッドが走るのを見ていた。大股で、締まりのない、上下にやたら跳ねる走り方だった。男が灰色の木造家屋に、彼のものということになっている家に消えてしまう前に追いつきたいなら、もっと速く走らないといけない。

外れた手袋が車道の真ん中に転がっているのを僕は見た。そしてトッドは走っていた。帽子も被らずに、雪が凍った場所を避けようとしながら。その光景のなかで、彼の周囲はどこもかしこも全くの空虚だった。僕にはまったく理解できなかった。僕は完全に超然とした気分だった。たなびく蒸気の帯となった彼の息が見えた。いったいなんでこんなことになったんだろう、と僕は思った。彼はただあの男に話しかけたかっただけなのに。

槌と鎌

Hammer and Sickle (2010)

都甲幸治訳

我々は大通りにかかった陸橋を渡っていた。全員で三十九人で、ジャンプスーツにテニスシューズ姿だった。前と後ろと両脇には、あわせて六人の看守がいた。下では車が一刻もとぎれず疾走していた。我々が近くから見ているのと、低い橋の下を車が通り抜ける音のせいで、実際よりも速く感じられた。その音を表す言葉などない。純粋な切迫感が、持続し、絶え間なく、北へ、南へ。そして我々が陸橋を渡るときはいつも、いったい誰が乗っているのだろう、運転手と乗客は誰だろう、あんなにたくさんの車があんなに急いで走っていてその中の人生はどんなだろうと、私は思うのだった。

こうしたことに気づく時間、よく考えてみる時間はたっぷりあった。熟考するというのは耐え難い作業だ。一番低レベルの監視しかされず、気晴らしがいろいろあって以前の世界への入口もあるときでも。大通りを渡ったところにある、使われなくなった高校の校庭で囚人同士がサッカーをしていた。それは食事の列や人数確認や規則や熟考といった日頃の束縛や締め付けからの楽しい逃避だった。選手はバスに乗り、観客は歩き、車は橋の下を突っ走っていた。

私はシルヴァン・テルフェアという名前の男の横を歩いていた。彼は背が高い、禿げた、悲哀に包まれた男だった。国際的な銀行家で、オフショア金融の少数顧客向け証券を扱っていた。

「サッカーのファンですか？」

「何のファンでもないですよ」彼は言った。

「でもこういう状況で見るのは悪くないでしょう？　私はまさにそう感じてるんですけど」

「何のファンでもないです」彼は言った。

「私はジェロルドです」

「それはどうも」彼は言った。

収容所は石の壁や巻いた有刺鉄線で囲まれてはいなかった。境界を囲っているのは舞台じみた人工物だ。古い木の杭が一定間隔で並んで、その間のたわんだ柵を支えている。四つの寮には、二段ベッドの付いた小部屋とトイレとシャワーがあった。他にもいくつか建物があり、そこで収容者の指導や食事、医療、テレビ鑑賞、運動、家族などとの面会が行われた。夫婦の場合は二人だけにしてもらえる時間もあった。

「ジェリーって呼んでください」私は言った。

シルヴァン・テルフェアが、ＡＶシステムや専用の風呂、喫煙の特権、オーブントースターのある特別留置室に入るのを却下されたことを私は知っていた。この収容所にそうした部屋は四つしかない。感情的な距離と密かな痛みに一人きりで耐えている彼は、特別な配慮を受けてもいいように思えた。私は考えた。寮にぶち込まれるなんて、こんな状況はまるで終身刑にも感じられるだろうな。スイスかリヒテンシュタインかケイマン諸島で食らった九年の刑期の途中に、こんなものが押し込まれるなんて。

彼の方法論や犯罪の軌跡について私はいくらかでも知りたかったが、訊くのはためらわれたし、彼が答えてくれないだろうことも確かだった。私はここに入ってまだ二か月で、この場所で自分がどうありたいのかを探っている途中だった。どんなふうに立ち、坐り、歩き、しゃべるべきか。シルヴァン・テルフェアは自分が何者かわかっていた。歩幅が広い、皺一つないジャンプスーツに純白のスニーカー姿の男で、紐を奇妙にも足首の後ろ側で結び、ささいな言葉や身振りにもまったく自分を見せなかった。

収容所群の境界に我々が到着するころには、車の雑音は樹上を渡る小波となっていた。

まだ十代前半のころ、私は幻影《ファンタズム》という言葉とでくわした。すごい言葉だと思い、自分自身も幻影になりたくなった。物理的な現実を自由に出入りできる存在になりたかったのだ。今や私はまさにここで、熱が出たときに見る、漂う夢のように暮らしている。だがそれ以外のものはどこにあるのだろう？　密度の高い周囲、重さや目方のあるものは？　聖書学者になりたい男がここにいる。彼の頭は激しく一方に傾いていて、ほとんど左肩につきそうだ。名づけられてもいない苦しみのせいで彼はそうなった。私はその男が羨ましい。私は彼に話しかけたい。自分の頭をわずかに傾けて、彼の学識の深みに、言語や文化や文書や儀式に守られていると感じながら。そして彼の頭そのもの――それよりリアルなものがここにあるだろうか？

もう一人、どこでも走っている男がいる。イカれランナーと呼ばれているが、とにかく日常的な決まりごとの外側で、強迫観念に従って、真実なる何かを行っている。この男には胸の鼓動が、疾走する脈拍がある。そして賭博者たちがいる。彼らはアメリカンフットボールにこっそり賭け、一週間ずっとハンデについて話し続けている。毎晩毎晩、毎食毎食だ。イーグルズはマイナス四、ラムズは八・五。彼らが賭けているのは架空の金なのか？　しゃべっている彼らのそばに立っていると、その金は触れられるほどリアルだ。そして彼らもまたリアルであり、オペラのような身振りで動く。数字は空中のネオンとなってきらめく。

我々は集会室の一つでテレビを見た。大きな薄型テレビが壁に取り付けられていて、いくつかのチャンネルは映らないようになっている。どの番組を選ぶかは古手の収容者の一人が決めた。当番は毎月代わった。アーチ型の列に並べられた、八十ほどある折りたたみ椅子のうち、今日使われているのはたった五脚だった。私はある番組を見にここに来た。子供向けチャンネルの、午後の十五分間のニュースだ。その一コーナーは株式市場報告だった。素人臭い二人の女の子が、熱心にその日の市場の動向を報告するのだ。

その番組を見ているのは私一人だった。他の収容者たちは半ばぼうっとしてうつむいていた。そういう時間、そういう時期だったのだ。ほぼ夕暮れで、最後の日光の憂鬱な亡霊が、壁の高いところにある長方形の窓で揺れていた。男たちは互いに離れて坐っていた。彼らは一人になりにここへ来たのだ。自己省察、つまりは失われた人生を結果論で批判したいという欲求。それは宗教の信者が抱く祈りへの欲求くらいやむにやまれぬものなのだ。

私は見て、聞いた。女の子たちは私の娘だった。ローリーとケイト、十歳と十二歳。二人の母親が電話でぶっきらぼうに、娘たちが選ばれてこれこれの番組に出ることになったと教えてくれた。彼女は言った。現時点では詳細は不明なの。まるで彼女自身が、カメラがすぐ横にある緊張感に震えるスタジオのデスクから報告しているような口調だった。

私は二列目に一人で坐っていた。そして娘たちは一つのテーブルに並んで、第4四半期の予測について話していた。最初は一人、次にもう一人が、一度に二文ずつ話した。信用度、信用需要、技術部門、財政赤字。映像は一般人が撮ったオンライン動画の品質だった。私は自分を映像から引き離そうとした。その女の子たちを、不安定な白黒画像に映った、娘たちへの遠い言及として見ようとしたのだ。私は二人をじっと見た。観察した。二人は手に持った紙に書かれた文章を読み上げていた。交代する度にそれぞれ紙から目を上げた。

子供のための市場報告なんて、まったくばかげて見えただろうか？　彼女たちの解説は、かわいらしくも魅力的でもなかった。女の子たちは大人のふりをしているのではなかった。彼女たちは真面目に、ニュースに時折、言葉の定義や説明を織り交ぜていた。やがて、ナスダック指数について話しているとき、ローリーの目に一瞬恐怖が浮かんだ——一語言い違えたのか、一行飛ばしてしまったのか。私はその報告を、ろくに知られていないケーブルテレビの、ほとんど誰も見ない番組の、試験的な一コーナーと受けとめた。これよりもっとばかげているテレビ番組は他にいくらでもある。だいいち、誰が見ていると言うのだ？

私と二段ベッドを共用する男は寝るときに靴下をはいていた。パジャマのズボンの裾を靴下にたくし込み、寝台に仰向けになって、膝を曲げ、両手を頭の後ろで組み合わせていた。

「家の壁が恋しいなあ」彼は言った。

彼は下の寝台を使っていた。上になるか下になるか、誰がどっちを取るかは、収容所ではけっこう重要なことだった。刑務所が舞台のどの映画にも出てくるとおりだ。ノーマンは年齢も経験も自尊心も刑期もすべて私に勝っていたから、私には文句を言う理由がなかった。

みんな家の壁や床や天井が恋しいんだ、と彼に言おうかと思った。でも私は坐ったまま、彼が続きを言うのを待った。

「よく坐って眺めたものさ。一つの壁、次に別の壁。しばらくして立ち上がり、マンションの中を歩き回る。ゆっくりと、壁を一つ一つ眺めながらな。坐って眺め、立って眺める」

彼はまるで魔法をかけられて、子供のころ聞いた寝物語を唱えているようだった。

「絵を集めてたってことですか？」

「そうさ。過去形だ。集めてた。大きな美術館に入ってるクラスの作品を」

「初耳だな」私は言った。

「ここに入ってどれくらい経つかな？　もう今は他人の壁になってる。美術品も売られてバラバラになっちまった」

「美術市場について教えてくれる助言者や専門家がいたんでしょうね」

「みんなやってきて我が家の壁を見たもんだ。ヨーロッパやロサンゼルスから。日本の何かの財団から来た日本人の男も」

彼は坐ったまましばらく黙り、思い出していた。私も気づくと一緒になって思い出していた。日本人の男の顔つきが浮かんできた。身長と体型もだ。どうやら太っていて、淡い色のスーツを着て、黒っぽい色のネクタイを締めていた。

「収集家、美術館の学芸員、学生。みんな見に来た」彼は言った。

「助言をくれていたのは誰ですか？」

「五十七丁目の女性がいた。ロンドンの男性がいた。コリンだ。後期印象派のことなら何でも知ってた。ほんとに心優しい奴だった」

「本気で言ってるわけじゃないでしょう」

「他のみんながそう言ってた。他の誰かが言ってたみたいな表現だろう。ほんとに心優しい奴」

「愛情深い妻にして母親」

「みんなに見せるのが大好きだった。誰にでも」彼は言った。「よく一緒になって見た。部屋を一つ一つ回って、絵を一枚一枚見たものさ。ハドソンヴァレーにも家があって、絵がもっとあって、彫刻も少しあった。秋になると、秋の色を見にそこへ行った。でも窓の外はほとんど見なかったけどな」

「壁があったんですね」

「壁から目を離せなかった」

「でもやがて売らなきゃならなくなった」

「全部、一つ残らずだ。罰金を払って、借金を返して、裁判費用を払って、家族の生活費を出した。エッチングを一つ娘にやった。ノルウェーで、雪の降る夜に」

ノーマンは壁を恋しがっていたが、ここにいて不幸なわけでもなかった。彼は言った。引き離されて、自由の身となって、遠ざかることができて嬉しい。膨れ上がった他人の欲求や要望から自由になれた。だがそれよりも重要なのは、自分の衝動、強欲、蓄積し拡張し自分を築き上げたい、ホテルのチェーンを買って名を上げたいという、生涯続いた心中の命令から解放されたことだ。ここでは平和な気持ちでいられる、と彼は言った。

私は上の寝台に横になり、目を閉じて聞いていた。建物中の小部屋に男たちがいて、一人がしゃべってもう一人が黙っていたり、二人とも黙っていたり、一人が寝ていたりした。税金滞納者、離婚扶養料滞納者、インサイダー取引犯、偽証罪犯、ヘッジファンド重罪犯、メール詐欺師、ローン詐欺師、有価証券詐欺師、会計詐欺師、司法妨害犯。

噂は広がっていった。三日目には、集会室のほとんどの椅子が埋まっていて、今や私は五列目の端に甘んじなければならなかった。画面では女の子たちがアラブ首長国で急速に進展している状況について報告していた。

「キーワードはドバイです」

「光のように驚くべき速度で、大陸や海を越えています」

「市況は急速に悪化しています」

「パリ、フランクフルト、ロンドン」

「ドバイは国民一人当たりの負債が世界一多い」ケイトが言った。「そして建築バブルもはじけ、もはやドバイは借金を銀行に返せません」

「借金の額は五百八十億ドルです」ローリーが言った。

「何十億かの誤差はありえますが」

「ドイツのDAX指数」

「三パーセント以上下がっています」

「王立スコットランド銀行」

「四パーセント以上下がっています」

「キーワードはドバイです」

「負債を背負ったこの都市国家は、六か月間の返済猶予を諸銀行に求めています」

「ドバイ」ローリーが言った。

「ドバイの負債が債務不履行になるのを回避する費用は一倍、二倍、三倍、四倍に増えました」

「これが何を意味しているのか私たちはわかっているでしょうか？」

「ダウ・ジョーンズ工業平均株価が下がった、下がった、下がった、下がったということです」

「ドイツ銀行」

「下がった」

「ロンドン——ＦＴＳＥ一〇〇指数」

「下がった」

「アムステルダム——ＩＮＧグループ」

「下がった」

「ホンコンのハンセン指数」

「原油。イスラム債」

「下がった、下がった、下がった」

「キーワードはドバイです」

「ご一緒に」

「ドバイ」ケイトが言った。

以前の人生は毎分のように自らを書き換えていく。四年後にも私はここにいて、この薄暗い荒れ地で悲惨に泥をかき回しているだろう。自由になった未来などなかなか想像できない。知りうる過去の輪郭をたどるにも十分苦労するのだ。これだけは不動の要素だ、なんて話ではない。信じられるものも真実もない。ただ娘たちが生まれて、大きくなって、今も生きていることだけははっきりとしている。

このことが起こったとき、私はどこにいたのだろう？　無意味な学位を取って、リアリティ番組の力学をめぐる一年生向けの授業を大学で教えていた。名前をジェロルドに変えた。皮肉なコメントに引用符を付けるために人差し指と中指を使った。ときには引用の中でまた引用するために人差し指だけを使った。そういうたぐいの自嘲気味の人生だったし、結婚にしても、短期間やっていたビジネスにしても、きちんと考えて行なったわけではない気がする。私はいま三十九歳で、ここの収容者の何人かより一世代下だ。ここに入るはめになったことをなぜ自分がしたかわかっていた記憶もない。初期のイングランドの法律では、重罪犯は体の一部を切り取って罰した。現代にそうした罰があれば、記憶もはっきりするのだろうか？

私は自分が永久にここにいることを想像する。すでにもう永久にここにいたように感じる。政治顧問といま一度食事をしながら——相手は親指を舐めて、皿に落ちたパン屑をくっつけて取るとそれを眺めている。あるいは、投資銀行の社員の後ろに並びながら——彼は初歩の標準中国語で独り言を言っている。私は金のことを考える。自分は金について何を知っていたんだろう、どれほど必要だったんだろう、手に入れたらどうするつもりだったんだろう？　それからシルヴァン・テルフェアのことを考える。自らの渇望に包まれて超然としている彼のことを。そして買う対象とは別個の十億ユーロの利益のことを。暗号化された衝動としての観念的な金、尻に火がついた男しか知らない、控えめな勃起としての金。

「それとも八百億ドル？」

「恐怖とはドバイのことです。話題はドバイです。ドバイには負債があります。五百八十億ドル、それとも八百億ドル？」

「数字の恐怖、拡大していく損失の恐怖」

「恐怖は増すばかりです」

「銀行家たちは大理石の床の上をせかせか歩き回っています」

「あるいは千二百億ドル？」

「族長たちはかすむ空をじっと見ています」

「数字そのものさえパニック状態です」

「著名な投資家のことを考えてみてください。ハリウッドのスターたち。有名なアメリカンフットボールの選手たち」

「椰子の木の形をした島々のことを考えてみてください。ショッピングモールの中でお客がスキーをしているところを」

「世界でたった一つの七つ星ホテル」

「世界一お金が集まる競馬」

「世界一高い建物」

「こうしたものは全部ドバイにあります」

「エンパイア・ステート・ビルとクライスラー・ビルを足したよりも高いです」

「足したよりも」

「七十六階のプールで泳ぎ、百五十八階のモスクで祈る」

「でも石油はどこに？」

「ドバイに石油はありません。あるのは借金です。ドバイにはとても多くの外国人労働者がいて、働くところはどこにもありません」

「巨大なオフィスビルが空っぽなままです。作りかけのアパートが砂混じりの風に吹かれています。風に舞う砂を考えてください。砂埃の嵐で風景が見えません。どこを向いても店頭は空っぽです」

「でも石油はどこに？」

「石油はアブ・ダビにあります。言ってみましょう」

「アブ・ダビ」

「さあご一緒に」

「アブ・ダビ」彼女らは言った。


子供向け番組を選んだのはフェリクス・ズーバー、収容所でいちばん年寄りの囚人だった。今やフェリクスは毎日ここにいた。最前列の真ん中に座っていて、刑期は七百二十年だった。彼は振り向いて近くにいる連中にうなずくのが好きだった。ときどき拍手するようなしぐさをしたが、震える両手を触れ合わせはしなかった。小柄でしわくちゃの男で、もうそろそろ刑期より長生きしそうなくらい年老いて見えた。薄い色の付いた眼鏡をかけ、紫のジャンプスーツ姿で髪の毛は真っ黒に染めていた。

刑期の長さに我々は感銘を受けていた。それだけの刑期を食らったのは、投資計画を通じた手の込んだ市場操作をしたからで、四つの国を巻き込み、二つの政府と三つの会社を瓦解させた。得た金の大半はコーカサス地方にある、独立を目指す飛び地の反逆者たちに武器を送るのに使われた。

犯罪の規模の大きさを考えると、ここよりはるかに厳しい環境におかれるべきだった。なのにここに送られてきたのは、重病を患っていて、あと何週間、何日未来が残されているかわからないからだった。ときに男たちは楽な環境で死ぬためにここへ送られてきた。そういう連中は、主に顔を見ればそうだとわかった。視界がせばまっていたり、感覚が鈍くなっていたり、静けさを帯びていたり、まるで誓いでも立てたかのように周囲と関わらなかったりする。フェリクスは静かではなかった。彼は微笑み、手を振り、飛び跳ね、震えた。下がっていく市場や呆然状態の経済のニュースを女の子二人が伝えているあいだ、椅子の縁の辺りに坐っていた。古代から続く自明の理がワイドスクリーンのテレビで展開していくのを眺めている男、それが彼だった。死ぬときは世界を一緒に連れて行くのだろう。

サッカー場は幽霊が出そうな学校構内の一部にあった。維持する予算が郡にないせいで小中学校と高校が閉鎖されたのだ。古びた建物はもう部分的に壊されていた。何台か取り壊し作業のための機械が泥の中にうずくまっていた。
収容者たちは競技ができる状態にサッカー場を保つことを楽しんでいた。チョークで直線や曲線を書き、コーナーの旗を立て、ゴールをしっかりと地面に固定した。選手たちにとって試合は真剣な気晴らしだった。彼らは大体が中年で、数人はもっと上で、二、三人はもう少し若かった。全員が間に合わせのユニホーム姿で、走り、立ち、歩き、しゃがみ、しばしば腰から上だけを屈め、息を切らせ、両手を膝に置き、踏まれてすり減った、己の生が埋もれた芝をじっと眺めるのだった。

　寒くなるにつれて、観客は日々減っていった。そのうちに選手も減った。私は両手に息を吹きかけ、両腕で胸を叩きながら通い続けた。コーチは収容者で、審判も収容者で、三列の壊れた古い観客席で見ているのも収容者だった。看守は周囲のそこここに立ち、見ていたり見ていなかったりした。

　試合は奇妙なものになっていった。ルールが発明され、壊され、簡略化された。ときどき喧嘩が起こり、その周りで試合は続いた。選手が発作に襲われるのを私は待っていた。心臓麻痺を、痙攣を伴った昏倒を。観客はめったに歓声を上げたり嘆いたりしなかった。まるでどこでもない場所で試合が行われているような気がしてきた。夢の中のような距離を保って男たちが動き回り、線審たちは煙草を回し喫《の》みしている。我々は歩いて橋を渡り、試合を見て、歩いて橋を戻った。

　私は歴史におけるサッカーについて考えた。戦争、休戦、暴れ回る群衆のインスピレーションとなってきたサッカー。サッカーは世界中で熱狂的に愛されている。球形のボールを使い、草地や芝生で行われ、国全体が高揚や悲嘆に身を悶える。でも、ゴールキーパー以外の選手に手の使用を許さないなんて、いったいどんなスポーツなんだ？　人間にとって両手はとても重要な道具だ。摑んだり、持ったり、作ったり、取ったり、運んだり、生み出すのに使われる。もしサッカーがアメリカの発明品だとしたら、アメリカ人は古くからの清教徒的な本性に導かれて、マスターベーション禁止という原則にのっとった競技を発明せざるを得なかったのだ、とヨーロッパの知識人が唱えたりしないだろうか。

これはいま私が考えていることのうち、以前は決して考える必要がなかったことの一つだ。

私とベッドを共用するノーマン・ブロックについて注目すべきは、彼の部屋の壁にかつてかかっていた芸術品ではなかった。彼が行った犯罪に私は強い印象を受けたのだ。これ自体が一種の芸術だった。コンセプチュアルな、規模は極端で、その行為はあまりに何気なく、かつあまりに逸脱的だったので、すでにここに一年いるノーマンは、あと六年を収容所で過ごすことになっていた。二段ベッド、診療所、食事の列、トイレのハンドドライヤーが立てる轟音の日々。

ノーマンは税金を払わなかった。四半期の報告も年ごとの申告もせず、納税延期も求めなかった。書類に実際より前の日付を書き入れもしなかったし、信託財産や基金を作ったり、秘密の口座を開いたり、オフショア地域の出来あいのからくりも使わなかった。これはべつに政治的、宗教的な抗議ではなかった。すべての価値や制度を否定する虚無主義者でもない。彼はまったく何も隠していなかった。ただ払わなかったのだ。彼は言った。なんか払う気がしなかったんだよな、みんなが皿を洗ったりベッドを整えたりする気がしないみたいにさ。

それを聞いて私は明るい気持ちになった。皿を洗ったりベッドを整えたり、か。最後に税金を払ったのがいつのことかはっきり憶えていないと彼は言った。財政上の助言者や仕事上の協力者について訊ねたら、さあ、と彼は肩をすくめた。あるいはすくめたと私は思った。私は上の寝台にいて、彼は下の寝台にいて、二人の男がパジャマ姿で時を過ごしていた。

「あの女の子たちな。けっこうすごいよな」彼は言った。「それにニュース、特に悪いニュースな」

「悪いニュースが好きなんですね」

「みんな悪いニュースが好きだろう。女の子たちだって悪いニュースは好きだろうよ」

あれは私の娘だと彼に言おうかと思った。誰もそのことを知らなかったし、そのほうがよかった。寮の男たちが私を見たり、話しかけてきたり、収容所中に噂を広めたりするのは嫌だった。私は姿の消し方を学んでいる最中だった。自然な状態で一日一日、また幻影に近づいていくのが私には合っていた。

娘たちのことは言わないのがいちばんいい。

それから私は静かに、六、七語で娘たちのことを言った。長い沈黙があった。ノーマンの顔は丸く、鼻はずんぐりしていて、もじゃもじゃの髪は白くなりつつあった。

「そんなこと言わなかったじゃないか、ジェリー」

「他の人には言わないでください」

「何にも言わなかった」

「あなたにだけです。他の人には言いません。本当なんです」私は言った。「ケイトとローリーです。坐って二人を見ていると、どうしてこんなことになったのかわかりません。娘たちはあそこで何をやってるんだ、私はここで何をやってるんだ、って。報告は二人の母親が書いています。私には言ってませんが、わかるんです。何もかも母親が操ってるんです」

「母親っていうのはどういう人だい？」

「我々は法的に別れました」

「どういう人だい？」

「かなり頭がいいです。鋭いって感じで。ずるい感じの美人です。注意して見ないと、そのずるさには気づきませんけど」

「まだ彼女を愛してるのかい？　私は妻を愛したことはまったくないな。愛という言葉の基本的な意味合いで」

それがどういう意味なのか、私は彼に訊ねなかった。

「奥さんはあなたを愛してたんですか？」

「妻は私の壁を愛してた」彼は言った。

「私は娘たちを愛してます」

「その母親のことも愛してるな。私にはわかる」彼は言った。

「下の寝台にいてですか？　私の顔も見えないのに」

「顔はもう見てるよ。見るべきものなんて何がある？」

「私たちの関係は壊れてしまったんです。ただ離れていったんじゃなくて、壊れてしまったんですよ」

「私が間違ってるなんて言わないでくれ。私はものを感じるんだ。読みとるんだ」彼は言った。

私は天井をじっと見た。もう何時間か雨が続いていて、濡れた大通りを通る車の音が聞こえると私は思った。陸橋の下を車が疾走し、運転手たちは夜に向かって身を乗り出し、道が曲がったり折れたりしている場所を読みとろうとしている。

「あの子たちがどう思ってるか教えてやろうか。ゲームをしてるみたいに思ってるんだ」彼は言った。「口にする名前全部がゲームなんだ。ホンコンのハンセン。子供には面白いだろう。で、子供がそれを口にすると、我々も面白い。賭けてもいいよ。たくさんの子供たちがあの報告を見てるし、それは子供用チャンネルでやってるからじゃない。彼らが見てるのは面白いからだ。一体全体ホンコンのハンセンってなんだい？　私は知らないよ。君は知ってるかい？」

「娘たちの母親は知ってます」

「きっとそうだろうな。しかもこれがみんなゲームなことも知ってる。そのすべてが面白い。君は運がいいな」彼は言った。「素晴らしい子供たちだよ」

　ここにいて幸せだ、というのがノーマンだった。我々は刑務所にいるんじゃない、彼はそう言うのが好きだった。我々はキャンプ《収容所》にいるんだよ。


　そのうちペルシャ湾岸の状況は改善してきた。アブ・ダビが百億ドルの緊急援助を行い、じきにペルシャ湾岸からデジタルのネットワークを通って、世界中の市場にある程度の落ち着きが広がっていった。集会室の面々は落胆した。女の子たちは話し方がうまくなったし、準備もきちんとするようになったことが伝わってきたが、男たちは大人数では来なくなり、すぐに私も含めた数人が、眠そうにしたり物思いに耽ったりしながら、ぱらぱらと坐っているだけになった。

テレビはあったが、この収容所に入ったとき我々はみな何を失ったのだろうか？　自分の付属物を、延長部分を、私たちに滋養を与え私たちを清めてくれる情報システムを失ったのだ。世界は、我々の世界はどこにいったのだろう？　ノートパソコンは消えた。スマートフォンも光センサーもメガピクセルも消えたのだ。我々の両手と両目は、今私たちが与えられる以上のものを欲していた。タッチスクリーンを、モバイル機器を、会合の約束や飛行機の時間やどこかの部屋にいる女を思い出させてくれる穏やかなベルの音を。そうして、より新しい、より賢い、より速い、もっと速い何かはほんの少し先にあるという感覚、暗黙のうちの意識も今や失われてしまった。こうした機器が日々もたらすテクノストレスも失われた。だがこうした機器自体に負けないくらい、我々はそうしたものに付き物である緊張、警告、苛々も求めていたのだ。我々の思考パターンにとって、これらは必要不可欠なのではないか。届かなかった信号、クラッシュしたシステム、要再書き込みのメモリ、何クリックかで盗まれる個人情報——そうしたもろもろのことの予感。情報こそすべてだ。やって来ては出て行く。我々はいつも繋がっていた、繋がっていたかった、繋がっている必要があった、でもこれはもう過去の歴史になってしまった、もはや別の人生の影だ。

そう、我々はもう大人だ、携帯電話の奴隷になった目玉の飛び出た子供じゃないし、ここはインターネット中毒者更生キャンプじゃない。我々は現実世界に生きていて、何の中毒でもなく、致死的な依存に悩まされてもいない。だが我々は多くを奪われてしまった。どろどろの、だらしない姿勢で暮らしている。こういうことを我々はめったに話さなかった。容易には抜け出せない、こういう状態のことを。ふとした瞬間に、自分が何を失ったかを我々はまざまざと思い知った。トイレに坐り、流し終えたあと、空っぽの両手をじっと見つめた。

ウィークデーの午後四時には欠かさずテレビの前で市場報告を見たかったが、いつもそうできるわけではなかった。私はある作業隊に入れられていて、定められた日にバスに乗せられ、隣にある空軍基地に連れていかれた。そこで砂を撒き、ペンキを塗り、保守管理作業全般をこなし、ゴミを運び、時にはただ立ったまま、ジェット戦闘機が轟音を上げて滑走路を疾走し、低い太陽めがけて飛び上がるのを眺めていた。上昇していく戦闘機は見ていて美しかった。格納される車輪、後退する可変翼、光、飛行機雲、一言も発さずにいる我々三、四人。こうしているときこそ、千もの他の瞬間よりも、己の破滅の大きさを我々は痛感させられたのではなかったか？


「ヨーロッパ中が南を見ています。何が見えるんでしょう？」

「ギリシャです」

「不安定な国家財政、巨大な債務の重み、債務不履行の可能性」

「**クライシス**はギリシャ語です」

「ギリシャは公的な債務を隠しているのでしょうか」

「危機は稲妻の速度で他の南の国々にまで、ユーロ圏全体まで、世界中の新興市場まで広がるのでしょうか？」

「ギリシャには財政援助が必要でしょうか？」

「ギリシャはユーロを離脱するのでしょうか？」

「ギリシャは債務の実態を隠しているのでしょうか？」

「この危機的状況におけるウォール街の役割は？」

「信用債務不履行スワップとはなんでしょう？　独立国の債務不履行とは？　特別目的事業体とは？」

「私たちは知りません。あなたは知ってますか？　興味ありますか？」

「ウォール街って何でしょう？　ウォール街って誰なんでしょう？」

聴衆のそこここからぎこちない笑いが起こった。

「ギリシャ、ポルトガル、スペイン、イタリア」

「株は世界中で急降下しています」

「ダウ、ナスダック、ユーロ、ポンド」

「でもストライキは、作業停止は、順法闘争はどこでしょう？」

「ギリシャを見てください。街路を見てください」

「暴徒、ストライキ、抗議、ピケ」

「全ヨーロッパがギリシャを見ています」

「カオスはギリシャ語です」

「キャンセルされた飛行機便、燃えている旗、こっちに飛んでくる石、あっちに飛んでいく催涙ガス」

「労働者は怒っています。労働者は行進しています」

「労働者のせいにしろ。労働者を葬り去れ」

「やつらの賃金を凍結しろ。やつらの税金を上げろ」

「労働者から盗め。労働者をやっつけろ」

「いつでも起こりえます。まあ見ていてください」

「新しい旗、新しい幟」

「槌と鎌」

「槌と鎌」


母親に指導されて、娘たちはセリフを調和のとれた流れとリズムで語っていた。二人はただ読んでいるのではなかった。演じていて、顔に表情を作り、本気で楽しんでいた。労働者をやっつけろ、ケイトは言った。少なくとも、二人の母親は姉の方に下品なセリフを割り当てていた。毎日の市場報告は、パフォーマンス作品になりつつあるのだろうか？

一日中、ある話が収容所中を広がっていった。建物から建物へ、人から人へと。それはテキサスかミズーリかオクラホマの死刑囚に関する、国が認めた者が彼に死を引き起こす物質を注射するか電気のスイッチを入れるかする前に死刑囚が発した最後の一言をめぐる話だった。

その言葉はこれだ。**タイヤを蹴れ、火を点けろ——おれは家に帰る。**

その話を聞いて我々の何人かはぞっとした。自分を恥じたのだろうか？　最後の一息、ぎりぎりの瀬戸際にいるその男のことを、我々よりも本物だ、真の無法者だ、国家の残酷なほど緻密な配慮に値すると思ったのだろうか？　彼の死は公的に認められ、ある者は処刑を歓迎し、ある者はそれに抗議した。もし彼が人生の半分を刑務所の独房に監禁されて過ごし、ついには一人か二人かそれ以上の人を殺した罪で死刑囚棟に入ったのだとしたら、我々はどうなるのか？　何をしてここに入れられているのか？　そもそも自分の犯罪を、我々はちゃんと憶えているだろうか？　それを犯罪と呼ぶことすらできるだろうか？　それらは抜け道であり、ごまかしであり、でまかせの中途半端な重罪だ。

自分にそこまで要求する気のない我々の何人かは、その話を聞いてただうなずき、ただその男が最期の瞬間に与えた名誉を認め彼の言葉がはらむ田舎ふうの詩情を認めた。三度目に私がその話を聞いた、あるいは立ち聞きしたときには、刑務所ははっきりとテキサスにあることになっていた。他の場所などあり得ない——男と話と刑務所はみんなテキサスのものだ。我々はそれ以外のところにいて、テレビで子供番組を見ていた。

「槌と鎌ってどういうことなんだろう？」

「何の意味もないですよ。ただの言葉です」私は言った。「アブ・ダビと同じですよ」

「ホンコンのハンセン」

「その通りです」

「女の子たちは言いたいんだろうな。槌と鎌って」

「槌と鎌」

「アブ・ダビ」

「アブ・ダビ」

「ハンセン」

「ホンコン」私は言った。

しばらく我々はこんなふうに話していた。私が目を閉じて眠りに向かう大きなターンをはじめても、まだノーマンはぶつぶつ名前を言っていた。

「でも母親は真剣だと思うよ。本気だと思う。槌と鎌」彼は言った。「彼女は本気の、ちゃんと言いたいことがある女性なのさ」


私は立って遠くから見ていた。彼らは一人一人金属探知機を通り抜け、訪問者センターへ向かっていった。妻たちと子供たち、忠実な友人たち、仕事上のパートナー、そして弁護士だ。弁護士は個室に入り、収容者の話を聞く。収容者はこわばった目でじっと弁護士を見ながら、食事や、仕事の割り当てや、刑期短縮がほとんどないことについて不満を述べた。

すべてが平板に見えた。外の通路を行く訪問者たちの動きは遅く、色彩に乏しかった。空はほとんど見えず、光も気候も感じられなかった。家族たちは服を着込み、青白い顔をしていたが、私は寒さを感じなかった。寮の外に立っていたが、どこにいたとしても変わりなかった。人々に混ざって歩いている一人の女性を私は想像した。細身で、髪は黒く、一人で来ている。どこから出て来たのかはわからない。かつて見た写真か、それとも映画か。フランス映画かもしれない。舞台は東南アジア、天井のファンの下のセックス。いまここで彼女は白く長いチュニックをまとい、ゆったりしたズボンを穿いていた。ここにいるべき人物ではない。それは明らかだったが、彼女がここで何をしているのかを私が考える必要はなかった。彼女はまどろんだ頭から出てきたか、単調な空から下りてくるかしたのだ。

彼女が着ている服には名前があり、私はその名をほぼ知っていた。もう少しで思い出すというところで、ふっと消えてしまった。だがその女性はそこにいて、じっと動かず、淡い色のサンダルを履き、チュニックの横の部分にはスリットが入っている。前後にはぼんやりとした花の模様が描かれていた。

ひどい熱気の中、天井のファンがゆっくりと回っている。こんな思いを、私は欲しても必要としてもいなかった。でも思いはそこにあった。イメージというより思いで、何年も前のものだった。彼女が会いに来た男性は誰だろう？　私に訪問者が来るとは思えなかったし、来てほしくもなかった。娘たちさえもだ。私がここに入っているのを彼女たちが見るのはよくない。どのみち彼女たちがいるのは三千キロの彼方だし、他の用事で忙しいだろう。私のすぐ目の前にその女性を据えることはできるだろうか？　大きな広い部屋に置かれたテーブルを挟んで、私たちは向かい合わせに坐る。部屋はじきに、収容者や妻たちや子供たち、高い机の向こうに坐って見張っている看守でいっぱいになる。

一つわかっていることがあった。彼女の服の名前は二語から成る。短い語だ。そしてその名前が思い出せたら、その一日は、その一週間は十分に価値があったと思えるだろう。他にやることなどあるだろうか？　それなりの達成感を与えてくれることなんて、他に何が考えられるだろうか？

ベトナムのものだ——その二語は、そのチュニックは、そのズボンは、その女性は。

それから私はシルヴァン・テルフェアのことを考えた。彼女が会いに来た収容者は彼なのだ。

世界中に住所を持つあの男だ。彼らはパリかバンコクで出会った。二人は夜のテラスに立ち、ワインを飲みながらフランス語を話した。彼は洗練されていて、自信家で、同時にいくらか無口だ。彼女が惹かれそうな男。彼女は私の想像、私の秘密の優美な幻なのだが。

私は立ったまま眺め、考えていた。

その日ずっと後になって、**アオ・ザイ**というその語を思い出したころには、もう関心は失せていた。

我々は班分けされ、一団にされ、集められ、二人組にされた。至るところに男たちがいて、群れを成して暮らし、すべての場所を埋め尽くし、視野の果てまで並んでいた。私は自分たちを毛沢東主義による自己矯正の最中だと考えることを好んだ。反復を通して、社会的自己の完成に励んでいるのだ。週ごと、日ごと、時間ごとに我々は機械化された手順に沿って働き、食べ、眠り、実践から知識へと進んでいた。だが空き時間にはつい考えてしまう。ひょっとしたら我々は、ただの何トンもの同化された肉なのかもしれない。我々という集められた肉は小部屋に分けられ、容器に入れられて寮や食堂に置かれ、五色のジャンプスーツに入れられてジッパーを閉められる。犯罪の程度によって色分けされ、分類され、目録化されるのだ。その五色を想うと、私は哀しい滑稽さを感じた。色たちはいつもそこにあって、明るい色同士ぶつかりあい、つき出し、行き交っている。自分たちを顔に化粧するのを忘れたサーカスの道化と思わないように私は努めた。

「君は奥さんを敵だと思ってる」ノーマンは言った。「君と奥さんはまったくの敵同士だと」

「そんなことないですよ」

「まあ当然だよな。奥さんが娘たちを使って君を攻撃してると君は思ってる。そう信じてるんだ、心の奥底でね。認めるかどうかにかかわらず」

「そんなことないと思いますが」

「そんなことあるはずだよ。君が仕事で犯した間違いを奥さんは非難してる。君はどんな仕事をしてたんだ？　どうしてここに入るはめになったんだ？　まだ聞いてないと思うが」

「面白くもない話ですよ」

「我々は面白い話をするためにここにいるわけじゃない」

「会社を買収している男に任されて会社を経営してました。情報がやり取りされて、金が行き来しました。弁護士、証券業者、コンサルタント、社長たちに」

「男って誰だい？」

「父です」私は言った。

「名前は？」

「事態が明らかになる前に父は静かに亡くなりました」

「事態って？」

「私の有罪判決です」

「彼の名前は？」

「ウォルター・ブラッドウェイです」

「私も聞いたことあるような名前かな？」

「父の兄弟の名前は聞いたことあるでしょう。ハワード・ブラッドウェイ」

「ヘッジファンド三銃士の一人か」彼は言った。

ノーマンは記憶をたぐって彼の顔を思い出そうとしていた。彼が思い浮かべている姿を私は思い浮かべた。彼が思い浮かべていたのは、赤ら顔の大男の叔父ハウイーが、胸をはだけ、飛行士眼鏡をかけて、ミニチュアプードルを腕に抱いているところだった。けっこう有名な写真だ。

「家族の伝統ってわけだな？」彼は言った。「いろんな会社、いろんな都市、いろんな時間枠」

「父たちは善悪の存在を信じていました。市場、ポートフォリオ、インサイダー情報には善悪があると」

「それで、君がビジネスに加わる番がきたというわけだ。何をやっているのか、自分でわかってたのかい？」

「私は自分を定義づけているところでした。父にそう言われました。自分を定義づけなきゃならないやつは辞書の中にでもいろって」

「だって君は、何をやってるのか自分で常にわかってる人間には見えないからね」

「ちゃんとわかってましたよ。しっかりと」

イチジクのジャムを入れた小瓶の口を間に合わせに覆ったラップをノーマンが剝がし、中身を指で塩味クラッカーに塗る音が聞こえた。訪問日に弁護士が、ダルマチアンイチジクのジャムの瓶をこっそり差し入れてくれたのだ。ただし金属の蓋はなし。ダルマチアやダルマチアンという言葉が好きだとノーマンは言った。バルカン半島の歴史、アドリア海、大きなぶちのある犬種。そういう名前や地名の食べ物があって、全部自然素材で、それを隠れて週に二度、ごくありきたりのクラッカーに塗って食べる――そういうことを彼は気に入っていた。

ノーマンの弁護士は女性で、イチジクのジャムを体のどこかに隠して持ち込むのだと彼は言った。このセリフを彼はさらっと単調に言い、特に信じてもらおうとも努めなかった。

「君の金に関する哲学はどんなだい?」

「そんなものありませんよ」私は言った。

「私はすさまじくたくさん金を稼いだ年があった。特にある一年だ。そうだな、全部で九桁は軽くいってた。おかげで寿命が延びたように感じたよ。金があると長生きするんだ。金は血の中に染み込んで、血管や毛細血管を巡る。かかっていた初期治療の医者にそう言ってみたんだ。あなたの言っていることは正しい気がするって医者は言ってた」

「壁の美術品はどうなんです? おかげで寿命が延びましたか?」

「美術のことはわからないな。良い質問だ。美術ね」

「偉大な美術品は不死身だっていうでしょう。私は、不死身でないものもいくらか入ってると思うんです。ちょっとした死の予感を抱えてる」

「もろもろの豪華な絵画、形と色。もろもろの死んだ画家たち。わからないな」彼は言った。

彼は私の寝台に向かって手を挙げ、水平にのばしてきた。手にはイチジクのジャムを塗ったクラッカー半分が載っていた。私は断ったが、礼も言った。彼がクラッカーを噛みながらシーツに沈み込む音が聞こえた。そして私は横たわったまま、この日最後の一言を待った。

「奥さんは君に直接話しかけてるんだ。気づいてるだろう。娘たちを使ってさ」

「そうは思いませんね。ぜんぜん思わない」

「言い換えれば、そんなこと思いつきもしなかったってことだ」

「何でも思いついてますよ。思いついて、却下してることもあるってことです」

「奥さんの名前は？」

「サラ・マッシー」

「すっきりとしたいい名前だ。長くたどれる先祖を持った強い女性が目に浮かぶ。道義、信念。君の不法行為、君が捕まったという事実、そしておそらく、そもそも君が父親の事業に加わったこと、そのすべてに復讐してるんだ」

「そのことに気づかずにいられるなんて、私ってどれほど賢いんでしょうか。気づかないことで、どれほどの悲しみを感じずにいられることか」

「君の言う、ずるい感じの美人な。この女性はだな、君に自分がやったことを思い出させようとしてるんだ。君に向かって話してるんだよ。アブ・ダビ、アブ・ダビ。ハンセン、ホンコン」

我々の周りで小部屋に閉じこめられ、時間の中に宙づりにされて、目下しっかり黙り込んでいるのは、歯の問題、医療の問題、夫婦の問題、食事上の要請、精神の弱さを抱えた男たちだった。彼らは眠りのリズムで息をしていて、夜な夜な響きわたるのは石油税逃れの策略、税金逃れの策略、企業スパイ、企業収賄、虚偽証言、医療保険詐欺、相続詐欺、不動産詐欺、通信詐欺、詐欺と陰謀だった。


みんな早々と集まるようになった。男たちが集会室にぎっしりと集い、予備の折りたたみ椅子を持ってきて開く者もいた。脇の通路に立っている者もいた。あふれた収容者、看守、調理スタッフ、収容所職員。私は何とか四列目の、中央から少しだけ外れた席に潜り込んだ。事件の予感、喧噪のなか読み上げられるニュース、世界中の感情の力が一点に集中することに導かれて、我々はここに集まり、複雑な期待の波のただ中にいた。

雨に打たれた花の塊が、高い窓の一つにくっついていた。もうだいたい春だ。今年は遅い。集会室は四つで、各寮にひとつずつあった。きっとその全部が満員で、収容者とそれ以外の人々が奇妙に調和したざわめきのなかで集い、経済の瓦解について子供が話すのを聞いているのだ。

この部屋では、放送時間が近づくと、前の方に坐ったフェリクス・ズーバーがくたびれた手を挙げ、席につきつつある群衆を静めた。

娘たちがお揃いの上着を着ていることに私はすぐさま気づいた。今までこんなことはなかった。映像は今までよりくっきりとしていて、安定して、色もついていた。それから、二人がありきたりのテーブルではなく、長い机、ニュース用デスクの向こうに坐っていることに私は気づいた。そして、台本――台本などなかった。二人はテレプロンプターを使い、かなり速くセリフを読み上げながら、いいタイミングで巧みに間を入れた。

「ギリシャは債券を売っています。ユーロは上がっています」

「市場は落ち着きを取り戻しています」

「ギリシャは新たな緊縮財政を始めようとしています」

「差し迫った危機は回避されました」

「ギリシャとドイツは話し合っています」

「信任の票が投じられ、忍耐が呼びかけられています」

「ギリシャは信用を取り戻す準備が整いました」

「四百億ドルの支援計画が提案されました」

「ギリシャ語でありがとうって何て言うんですか？」

「エフハリスト」

「もう一度ゆっくり言って」

「F・ハリー・ストウ」

「F・ハリー・ストウ」

二人は向き合うことなく、無表情なまま拳同士でタッチした。

「最悪の事態はおそらく過ぎたのでしょう」

「もしくは、最悪の事態はこれからでしょう」

「ギリシャへの経済援助は期待どおりの効果を上げるのでしょうか？」

「もしくは、全くの逆効果でしょうか？」

「逆効果とは正確には何でしょうか？」

「他の市場を考えてみましょう」

「ポルトガルを見ている人はいるでしょうか？」

「みんながポルトガルを見ています」

「借金は多く、成長率は低い」

「借りろ、借りろ、借りろ」

「ユーロ、ユーロ、ユーロ」

「アイルランドは問題を抱えています。アイスランドは問題を抱えています」

「イギリスポンドについて考えたことがあるでしょうか？」

「イギリスポンドの生と死」

「ポンドはユーロじゃありません」

「イギリスはギリシャじゃありません」

「ですがポンドに破綻の兆しはあるでしょうか？　ユーロもそれに続くのでしょうか？　ドルはまだまだ安全だと言えるのでしょうか？」

「中国についても噂があります」

「中国にトラブルでも？」

「中国にバブルでも？」

「中国の通貨は何て名前でしょう？」

「ラトビアはラト」

「トンガはパアンガ」

「中国は人民幣《レンミンビ》」

「レンビンボ」

「中国はレボボ」

「レブブ」

「次は何が起こるんでしょう？」

「もう起こりました」

「誰か覚えてますか？」

「八分の一秒で市場は千ポイント下落しました」

「十分の一秒で」

「もっと速く、もっと低く」

「二十分の一秒で」

「画面が光って震え、電話は飛び上がって壁から落ちる」

「百分の一秒で。千分の一秒で」

「リアルじゃない、非リアル、シュールリアル」

「誰がこれをやってるの？　どこから来たの？　どこへ行くの？」

「シカゴで起こったことです」

「カンザスで起こったことです」

「映画だ、歌だ」

私には部屋の中の雰囲気が感じ取れた。募る緊張感、もっと何かを、強烈な何かを求める気持ち。私は超然としたまま女の子たちを見ながら、彼女たちの母親について考えていた。彼女は何を考えているのか、我々をどこに連れて行こうとしているのか。

ローリーが柔らかい、調子のよい声で言った。「我々は誰を信じればいいんでしょう？　どっちを向けばいいんでしょう？　いったいどうやったら眠れるんでしょう？」

ケイトはてきぱきと言った。「コンピュータ技術は、コンピュータ化された取引に付いていけるんでしょうか？　長期の疑いが、短期の疑いに屈するのでしょうか？」

「ファット・フィンガー・トレード《押し間違えによる誤取引》ってなんでしょう？　ネイキッド・ショート・セール《裸売り》ってなんでしょう？」

「瀕死のユーロ経済のために何兆ドルが使われるんでしょう？」

「一兆にはいくつゼロが並ぶんでしょう？」

「夜通しの会議はいくつ開かれるんでしょう？」

「どうして危機はどんどん深まるんでしょう？」

「ブラジル、韓国、日本、どこでも」

「彼らは何をやっていて、それをどこでやっているんでしょう？」

「ギリシャではまたストライキをしています」

「街なかを行進しています」

「ギリシャで銀行を焼いています」

「聖なる寺院から垂れ幕を下げています」

「ヨーロッパの人民よ、立ち上がれ」

「世界の人民よ、団結せよ」

「潮は高まりつつある、潮は変わりつつある」

「どっちのほうに？　どのくらい速く？」

長い間《ま》があった。我々は見守り、待った。それから、ニュースは決定的瞬間を迎えた。一か八かの、もう後戻りのきかない瞬間を。

女の子たちは共に唱えた。

「スターリンフルシチョフカストロ毛《マオ》」

「レーニンブレジネフエンゲルス——ド《パ》カーン《オ》！」

　これらの名前、その感嘆符は単調な早口で語られ、興奮した収容者たちは思わず音を発した。これはいったいどういう音か？　どういう意味があるんだ？　私は無表情でそのただなかに坐ったまま、なんとか理解しようとしていた。女の子たちは一度、そしてもう一度セリフを繰り返した。男たちは叫び、騒いだ。この体の締まらないホワイトカラーの重罪人たちは、今までの人生でずっと信じてきたすべてを拒んでいるように見えた。

「ブレジネフフルシチョフ毛《マオ》ホー」

「レーニンスターリンカストロ周《チョウ》」

　名前はどんどん出てきた。まるで学校の応援コール、飛び上がるチアリーダーたちの叫びのようだった。そして応える男たちの声も感情も高まっていった。まったくすさまじかった。私は怖くなった。収容者たちにとって、こうした名前にどんな意味があるのか？　かつてのニュースで挙げられていた滑稽な地名から我々はいまや遠く離れていた。これらの人名は歴史に巨大な跡を残している。収容者たちは政治上の主義を、政府のシステムを、別のものと取り替えたがっていたのだろうか？　我々はそのシステムの最終産物だ、論理的結末だ、燃え尽きた資本の残した分厚い塊だ。我々はまた、家族や家を持つ男たちだ、たとえ今どういう状態であろうとも。我々には信念も義務もあった。それはシステムには左右されないものだろう、と私は考えた。何も意味なんてない、ものの区別なんて死んだと彼らは主張していた。市場など崩壊して死んでしまえ。銀行、仲買会社、企業グループ、ファンド、トラスト、もろもろの機関などすべて塵になってしまえ。

「毛周《マオチョウ》——フィデルホー」

一方、通路の人々はじっと立ったまま黙っていた——看守、医師、収容所の運営者たちだ。私はもう終わりにしてほしかった。女の子たちは家に帰って、宿題をやって、携帯電話の中に引きこもってほしかった。

「マルクスレーニンチェ——ヘイ！」

彼女たちの母親は狂っている。子供による株式市場報告の目新しさを悪用しているのだ。収容者たちは混乱し、思考停止の無秩序に陥っていた。フェリクス・ズーバーだけが正気だった。弱々しく拳を振り上げていた。革命に資金を送り込もうとしてここに入れられた男は、それらの名前の合唱の中に、トランペットと太鼓の音を聞くことができたのだ。部屋に渦巻くエネルギーが落ち着きはじめるまでしばらくかかった。女の子たちの声も、今はより穏やかになっていた。

「我々はみな答えを待っています」

「それゆえに、と解説者は言います」

「やがては、と投資家は主張します」

「他の場所では、と経済学者は述べます」

「どこかでは、と役人たちは強調します」ケイトが言った。

「ひどいことが起こりえます」

「どれくらいひどい？」

「すごくひどい」

「どれくらいひどい？」

「世界が終わるほどひどい」

二人はカメラをじっと見ながら、ささやき声で終えた。

「F・ハリー・ストウ」

「F・ハリー・ストウ」

報告は終わったが、女の子たちはまだ画面に映っていた。二人は坐ったまま見ていて、我々も坐ったまま見ていた。気まずい感じになった。ローリーがちらっと横を見て、椅子から滑り降り、画面の外に消えた。ケイトは動かずにいた。見慣れた表情が、両目や口や顎に広がるのを私は見た。それは不服従の表情だった。バカな技術上のヘマのせいで起きた気まずい退場を、何で私が受け入れなきゃいけないの？　我々がみんな耐えきれなくなって目をそらすまで、彼女は我々をじっと見つめつづけるだろう。そしてこの一件について、番組とニュースそのものについて自分の感慨をしっかりと語るだろう。だから私は立ち上がって出て行きたくなった。気づかれないように列をすり抜け、壁に沿って進み、午後遅くの埃っぽい光の中に消えたかったのだ。だが私はそのまま坐って見ていた。彼女もそうしていた。我々は見つめ合っていた。今や彼女は身を乗り出し、両肘を机に置いて、両手を顎の高さで組み合わせていた。まるで私のくすくす笑いや落ち着きのなさに、それより何より私の頭の悪さそのものに我慢できなくなった五年生担当の教師みたいだった。部屋の緊迫感には大きさと重さがあった。これこそ私が恐れていたことだった。彼女がニュースについて、すべてのときのすべてのニュースについて語り、いつも父親が言っていたことについて語ることをだ。ニュースは消え去るために存在する、それがニュースの核心だ、どんな話でも、どこで起こったことでも。**ニュースが消え去るということを我々は当然視している、**と私の父は言います。**そして父は自分がニュースになりました。そして消え去りました。**

だが彼女はただ坐ったまま見ていて、じきに収容者たちは落ち着きをなくしはじめた。自分が顔の下半分を隠していることに私は気づいた。親としての無意味な変装だ。人々は、一度に数人ずつ、それからもっと、それから集団で、全員が帰り始めていた。列の間を通りながら屈んでいる者もいた。見ている人の視野を遮らないよう注意していたのかもしれないが、大部分は罪の意識と恥ずかしさに包まれてこそこそ去っているのだと私は思った。どちらにせよ、画面は変わらなかった。ケイトがカメラの前に坐って私を見ていた。私は自分が空っぽにくり抜かれている気分だったが、彼女がそこにいるあいだは席を立てなかった。私は画面に何も映らなくなるのを待った。そしてやっと、何分も経ってからそうなった。画面には細い筋と震えだけが映っていた。

太った男の子がでこぼこした丘を転がり落ちるアニメが始まったころには、部屋には誰もいなかった。フェリクス・ズーバーは前の席に坐ったままだった。今やそこにいるのは彼と私の二人きりで、私は彼が振り向いて私に手を振るのを、あるいはそこに坐ったまま死ぬのを待った。

最初の光がやってくる前のいつかに、私は目を開けた。夢はまだそこにあり、漂っていて、ほとんど触れられそうだった。夢を完全に取り戻すことはできない。我々は記憶の中で勝手に作り直してしまうのだ。夢は借りてきたもののように、他の人生の一部のように思える。ひょっとしたらというくらい、ものすごく端のほうで、かろうじて自分のものであるにすぎない。ホーチミン市の薄暗い部屋で、高い天井についたファンの下に一人の女性が立っている。街の名前は、消せないくらいしっかりと夢に織り込まれている。そしてその女性は、束の間ぼやけた姿でサンダルを脱ぐ。だんだん見覚えがあるように思えてきて、ついになぜだか私は気づく。彼女は私の妻なのだ。実に奇妙な話だが。サラ・マッシーがゆっくりと服を脱いでいる。チュニックとゆったりとしたズボン、アオ・ザイだ。

これはエロチックに見せようとしているのか、皮肉に見せようとしているのか、あるいはただ頭蓋に残った記憶の屑が例によって偶然集まっただけなのか？　それを考えるとピリピリしてきて、私はちょっと経ってから、上の寝台の端から静かに降りた。ノーマンはじっと横になっていて、黒い睡眠用マスクを付けていた。私は服を着て小部屋を抜け出し、床を横切り、日の出前のもやの中に出た。収容所の入り口にある監視塔に明かりが点いていた。地元の農場の、牛乳、卵、頭を切られた鶏を積んだ配達のバンを迎え入れるために、誰かが当番に立っているのだ。私は早足で古い木の柵まで行き、屈んで横木の間を通り抜け、それからしばらく立ったまま暗闇を見つめていた。自分が息をしていることに気づいて、そのことに驚いた。まるでそれが珍しい、記憶しておくべき出来事であるかのように。

手探りで歩きながら、砂利道の片側にある並木に沿っていった。車の音に向かって進んでいき、十分ばかりかかって大通りの上の橋に出た。橋そのものは通行禁止だった。ずっと修理中だったのだ。私は橋のほぼ真ん中に立ち、下を疾走する車を見ていた。低いところに半月が出ていて、青白いもやのなかに奇妙な感じに埋もれていた。車は途切れることなく、来ては行く。ピックアップトラック、ハッチバック、バン。こんなに朝早く誰がどこに行くのだろう、という疑問を抱かせながら、全ての車は橋の下を通り、言葉にならない音をまき散らしていた。

私は見守り、聞いていた。時間が過ぎることも感じずに、通っていく車の秩序と規律について考えていた。それは当たり前だと思われている。運転手たちは車間距離を保つ。時に間違いを犯しもする人間たちが。車が前に、後ろに、両側にある。夜に車を走らせていて、思いはついあらぬところへ行ってしまう。どうしてこの大通りだけでも、数秒ごとに事故が起こらないんだろう？　朝のラッシュ前の時間帯であってもだ。橋の上に立って私が考えていたのはそういうことだった。押しよせる騒音と圧倒的なスピード、車同士の近さ、運転手の根本的な多様さ――性別、年齢、言語、気質、生い立ち。車は電子制御のおもちゃみたいだったが、そこには血と肉が入っている、鉄とガラスがある、そして目的地という神秘に向かって彼らが安全に動いていくのは驚異だと私には思えた。

これが文明なのだ、と私は思った。社会的、物質的進歩への勢い、移動する人々、時間と空間の限界が試される。燃えた燃料の嫌な臭いや、惑星の汚染など問題ではない。危険は本物かもしれないが、あくまで表面のこと、避け難い外観のことにすぎない。私が見ていたものもまた本物だったが、そこには幻視のもつ衝撃があった。あるいはひょっとしたらそれは、見ている者の目や心の中で燃え上がる、常に現在形の出来事、啓示の爆発なのかもしれない。彼らを見るがいい。彼らが誰であろうとも、みんな暗黙の合意に沿って動き、ダイヤルや数字を確かめ、判断力と技術を発揮し、カーブで曲がり、滑らかにブレーキを踏み、次を予測しながら、三、四方向に注意を払っている。彼らが下を通り抜けていくなか、私はその突風に耳を澄ました。車は次々と来て、運転手たちは瞬間的に判断をし、ラジオでニュースや天気予報を聞きながら、知らない世界に心の中で思いを馳せている。

どうして常に衝突し合わないのか？　東の空に夜明けの最初の光が現れ始めるなか、私にはその疑問は深遠なものに思えた。どうして前後左右の車とぶつからないのか？　この高みから見ていると、衝突は不可避に思えた――車がガードレールに突っ込み、押されて致命的にスピンする。だが彼らはただただ来続けた。どこでもない場所からヘッドライトとテールライトが現れるように見えた。そして彼らは早朝から夜更けまで、来ては行き続けるのだ。

私は目を閉じて、耳を澄ました。もうすぐ収容所に戻って、あそこで過ごす人生の日常へ沈み込んでいくのだろう。最低限の警備。その言葉は子供っぽく響いた。恩着せがましさと無念が混ざった表現だ。私としては、目を開いたら、空っぽの道路と強烈な光が、世界の終わりが、想像を絶する何かの到来が見えてほしかった。だが私が属しているのは最低限の警備だ、そうだろう？　可能な限り最小の量、最低の程度の制限。ここにいる私は、サボり中の、だが結局は戻っていく生徒だ。ようやく目を開くと、霧は晴れかけて、車は増えていた。バイク、平床トラック、乗用車、四輪駆動、下で前方に目を凝らす運転手たち、騒音と突進、やむにやまれぬ必要の感覚。

彼らは誰なんだろう？　どこへ行くんだろう？

そして私はふと思った。大通りからは私が見えるだろう。橋の上に、こんな時間に、立って見ている男のシルエット。そして運転手たちの何人かは自然な反応として目を上げ、こんな疑問を抱くだろう。

あれは誰なんだろう？　あそこで何をしてるんだろう？

私は思った。あれはジェロルド・ブラッドウェイだ。そして彼は延々と、自由競争の有毒ガスを吸い続けている。

瘦骨《そうこつ》の人

The Starveling (2011)

柴田元幸訳

すべてが、その女よりずっと前にはじまったとき、彼は一部屋で暮らしていた。環境の改善は望まなかった。そこが彼の居場所だったのだ。ひとつだけの窓、シャワー、電気コンロ、バスルームに据えたずんぐりした冷蔵庫、乏しい所持品を入れる間に合わせのクローゼット。ある種の何も起きない事態は、時として瞑想に似る。ある朝、座ってコーヒーを飲みながら虚空を見つめていると、壁からつき出たランプがカサカサ音を立てて燃え上がった。配線に問題があるんだな、と彼は冷静に思い、煙草を消した。炎が上がって、ランプシェードが泡を吹いて溶け出すのを見守った。記憶はそこで終わっていた。

そして、何十年も経ったいま、彼は座って、別の女を、一緒に住んでいる女を見つめていた。女はキッチンの流し台にいて、シリアルのボウルを洗っている。洗剤の泡がついた手で、ボウルの縁をこすっている。五年か六年の夫婦生活を経たのちに彼らは離婚して、彼女の所有するアパートメントにいまだ一緒に住んでいた。エレベータのない三階のアパートメントで、とりあえずスペースは十分あって、よく吠えるちっぽけな犬が隣にいた。

彼女は、フローリーは、いまもほっそりしていて、体はいくぶん斜めに傾き、柔らかな茶色っぽい金髪の色合いがようやく少し褪せてきていた。ブラジャーがひとつ、クローゼットのドアノブから垂れている。彼はそれを見て、いつからあそこにあっただろうと考えた。自分たち二人の周りで、じわじわと育っていった、いつ見ても何もかも見慣れた生活。前の数時間、数日、数週間、数か月のなかで見なかったものはほとんどない。ドアノブのブラジャーは、数か月の部類だろうか。

細長いアパートメントの奥に据えた簡易ベッドに彼は座り、彼女が新しい仕事のことをぼそぼそと喋るのを聞く。一時しのぎの、ラジオで交通情報を読み上げる仕事。本職は女優で、そっちは失業中、回ってくる仕事は何でもやった。ゆったりよどみなく流れる、深南部訛りをかすかに残したその口調は、大半の日、彼が耳を傾ける唯一の生きた声だった。けれど放送での声は、まさに電動工具、息もつかぬメドレーが炸裂する。昼間彼がここにいることはめったになかったが、いるときはラジオを点けて、ニュース専門局を聴いた。彼女は十一分ごとに狭い枠を与えられていて、外界で発生しているいつもながらの混乱を報じた。

すさまじいスピードで喋り、単語やキーフレーズが、符号化されたフォーマットに手際よく圧縮された。事故、道路工事、橋やトンネル、地質学的時間によって測られた遅延。ＢＱＥ（ブルックリン＝クイーンズ高速道）、ＦＤＲ（フランクリン・Ｄ・ローズベルト・イーストリバー高速道）、つねに聖書的響きを有するクロス・ブロンクス高速道。生気のない目をした一万人のドライバーが、ゲートが開くのを、海が二つに分かれるのを、待っている。

彼女がいまはすに近づいてくるのを彼は眺めた。そのボディランゲージは毅然たる問いかけを伝え、頭は左に傾《かし》いで、両眼はさまざまなレベルの精査を発しつつ接近してくる。一メートル半の距離で彼女は止まった。

「散髪、したの？」

彼は座ったまま考え、それから、うしろに片手を回して親指をうなじの上に滑らせた。散髪はきちんと計画した一日のなかの、慌ただしい、わずかな、忘れられるために差し出された瞬間でしかなかった。

「いつ？」

「だと思う、絶対」

「わからない。三日前かな」

彼女は一歩横に動いて、ふたたび近づいてきた。

「あたし、どうしたのかしら？　たったいま気づくなんて」と彼女は言った。「あなたに何したの？」

「誰が？」

「床屋が」

「さあなあ。床屋が僕に何したのかな？」

「あなたのもみあげを去勢したのよ」と彼女は言った。

かつてそこにあったものの記憶に敬意を表してか、彼の側頭部に彼女は手をやった。シリアルのボウルを洗った手はまだ濡れている。やがて彼女は踊るように離れていって、上着に体を押し込み、出かけていった。二人はいつもこうだった。来ては、去る。彼女はミッドタウンにあるスタジオに急がねばならず、彼には行くべき映画があった。午前十時四十分開始、ここから歩いて行ける距離、それからまた違う場所で別の映画、そのあとまた違う場所、そしてもうひとつ、それで一日が終わる。

その日は濃密な白い夏の日で、オレンジのチョッキを着た男たちが削岩機を操り、広い通りの真ん中を進んでいた。出来立ての割れ目をコンクリートの仕切りが縁どり、両横にいる動くものたちはみな何らかの防御手段を採っていた。タクシーは停止と発進をくり返し、歩行者はいくつか段階を区切って戦略的にダッシュし、携帯電話を頭部に溶接して道路を渡った。

西へ向かって歩きながら、自分の足どりのなかに贅肉を、胸と腰の幅を彼は感じはじめていた。昔から体は大きく動きはゆっくりしてたくましかったが、いまはもっと大きくもっとゆっくりしていた。食堂のカウンターに背を丸くして座って、もしくは食べ物のカートのかたわらに立って、己の顔に否応なく押し込んだ、無数のこぶし大の飽和脂肪酸。彼は食べ物を食べるのではなかった。食べ物をかっ込むのだ。一口かっ込んで、金を払って、逃げる。何を吸収するにせよ、その後味が体の下方の管のどこかに何時間も残った。

それは彼の父親の食べ方だった。老いかけた息子が、何はともあれ父の大柄な図体だけは引き継いだ。

六番街で北へ折れる。映画館はほとんど空っぽだとわかっていた。三人か四人の、それぞれ孤立した魂。映画館に来る人間は、少数なら、魂だ。そして午前遅くか午後早くはだいたいいつもそうだった。館を出るときもまだ孤立したままで、言葉ひとつ、視線ひとつ交わさない。ほかの種類の目撃行為——人里離れた事故、自然の脅威——に居合わせた魂たちとは違う。

窓口で金を払って、切符を受けとり、ロビーにいる係員に渡して、地下のトイレに直行した。数分後、狭い館内で席をとり、上映の始まりを待った。いま待って、あとで急ぐ、これが一日のルールだった。日は毎日同じだが映画は違っていた。

彼は名をリオ・ゼレズニアクと言った。その名にしっくり馴染むのに半生かかった。どうあがいても絶対わがものにできない何らかの響き、異国性、歴史がその名にあると彼は思っていただろうか？　ほかの人間たちは、自分の名のなかに収まって生きている。名前それ自体が違いを生むのだろうか、と前はよく考えたものだった。それとも自分は、財布に入れた一連のプラスチックのカードにどんな名前が刻まれたところで、やはりこういう隔たりを感じてしまうのか。

自分一人しかいない列のちょうど真ん中に座っていると、館内が暗くなった。彼の経験の上に——最近の経験の上、ずっと前の経験の上に——いかなる不安と憂いの月が浮かんでいたとしても、ここにいれば時にはそれがいっさい霧散するのだ。

彼の天職について、フローリーはさまざまな意見を有していた。はじめの何年かは、女優の仕事、ナレーション、販売展示会、犬の散歩代行等々の合間に時おり彼について来て、一日に三本、時には四本観た。その目新しさ、一種霊感を帯びた狂気。映画は一緒に観ている人物によって損なわれうる。闇のなか、一シーン、一ショットを前にしてのちょっとした姿勢の波及効果。二人ともそのことは承知していた。彼の行為の完全性を脅《おびや》かすような真似を彼女がやったりしないことも彼らは承知していた。ひそひそ囁いたり、肱でつついたり、ポップコーンの袋を持ち込んだり。けれどもまた、ちゃんと気を遣っているという感じを過度に打ち出したりもしない。彼女は陳いことを彼女は理解していた。

では、彼は何をしているのか。

彼女はさまざまな説を提唱した。あなたは苦行者なのよ、と彼女は言った。これがまずひとつの説。彼の企てにはどこか聖人めいた、狂気じみたところがあるというのだ。自己否定の要素、悔悛の要素。闇のなかに座って、像を崇める。あなたの両親はカトリックだった？　お祖父さんお祖母さんは毎日ミサに行ったのかしら、夜が明ける前に、カルパチア山脈のどこかの村で、長い白いひげを生やして金色のマントを着た司祭の言葉を復唱していたの？　だいたいカルパチア山脈ってどこ？　彼女は夜遅く、たいていベッドのなかで、肉体が休んでいるときに語った。そうしたもろもろの説を聴くのが彼には楽しかった。それらは非の打ちどころなき虚構だった。実のところはどうなのか、彼自身の見解を引き出そうなどという魂胆はそこになかった。それが彼の毛穴から掬い上げるしかないものであることを、意識的精神の産物というより肌の下にひそむ熱であることを彼女は知っていたのだろうか。

あるいは、彼は過去から逃げている人間である。子供のころの陰惨な記憶を、思春期の災難を、夢によって忘れてしまおうとしている人間である。映画とは目覚めている夢だ。そういう昔の呪いやら禍事《まがごと》やらが残した衝撃から身を護ってくれる白昼夢、と彼女は言った。何だか、昔流行《はや》った芝居の冴えない再演の科白を喋っているみたいだった。その声の穏やかな響き、くり出されるそのふりが、時にリオの気持ちをあらぬ方へ連れていき、シーツの下で勃起が振動音を発しはじめるのを彼は感じるのだった。

あなたは——と彼女は訊いた——映画を観るために映画館にいるの、それともひょっとして、もっと限定的、もっと本質的に、ただ映画館にいるために映画館にいるの？

そう言われて、考えてみた。

家にいてテレビを観れば、三百チャンネルあるケーブルで夜遅くまで何本でも観られるのよ、と彼女は言った。映画館から映画館へ移動する必要もないし、地下鉄、バス、気をもむ、急ぐ、何も要らない。その方がずっと快適だろうし、金も節約できて、それなりにまっとうな食事だってできる。

そう言われて、考えてみた。より簡単な選択肢がほかにあることは明らかではないか。どの選択肢だっていまより簡単だ。職に就く方が簡単。死ぬ方が簡単。だが、彼女の問いが哲学的な問いであって実際的な問いではないことを彼は理解していた。彼の、より深い奥底を、彼女は探ろうとしている。映画館にいるために、映画館にいる。そう言われて、考えてみた。そのくらいの義理は彼女に対して負っているのだ。

作品の上映がはじまるとともにその女は入ってきた。見かけたのはしばらくぶりだった。彼女の不在に自分が気づいていたことをいま悟って、我ながら驚いてしまった。最近の入会者——という言い方でいいだろうか——である。いつから姿を現わすようになったのか、よくわからない。ぎこちなさそうな人物で、わずかに角張っていて、ほかの連中よりずっと若かった。そう、ほかの連中、というのがいるのだ。四人か五人の浮遊する集団が毎日巡回し、それぞれが独自のスケジュールを厳守して街を縦に横に行き来する。映画館から映画館へと、朝に、夜に、週末に、何年も。

リオは自分を集団の一人とは数えていなかった。ほかの連中とは絶対、一言も口を利かないし、彼らの方をちらっと見さえしない。それでも時おり、あちこちで、彼らのうちの誰か一人の、あるいはまた別の一人の姿が目に入った。生気のない顔をした漠たる形が、くたびれた服に包まれてロビーのポスターのあいだに配され、物腰は落着かず、手術直後みたいな様子でいる。

ほかの連中がいることは、気にしないよう努めた。だがどうしてそのことに心乱さずにいられるだろう。嫌でも目に入ってしまうのだ。クワッドで一人を見かけ、翌日サンシャインで別の一人。エンパイア25の、巨大な丸天井広間か、どこか高層の地獄に通じているように見える細長い険しいエスカレータの上かで二人。

でもこれは違う。この女は違う。女の姿を彼は見守った。最初の映像が館内前方を青白い光で包むとともに、彼の二列前、列の一番端に女は座った。

細長い金属棒の古い防犯ロックが、玄関のドアから十センチばかりの壁の凹みに差し込んである。背の高い、細長い、網カバーもない年代物のスチームパイプがあって、垂れた水を受けるようバルブの下に平たい皿が据えてあった。彼は時おり、パイプの列にじっと見入りながら、そのとき考えている、およそ言葉に還元しようのない事柄について考えた。

二人で使っている狭苦しいバスルームは、彼の広い尻をバスタブと壁のあいだに押し込んでトイレに座るにも一苦労だった。

時おり、招かれて簡易ベッドを離れ、フローリーの寝室で一緒に過ごして切ないセックスを交わした。彼女にはアヴナーというボーイフレンドがいたが、名前自体と、息子が一人ワシントンにいるということ以外彼女は何も言わなかった。

壁には彼女の祖父母の写真がかかっていて、古い家族写真によくあるように色も濃淡もすっかり抜け、誰の先祖でも死んだ親戚でもいいような、まったく個別性のない写真だった。

クローゼットの奥にはノートが何冊も詰め込まれていた。リオの作文帳。小学校を思わせる白黒まだらの表紙、大理石模様の表紙。かつて、観た映画をめぐってつけていたメモである。何年にも何マイルにも及ぶ殴り書きの証言。映画館名、映画の題名、開始時間、上映時間、ストーリーや主役や場面やその他思いついたことをめぐる雑感。そばに座ったお喋りのティーンエイジャーたちと、彼らを黙らせるために彼が口にした言葉。あるいは、白字の字幕が白い背景に溶けてしまって、韓国語なりペルシャ語なりで交わされる激論の只中で途方に暮れたこと。

彼女とベッドに入っていると、時おり、アヴナーをめぐる思いが、何らかの姿をとって浮かび上がった。暗い、帷子《かたびら》に覆われた、形を変えつづける何ものか。拡散した存在が部屋にとり憑いている。

フローリーはよく、彼の腹に面白半分のパンチを喰わせた。彼はそこにユーモアを見出そうと努めた。しばしば、遅く帰ってくると、彼女がパジャマ姿でキックボクシングをやっていた。これは、ダイエット、様式化された体の動き、目にふきんをかぶせて床の上に仰向けになって長々と瞑想する、等々とあわせた健康法の一環だった。夏期公演で彼女が何週間も出かけていることもあって、時おり、五感も鈍ると、アパートメントに自分しかいないことも彼はろくに自覚しなかった。

鏡に自分の顔が映っていて、だんだん非対称になっていって、目鼻はもはや同軸上になく、眉は一列に並ばず、顎は曲がり、口はわずかに傾いでいる。

いつからこうなりはじめたのか。次はどうなるのか。

彼らはほとんど金を遣わずに暮らした。彼の萎んだ蓄えと、時おり降って湧く彼女の仕事。彼らは習慣に従って暮らし、ピリピリしてもいないし自意識過剰でもない長い沈黙を過ごした。またあるときは、彼女が台本と取り組みながら部屋のなかを歩き回り、いろんな声を試し、彼は何もコメントせずに聴いた。以前は彼女が散髪してくれたがやがてしてくれなくなった。

彼に言いたかったことを忘れると、彼女はその思いが生じた、キッチン、バスルーム、ベッドルーム等々の場所に戻って、思いがふたたび生じるのを待った。

冷蔵庫の製氷皿の上に、ポーランド産ウォッカが一壜載っていた。彼はそれを三か月無視した末に、ある深夜、水飲み用のグラスでちびちび整然と飲んだ。一時間後に簡易ベッドに戻ってまた横になると、世界はすっかり閉鎖され、もはや彼の前頭部でずきずき疼く末期的な痛みしか残っていなかった。

交通情報。フローリーの声が生む音が加圧され、二十五秒の渋滞速報、車線閉鎖、緊急ガードレール修理に押し込まれる。彼は背を丸めてラジオのかたわらに座り、ゴワナス高速道上り車線で転倒した車両のニュースのなかに全世界の崩壊の徴候を聴きとろうとする。こうした速報は、何もかもが狂った事態を意味するイディッシュ語のスラングにほかならない。それが彼女の敏速な発声と落着き払った口調とによって再変換されるのだ。

彼女が映画には一度も出たことがない、という事実がある。端役としても、群集シーンでも。

彼女はなんとなく、ひそかに、それを彼のせいだと思っているだろうか。

二人がそれらとともに生きている、さまざまな物たち。単純な事物が、奇妙にも彼らの現実を形作る任を負っている。触れられはしても見られはしない、あるいは見抜かれはしない物たち。

彼は二十代後半の一年間大学に通い、夜は八番街の郵便局本局で働いた。哲学の授業が楽しみで、毎週、毎ページ、教科書の脚注まで熟読した。そのうちに難しくなって、行くのをやめた。あるものが何なのかを知るために我々がここにいるのではないとすれば、ではそれは何なのか。クローゼットのドアノブからぶら下がった彼女のブラジャー。

彼は思った——それは何なのか。


最後のクレジットがまだ流れている最中に席を立った。一日のスケジュールがひどくきつい場合にしか採らない行動である。今日はそういう場合ではなかった。大通りに出て、車道と歩道の境に立った。映画館の方を向いて、待った。男が一人、リップクリームを塗りながら通りかかり、それで彼は顔を上げて太陽の位置を確かめた。

若い女は間もなく出てきた。ジーンズを黒っぽいブーツにたくし込んでいて、まぶしい光の下で見ると違って見えたが、より白く見えるのかより痩せて見えるのかは決めかねた。人々がすぐそばを通り過ぎていくなか、女は一瞬立ちどまった。心配そうな顔をしているとも彼は思ったが、じきに、いやあれは心配じゃなくて基本的な事項に注意を怠っていないしるしだと考え直した。

次の上映開始時間、そこへ行く最短のルート。ゆったりしたグレーのシャツを着て、ショルダーバッグを肩にかけている。

タクシーが騒々しく彼のうしろを走り抜けていった。

彼女は歩き出した。長い茶色の髪、長いゆっくり慎重な一歩一歩、色あせたジーンズに包まれた引き締まった尻。北の地下鉄入口に向かっているのだろう。しばらくのあいだ彼はその場を動かなかったが、そのうちに、気がつけば同じ方向を歩いてあとをつけていた。俺はあとをつけているのか？　自分が何をやっているのか、他人に教えてもらう必要があるのか？　男が一人、唇に日焼け止めを塗っているのを見たからといって、太陽系における自分の位置を確かめる必要があるのか？

今日の次の映画は、斜めに街を北上した東八十六丁目だが、状況が許すなら、ここからまず地下鉄A線に乗って、それからバスでセントラルパークを横断すればいい。日々の移動の掟には、絶対タクシーに乗らないという信条が組み込まれていた。タクシーは反則のように思えたのだ。それが何を意味するのか、自分でもよくわからなかったが、金が何を意味するかは——現金が手から離れるという触知可能な事実は——わかっていた。紙幣の束、すり減った貨幣。

いまや速足になって、すでにトランジットカードに手をのばしていた。彼女の姿は、まだかろうじて歩道の人波のなかに見える。トランジットカードは胸ポケットに入っていて、今日の予定は反対のポケットに入れた索引カードに書いてある。小銭、財布、家の鍵、ハンカチ、日々の核たるアイデンティティを作り上げる日常のアイテムはすべて揃っている。空腹も考慮に入れないといけない。じきに食物でもってこの情けない体を強化せねばならない。彼は革のベルトがすり切れた古いセイコーの腕時計を着けていた。

彼は映画のなかの雨を注意深く観察した。北欧や東欧を舞台にした外国映画では、時おり神が、あるいは死が降っているように思えた。

また時には、自分が外国人になって、背を丸めて、無精ひげを生やし、建物の側面にそって歩いていく姿を想像したが、これがどうして外国に思えるのかはよくわからなかった。ベラルーシかルーマニアの名もない街で、別の人生を生きている自分の姿が見えた。ルーマニア人は立派な映画を作る。フローリーは映画評に目を通し、時にそれを読み上げた。外国の監督はしばしば巨匠と呼ばれる。台湾の巨匠、イランの巨匠。巨匠になるには外国人じゃないといけないのよ、と彼女は言った。白黒の街で、カフェの前を歩いていく自分の姿が見えた。トロリーカーが通り過ぎ、きれいなワンピースを着て口紅を塗った女がいる。そういう幻影は数秒で消えていったが、それは奇妙に、そして重々しく、凝縮された一生の密度を有していた。

あなたは外国人としての別の人生を想像する必要なんかないとフローリーは言った。もういま実際、別の人生をあなたは生きているのよ。現実の人生のあなたは、ニューヨークのどこか別の区のうらぶれた地域で学校の教師をしている。ある日の夕方近く、同僚たちと一緒に地元の酒場に行って、違う状況だったら自分たちがどんな人生を送っているかを語りあう。にせ人生、ジョーク人生、でもいちおう実行可能な人生。何杯か飲んだ末に、目もかすんできたリオが、最高に無謀な人生を提唱する。それがこの人生、彼の人生、映画館の日々なのだ。ほかの連中は取りあわない。まさか、よりによってリオがそんな、と彼らは言う。お前はとことん地に足がついた、現実的な、俺たちのうちで一番想像力と縁遠い人間じゃないか。

彼女はその物語を、二人で暮らすエレベータなしの三階で締めくくった。アパートメントの奥で、簡易ベッドに座って靴紐を結んでいる彼の姿。だからこそあたしたちはいまも一緒に暮らしてるのよ、と彼女は言った。あなたの緩慢な性格が、あたしの生活の基盤なのよ。彼女に必要なのは、はっきり目に見えるものだけ、肉体に収まったこの男だけだ。ぞんざいな体にくるまれたこの男の引力が、彼女のバランスを保ってくれる。

そうでなければ彼女は風に吹かれ、固定されず、突発的に食べたり眠ったりするのみで、決して何ひとつ実行に至らないだろう。家賃、電話料金、漏水、腐食等々、祖母のナイトガウンを着て死んでいる姿を発見される前に常時対応せねばならぬもろもろの事項。リオは医者に行かなかったが彼が行かないからこそ彼女は行った。彼がここにいて床を箒で掃きゴミを出してくれるからこそ彼女は処方箋を調合してもらいに行った。彼はバネで押さえつけてあったりはしない。彼は安全なのだ。この丸まった塊が爆発したりはしない。

何年も経つと、人は自分たちがなぜ結婚したのか思い出せなくなる。リオは自分たちがなぜ離婚したのか思い出せなかった。たしかフローリーの世界観が一因だったはずだ。彼女は町会を脱退し、地元の劇団もホームレス支援ボランティア団体も脱退した。そのうちに投票するのもやめ、肉食も結婚もやめたのだ。大半の時間を「安定化」のためのエクササイズに費やし、困難な姿勢を維持するよう自分を鍛えるべく椅子に体を巻きつけ、床の上で身を丸くして濃密な塊に、球体になり、長時間じっと動かず、自分の腹筋と脊椎の向こうで起きていることはいっさい意識していないように見えた。リオから見てほとんど環境に呑み込まれているように思えた。溶けて見えなくなり非物質化する一歩手前まで来ているように思えた。

彼女の姿をリオは眺め、何年も前に哲学の授業で聞くか読むかした一言を思い浮かべた。

人間存在はすべて光の錯覚である。

その陳述がなされた文脈を思い起こそうとした。宇宙について、地球人としての我々人間の微々たる、束の間の位置についてだったか？ それとももっとずっと身近な、部屋にいる人々とか、人間は何を見て何を見逃すかとか、毎年毎年毎秒毎秒人間同士がたがいのなかをすり抜けていくこととかについてだったか？

あたしたちはもう意味ある形で言葉を交わさなくなったのよ、と彼女は言った。意味あるセックスも交わさなくなったし。

けれどそれでも、彼らはここにいる必要があった。たがいに相手と一緒にいる必要が。彼は靴紐を結び終え、立ち上がって窓の方を向き、ブラインドを上げた。一番下の一枚がへりから突き出ていて、それをつついて元に戻すべきか、少なくとも当面そのままにしておくべきか思案した。少しのあいだ、窓と向きあいながら、通りを行く車の音もほとんど意識していなかった。

ほぼ毎日、彼はこうして何がしかの時間を過ごす。ごく普通の、扉に背を向けて立っている地下鉄の乗客。彼もほかの乗客たちも人生は一時停止し、顔からは表情が抜け、それは車両の端近くに座った女も同じである。直接見てみるまでもない。女はそこにいて、頭《こうべ》を垂れ、膝を引き締め、上半身を連結器の方に向けている。

いまは昼間の、朝夕のラッシュアワーの息もつかせぬ混沌のあいだにはさまれた穏やかな時間である。なのに女はまるで、ほかの乗客たちにすっぽり包まれているみたいに座っていた。まだ地下鉄に慣れている最中なんだなと彼は思った。いくつかのことを彼は思った。この女は自分の内側で生きている人間だ、何はともあれ周りから遠く離れて捉えがたく生きている人間なんだと思った。まなざしは下を、よそを向いていて、何も見ていない。彼は窓の上に並ぶ広告に目を走らせ、スペイン語の文面を何度も読んだ。彼女には友人がいない。一人もいない。とりあえずいまは、この初期段階では、そう限定することにした。

列車が駅に入っていった。四十二丁目、ポートオーソリティ駅。彼は扉から離れて立ち、待った。女は動かなかった。ぴくりともしなかった。混んでいる車両を彼は想像しはじめた。二人とも立っていて、彼の体が女の体に押しつけられ、食い込んでいく。女はどっちを向いているか？彼とは反対を向いていて、彼らは背中合わせになっていて、二つの体が車両の傾きやスピードの変化に合わせて揺れ、列車は通過駅の前を次々走り抜けていく。これは臨時急行なのだ。

しばらく考えるのをやめることが彼には必要だった。それともこれは誰にとっても必要なことなのか？　ここにいる誰もが、目をそらして、ほかの誰もについて、他人には知りようのないやり方で考えている。さまざまな感情、願望、漠たる想像が、一秒また一秒無数に交差しあう。

女に当てはめたい言葉がひとつあった。医学か心理学かの用語で、思いつくまでにずいぶん時間がかかった——拒食症《アノレクシア》。意味を必要以上に強調してしまうたぐいの言葉である。彼女には極端すぎる。そこまで細くは、痩せてはいないし、そもそも拒食症患者になるほど若くない。いったいなぜ自分がこんなことをやっているのか、彼にはわかっているのか？　間違った列車に、彼女の列車に乗ろうと決めた瞬間から、わかっていたのか？　わかるもわからないもない。その場その場の、成行き任せの行動なのだ。

彼はじきに女のあとについて通りを歩き、ブロードウェイの暑さと騒音から出て大きなシネマコンプレックスの涼しい円柱ロビーに入っていった。女は券売機の前を過ぎて、ロビーの奥のカウンターに近づいていった。そこらじゅうにポスターがあって、人は数えるほどしかいない。彼女はエスカレータに乗った。いまここで見失うわけには行かない、そう彼は悟った。巨大なハリウッド壁画に向かってのぼって行き、カーペットを敷いた二階に降り立った。男が一人ソファで本を読んでいた。女はゲーム機の前を過ぎて、シアターの入口に陣取った女性に切符を渡した。

こういったすべての要素が、ここからそこへと、一歩一歩すべてつながっているように思えた。だが彼の頭のなかで、はっきり目的があるわけではなかった。単に欲求の生み出す、固定されないリズムがあるだけ。

入口付近に立って、女がシアター6に入るのを見届けた。ロビーに戻って、何を上映するのかも訊かずに切符を買った。係が無表情に切符を投げ出し、彼はエスカレータへ向かい、おそらく本気で無関心な警備員の横を抜けていった。ふたたび二階で制服を着た女性に切符を渡し、長いフードカウンターの前を過ぎて、進路をシアター6に向けた。薄闇のなかに、二ダースばかりの頭。座席を見渡して、女が五列目の奥にいるのを見つけた。

べつに何の達成感もなかった。ひとつの映画の終わりから別の映画の始まりまで、女の動きをたどっただけだ。要件がひとつ満たされた、漠たる緊張が解かれた、そんな感じがしただけだった。脇の通路を半分ぐらい下ったところで、女の真うしろに座ることに決めた。自分でもその衝動に驚いて、ためらいつつその席に、そこにいるというあからさまな事実にいまだ適応する必要を感じながら座った。やがてスクリーンが灯り、予告編がはじまって、目まぐるしく動く映像と甲高い音とを拷問の実験のように浴びせてきた。

彼らの体は一直線に並び、彼の目彼女の目が一直線に並んでいる。けれども映画は彼女の映画だったし、ここは彼女の映画館だった。彼はそのとまどいに対する身構えができていなかった。映画は死産のように思えた。何が起きているのか、うまく吸収できなかった。彼は脚を拡げて座り、前の座席の背に膝を押しあてていた。ほとんど彼女の首筋に息を吹きかけるくらいの距離であり、この近さのおかげで、いままで定かでなかったいろんなことのなかへ入っていけた。彼女は一人で暮らす女性である。そうにちがいない。一人で、かつて彼がそうしていたように一部屋で暮らしている。あの年月は彼の記憶のなかでいまも力を増しつづけていた。彼が行なう選択、掻き消され抉《えぐ》り取られたこの人生という事実は、まずあの部屋でひとつの像を結んだのだ。彼女は歪んだ床板を見下ろす。バスタブはなく、壁がぺらぺらで寄りかかるとガタガタ鳴るシャワーがあるだけ。彼女は体を洗うことを忘れ、食べることを忘れる。ベッドに横たわって、目を開けたまま、今日観た一連の映画のシーンを一ショットずつリプレーしていく。これは彼女に備わった能力である。自然な、生来の能力。俳優に興味はなく、あくまで登場人物である。登場人物たちこそが語り、悲しげに窓の外を眺め、暴力的な死を遂げる。

　彼はスクリーンから目を離した。彼女の頭と肩、それを見つめた。他人との接触を避け、時おり部屋で壁をじっと見ている女。彼女のことを、真なる魂と彼は考えたが、それが要するにどういう意味なのか自分でもよくわからなかった。彼女が両親と一緒に住んでいるのではないと確信できるか？　一人でやって行けるのか？　彼と違って、彼女は特定の映画を何度も観る。神話的な映画を、十年に一度といったたぐいの上映を探し出す。リオはそういう映画を、たまたま視界内に迷い込んできたときに観るだけだ。彼女は幻の名作を、傷んだプリントを、行方不明のフィルムを見つけること観ることに精力を注ぐ。上映時間十一時間、十二時間、確かなことは誰にもわからない特権的上映、天の恵み。ロンドンまで、リスボンまで、プラハまで、あるいは単にブルックリンまで人が出かけていき、混んだ館内に座って自分が変容していくのを感じるたぐいの。オーケー、ひとつはわかった。彼女は自分の影から逃れている。彼女は存在できる場を探している薄い存在である。だがひとつ、彼女も理解しないといけないことがある。すなわちこれは日常生活であり、日々の仕事なのだ。頭を新聞のなかに畳み込むか、電話にプラグインするかして、上映時間を、見積もり移動時間と照らしあわせる。予定表を作り、時間どおりに動き、計画に従う。我々のやっているのはそういうことなんだ、と彼は思った。

少しのあいだ目を閉じた。彼女が鏡の前に裸で横向きに立っている姿を見ようとした。彼女は脆弱に、栄養不足に見え、自分自身を見つめながら、この人物は誰なのかとなかば思案していた。彼女の名前について彼は考えた。名前が、彼女への権利を主張するすべが、彼女を知るための取っかかりが彼には必要だった。目を開けると、スクリーンでは家が一軒、冬の野原に建っていた。彼女のことを、瘦骨の人《ザ・スターヴリング》と彼は考えた。それがこの女の名前だ。

フィラデルフィアでのあの日。三十年以上前、『地獄の黙示録』が封切られた日の、午前九時二十分、十五丁目のゴールドマンでの上映。フィラデルフィアにいたのは父が死んだ直後だったからで、映画館にいたのは映画館から離れられなかったからで、九時きっかりに犯罪者の疚しさとともに着き、父の死と、差し迫った葬儀とが、ジャングルにいるマーロン・ブランドにとってブックエンドの役を果たした。彼の父親は二人の親友に土地と建物を遺し、金はリオの許に来た。

半端でない額の、精肉業で得た金、組合幹部の金、大酒飲み、ギャンブラー、男やもめ、収賄その他の儀礼の達人。

それから、何十年もあと、ブランドが死んだ日。ラジオからニュースが聞こえてきた。マーロン・ブランド、八十歳で死去。リオには意味をなさなかった。ブランド、八十歳。死んだブランドという方が八十歳のブランドより意味をなした。死んだのはTシャツを着た男タンクトップを着た男であり革ジャンの男であって、頬が膨らんだ耳障りな声の年寄りではないのだ。そのあと、第一回の上映がはじまる前、スーパーマーケットに行って、レジの行列でもその噂で持ちきりかと思ったが、人々の頭はほかのことで占められていた。オリーブ油スプレー、キャノーラ油スプレー、どっちがいいかな？　デビットか、クレジットか？　彼はそこに立って父親のことを考えた。二つの死が永久につながった。金が、父の遺産があったからこそ、やがて郵便局の仕事も辞めてこの人生をフルタイムで、フローリーにも賛成してもらって、生きられるようになったのだ。

そのころ二人はまだ、たがいを知りかけている最中だった。彼はすでに、事実やコメントや個人的解釈でノートを埋めるようになっていて、これが彼女を魅了した。学習帳がいくつも山となって、判読不能な筆蹟で、五十万、百万の言葉が、映画一本ごと、日一日ごとに書き込まれ、百年後に発見されるべき文化的年代記を形成しつつあった。一人の人間による、まる一時代をめぐる風変わりな史記。彼は真剣な人間だった。そこがあなたのいいところなのよ、と彼女は下着姿で頭に黒いゴーグルを着け床に座ってマリワナを喫いながら言った。この男はひとつの情熱に憑かれている。妥協を知らぬ全面的熱中に浸され、ノートはその確固たる証拠、両手でしっかり抱えられる事物だ。数えうる言葉、修道僧のごとき献身を伝える触知可能な真実であり、読みにくい筆蹟も、失われた言語で書かれた古代の文字のごとく、企ての驚異を増しこそすれ減じはしない。

やがて、ノートをやめた。

あらゆる種類の、世界中の映画、世界の像を伝える無数の地図。なのに、やめるのか？

やめたのは、ノートが目的になってしまったからだと彼は言った。自分がやっているのは、映画を観に行くことだ。なのに、ノートが映画に取って代わりかけている。映画は映画のメモを必要としない。彼が映画館にいることを必要としているだけだ。

彼女が散髪してくれなくなったのもこのころだろうか。よくわからない。

はじめからずっと、給料日も休暇もなく誕生日も新月も満月もなくまともな食事もなく世界のニュースもろくにない未来へ自分が向かいつつあることは承知していた。生《き》のままの純粋な営み、本質的でない感覚から自由である営みを彼は求めていた。

切符を売る係や受けとる係の方を彼は決して見なかった。誰かから切符を受けとり、それをほかの誰かに渡す。これは変わっていなかった。ほとんどすべてのことが変わっていなかった。けれどいままでは、一日が、はじまって一時間後に終わってしまう気がした。いつも決まって、一日の終わりなのだ。日に名前はないし、それでべつに構わないはずだった。だが名のない週にはどこか不安にさせられるところがあった。根源的な時間がそこにあるというより、すべてが空《から》になってしまったような感覚。午前零時近くに階段をのぼって行く。まさにそのときそこで、毎夜毎夜、三階に近づいていきながらペースを落として隣の鼠顔の吠える犬の気を惹かぬよう用心しつつ進むとき、いまという瞬間を生々しく意識した。さらなる一日の、さらなる終わり。前の日もたしか、階段の途中のまさにこの位置で、同じ慎重な歩みとともに終わったのではなかったか。一歩を進めている途中の自分——前日の自分、いまの自分——がはっきり見えた。

それもすべて忘れたが、やがて翌日の夜、同じ思いが、踊り場から一歩踏み出した同じ場所で湧いてくるのだった。

まずはマンハッタンを横断するバス、それから地下鉄6号線の北行き電車。アッパーイースト・サイドの映画館に向かっているのだと彼は思った。彼はまた、拒食症を上回る、彼女をくっきり見るのに役立つ言葉があるはずだと思った。ある種の人間たちがその状態をめざすべく創り出された言葉、あたかもその言葉のなかに身を包み込むためにこれまで生きてきたように思える言葉。

車両半分離れた距離から、リオは彼女を見守った。

彼女はほとんどまったく喋らない。喋るときは、吃りが、訛りがあるか？　北欧のどこかの訛りというのも興味深いかもしれないが、やっぱり要らない、と決めた。彼女は電話を持っていない。彼女は買物を忘れる。食べ物、靴、洗面用具。もしくは買物という概念をはなから退けている。彼女はさまざまな声を幻聴する。子供のころ観た映画のなかの会話を聞く。

八十六丁目駅に着いても彼女は席を立たなかった。それで彼は不安になってきて、駅の数を数えはじめた。ちょうど一ダース過ぎたところで列車は陽光のなかに飛び出し、見ればあたりは長屋、団地、ギザギザの筋に描かれた屋上の落書き、どこの川かはわからないひとつの川か入江から成る情景だった。

彼女は安定を欠いていて、それが自己破壊的な域に達しているかもしれない。壁に衝突することもしばしばだ。ふと、自分のやっていることが完璧に意味を成していることに彼は思いあたった。この人生、彼らの人生を、あらかじめ定められた限界にまで推し進めた人物として彼女を捉えること。分別ある方策などとは無縁の人間。彼女は純粋であり彼は純粋でない。彼女は自分の名前を忘れさえするか？　彼女が安楽というものに少しでも似た状態でいることはありうるか？

通路の向かいの、電子路線図で駅名を確かめた。点が一か所ずつ、チカチカ点滅する。ウィットロック、エルダー、モリソン、やっとどのへんだかわかってきた。ここはブロンクス。彼の知る地域の圏外に来てしまったのだ。陽光が車内を満たし、自分が無防備にさらされた感じがした。防御を、地下で味わっていた保護のオーラを剝ぎ取られた気がした。

向かいでは小柄な茶色い肌の女が、半分喫い終えた煙草を手にしていた。火は点いていない。ようやくプラットホームに出て、もう一人の女、いままであとをつけていた女のあとについて地上に降り、大通りを進んでいった。両側には商店や事務所が並び、バングラデシュ系の食料雑貨店と中華兼ラテン系レストランが一軒ずつあった。周りのものを目に入れることを中断して、女が歩くのを見守った。女は一歩一歩を、考えることによって物理的に存在せしめているように見えた。彼らは高速道路に架かった陸橋を渡り、女はアルミ製の日よけを張った住宅がすきまなく連なる通りに入っていった。彼は立ちどまって、どこかの家に彼女が入るのを待った。通りにはもう彼以外誰もいなかった。

どう考えたらいいのかわからないまま、ゆっくり駅に戻っていった。彼女をめぐって信じるに至ったことすべてが、これで否定されたのだろうか？　この通り、これらの住宅、マンハッタンに集まった映画館に行く上で直面するはずの困難。ある意味では、彼女はいっそう興味を惹く人物となったとも言える。これは彼女の決意の固さの証拠であり、彼女の天職の深さを伝えているのだ。

ここに住んでいるのも、どこかに住まないわけには行かないからだ。一人ではやって行けないのだ。彼女は姉夫婦の家に居候している。一家は界隈に残った唯一の白人家族である。彼女は一家のなかの変わり者であり、どこへ行くかも決して言わず、食事もめったに一緒にとらない。絶対に結婚しそうにない。

彼女の行為を、彼女という人間を指し示す専門用語、医学用語など存在しないのかもしれない。そういうものからいっさい自由に、ただふらふら過ぎていくだけなのだ。

彼は熱を、バングラデシュの熱、西インド諸島の熱を感じた。地元商店のウィンドウに書かれたもろもろの名前を読んだ。これを彼女は毎日見ている。メイヘム刺青店、メトロポリタン義肢装具店。高架線路への階段が見える位置で彼は待つことにした。観るべき映画があるのなら、いずれ電車に乗りに姿を現わすだろう。カビーアズ・ベーカリーで彼は何かを食べ、待ち、それからダンキン・ドーナツに行って別の何かを食べ、窓の外を見ながら待った。これは今日初めて口にした食べ物だろうか。彼が食べているあいだ彼女も食べているのか。痩骨の人は食べるのか。

四つ角の、高架の影に立った。電車は到着してはまた発車し、そこらじゅうに人がいた。彼は人々を眺めた。こんなことはめったにやらない。夕暮れがじわじわ深まっていく。ここには平凡でないものなどひとつもないのに、情景を吟味する必要を感じた。自分でも何なのか特定できないものを探す必要を感じた。やがて、彼女の姿が通りの向かい側に見えた。彼女は誰にも見られないよう、彼以外の誰にも見られないよう生まれてきたのだと思った。油断ない表情と張りつめた体、内省的な雰囲気、接触の欠如――彼女はそれらを意志の力で存在させ、携行している。誰が彼女に触れることがあるのか？

今回は黒っぽい、Vネックのセーターを着ていた。ショルダーバッグから傘の把手がつき出ている。

傘を持っていきなさいよ、と姉が言ったのだ。万一の用心に。

彼女のあとについて階段をのぼり、プラットホームに出た。前と同じ、北行きの線路だった。マンハッタンへ戻るのではない、というのは咀嚼すべき新しい現実である。五駅乗って終点に着くと、彼女は地上に降りて、待っているバスに乗った。彼は途方に暮れ、頭が空っぽになった気分だった。何も見ずにさまよう、何やらいかがわしい詐欺に引っかかった受け身の犠牲者。そして彼はまた、もう少しで接触を断ってしまいたい気分にもなった。そこに停まったバスには、Bx（ブロンクスの略）29とある。人々が次々に乗り込み、少ししてから彼もあとに続き、前の方に席をとった。何も起きないのに、時間はすさまじい速さで過ぎていくように思えた。窓の外に時間が見えた――暗くなっていく空、動いているいろんな物たち。うしろに座った男女がギリシャ語で喋っている。ギリシャ人はクイーンズに住んでいるものと思っていたのに。

やがてバスは、公園道路《パークウェイ》、有料高速道《スルーウェイ》、ループ、インターチェンジから成る風景の前を過ぎていき、巨大なショッピング・コンプレックスに入っていった。いくつかのモールがほぼ隣接し、そこらじゅうに全国ブランドの名が並び、チェーン店、メガストア、無数のロゴが空高くそびえ、そしてその向こうに高層建築がずらりと建っていて、その光が、統合された輪郭が見えた。

バスを降りるとき、彼女はほとんど彼の肩に触れるところだった。歩道に降りてようやく、自分が映画館の前に立っていることに彼は気がついた。建物の透明な前面《ファサード》にじっと見入った。またすっかり、信じる気持ちが戻ってきていた。見れば彼女はロビーにいて、スケッチのような体が、切符を買おうと並んだ人たちの曲がりくねった列にそって動いていた。彼は瞬間を信じる気だった。パニックの夢からすがすがしく醒めた男のように、ただ自分自身でいる気だった。

一連の上映作の情報と上映開始時間に目を通し、いまにもはじまろうとしている映画の切符を買った。エスカレータに乗って二階に行き、シアター3に入った。彼女は前方の列の一番奥にいた。彼は混んだ館内でとにかく座れるところに座り、彼女と一緒に考えようと、彼女の感じていることを感じようと努めた。

つねに、期待の感覚。タイトル、ストーリーが何であれ監督が誰であれ、つねに楽しみに待ち、そして、失望の幽霊から逃れていられるということ。彼には決して、そして彼女にも、失望はない。彼らは包まれるため、より大きなものに凌駕されるためにここにいるのだ。何かが彼らの前を飛ぶように過ぎていき、すっとうしろに手をのばして彼らを連れ去ろうとする。

それが無垢な表層である。幼年期からの借り物。そしてそれ以上のものがある。だがそれは何なのか？　それは彼がいままで一度も見きわめようとしなかった、彼という人間であることの核、なぜ彼がこんなことを必要としているかを理解することの核だ。彼女のなかに彼はそれを感じた。それが、自分と同じ半人生《ハーフ・ライフ》が、ここにあるのだとわかった。それが唯一、彼らの有する自己だ。にせの自己、うわべの膜など彼らにはない。唯一埋め込まれた、彼らそのものである自己があるのみであり、彼らはその自己であるほかはない。ほかの人々には自然に浮かぶ顔を、彼らは剝ぎ取られている。顔も剝き出しであり魂も剝き出しであり、ひょっとするとだからこそ彼らはここに、安全のために、いるのかもしれない。世界はあそこに、枠のなかに収まって、スクリーンの上、編集され修正されきっちり縛られていて、彼らはここに、自分の居場所にいて、孤立した闇のなかで、自分そのものでいる。安全でいる。

映画は闇のなかで生じる。そのことが、たったいま出くわした、曖昧な真実のように彼には思えた。

少し経ってから、これが前日観たのと同じ映画だと気づいた。ダウンタウンの一番南、バッテリー・パークで観たのだ。どう感じたらいいのか、よくわからなかった。間の抜けた気分を感じるのはよそうと決めた。映画が終わったら何が起きるのか？　そのことを考えているべきなのだ。

映画が二十四時間前と同じように終わるのを彼は眺めた。人々がごそごそと出ていくなか、彼女は席にとどまっていた。彼も席にとどまり、彼女が動くのを、たっぷり十五分待った。彼はその意味を悟った。映画は終わったが、去りたい気はしない。どうせ外には、歩道から立ちのぼる熱があるだけだ。ここが、空っぽの座席が何列も並ぶ場が、自分たちが属している場所なのだ。にせの選択なんかではない。彼女のことを彼は所有したいと思っているのか、それとも単に一度触れてみたいだけ、彼女が二言三言話すのを聞いてみたいだけか？　一瞬触れれば、欲求も和らぐかもしれない。館内は座席のクッションの匂い、生温かい体の立てる埃の匂いがした。

洗面所は廊下の奥にあった。あたりから人がいなくなりかけたころ、彼女はそっちへ向かった。彼は廊下の手前に立って考えていた。考えようとしていた。空っぽの心以外、信頼すべきものは何もなかった。あるいは彼は、見張りに立っている気で、ほかの女たちが――ほかの女たちがいるとして――洗面所から出てくるのを待っている気でいたのかもしれない。次に何をしたいのか自分でもよくわからないまま、じきに廊下を歩いてドアを押し開けていた。彼女はドアから一番遠い洗面台にいて、顔に水をかけていた。ショルダーバッグは足下にあった。彼女は顔を上げ、彼を見た。何も起こらず、どちらも動かなかった。中立的な観察状態へと彼は漂っていった。どちらも動かなかったと彼は思った。それから、個室が並んでいる方に目をやった。見たところどこも空いていて、扉には鍵がかかっていない。これははっきり動機のある動作だった。剥き出しの、烈しい動作だった。と、彼女が、奥の壁の方に離れていった。

静寂にはいくつかの切れ目があった。進んでは止まる、そういう感覚。彼の背後を彼女は見ていた。遠く時の隔たった人物の顔と目をしていた。絵画のなかの女、カーテンが緩くひだを成して垂れている。どちらかが何か言ってほしいと彼は思った。

彼は「男子トイレの水道が出ないんだ」と言った。

これでは不十分に思えた。

「手を洗いに来たんだ」と彼は言った。

次はどうなるのかわからなかった。トイレの白いギラギラした光は致死的だった。汗がじわじわと肩を伝って、背中を流れ落ちていくのがわかった。まともに向きあってはいないにしても、彼女の視界内に彼は入っている。もし彼女がまっすぐ、目と目を合わせてきたらどうなるか？

その接触を彼女は恐れているのか、動作の引き金となる表情を？

どちらも動かなかったと彼は思った。

馬鹿みたいに、彼女に向かって会釈した。彼女の顔と手はまだ濡れていた。片腕を体の前で曲げて立っていたが、防御しているというふうには見えなかった。かわそうとしている、食いとめようとしているという感じはなかった。単に動作の途中に誰かが来ただけで、もう一方の腕は脇に垂らし、手のひらを壁にぴったりつけている。

彼女から見て自分はどう見えるか、想像しようとした。それなりの大きさの、それなりの年齢の男。そもそも、誰から見てであれ、自分はどう見えるのか？　見当もつかない。

右腕に一種かすかな震えを感じた。いまにもぶるぶる震え出すかもしれない。こぶしをぎゅっと、単に握れるかどうか見てみようとして握った。なすべきは自分を知ってもらうこと、自分が何者か彼女に伝えて二人ともにそれが聞こえるようにすることだ。

彼は言った。「十年くらい前に観た日本映画のことをよく考えるんだ。セピアトーン、グレーっぽい茶色の、三時間半を超える映画で、タイムズスクエアのもうなくなった映画館で昼間に観たんだけど、そのタイトルが思い出せない。いつもならそれだけで気が変になりそうになるのに、そうならない。どこか途中で、記憶がどうかなってしまったんだ。よく眠れないせいだよ。眠りと記憶は絡みあっている。バスがハイジャックされていて、何人も死んで、映画館には僕一人しかいなかった。その映画館は、ＣＤ、ＤＶＤ、ヘッドホン、ビデオ、あらゆるオーディオ製品を売っている巨大な店の下にあった。店に入って、そこらへんの階段を降りていくと映画館があって、切符を買って入る。前はいままでに観たすべての映画の何もかもが頭に入っていたのに、それが消えていきつつある。三時間半だなんて言い方が恥ずかしい。何分、って言わなくちゃいけないんだ。正確な上映時間を分単位で言えなきゃいけない」

自分の声が奇妙に響いた。誰か他人が話しているのを聴いているみたいに聞こえた。安定した、抑揚のない、平板な、低い持続音。

「ロビーも館内もがらんとしていた。どこにも誰もいない。飲物スタンドはあったかな？　経験自体というか、これだけは覚えている――一人でそこにいて全然理解できない言語の映画を字幕付きで墓みたいに不気味な地下で観ていて、乗客が何人も死んでハイジャッカーも死んで運転手は生き残って子供も何人か生き残って。前はすべての外国映画のすべてのタイトルを英語と原語の両方で知っていた。けれど記憶が壊れてしまった。君と僕にとってひとつ変わらないことがある。僕たちは自分の一日を組み立てている、そうだろう？　何もかもまとめられ、組織され、僕たちはそこに意味を見出す。そして、ひとたび席に座って上映がはじまれば、それは僕たちが前からずっと何度も知ってきた何かに似ているが、それを他人と共有することはできない。スタンリー・キューブリックはブロンクスで育ったが君の住んでいるところの近くじゃない。トニー・カーティスもブロンクス、本名はバーナード・シュウォーツだ。僕はもともとフィラデルフィアの出だ。『さすらいの二人』もシネマ・ナインティーンで観た。古い記憶は新しい記憶より長く生きる。十九丁目とチェストナットの角。ロビーに太った巨体の男がいて、一時十分からの上映で、爪先の革を切り落とした靴をはいていて靴下ははいてなかった。みんなそいつの爪先を見ようとしなかったと思う。誰もそんなことしたがらなかった。そのうち僕はニューヨークに来て部屋のランプシェードが燃え出した。いきなりパッと炎が上がったんだ。どうやって火を消したのか、全然わからない。燃えているシェードに濡れタオルをかぶせたのか？　全然わからない。眠りと記憶、この二つは結びついている。それで、はじめに言った日本映画のことだけど、終わってから男子トイレに入ったら水道が出なかったんだ。手を洗う水もなかった。こんなことを考えはじめたのもそのせいなんだ。あの男子トイレの水道と、この男子トイレの水道。でもあそこではそれも意味を成していた。あそこではほかの何もかもと同じに現実感がなかったんだ。人がいなくて、飲物スタンドも空っぽで、完璧に清潔なトイレがあって、水が出ない。だからここに、手を洗いに来たんだ」と彼は言った。

背後のドアが開いた。誰なのか、ふり返って見ようとはしなかった。そこに誰かが立っていて、見ている。ここで何が起きているにせよ、それを目撃している。女子トイレに男が一人いる、目撃者にとってはそれで十分だ。並ぶ洗面台の近くに立っている男、奥の壁を背にしている女。女は男に脅されて壁際に追い込まれているのか？　男は女に近づいて、女を硬いタイルの表面に、ギラギラ光る照明の下、押しつける気なのか？　目撃者もやはり女だろう。ふり返って見てみるまでもない。男は二人に、目撃者と痩骨の人に何をするのか？　これは思いではなく、ごっちゃになってぼやけたイメージだった。でも、やはり思いでもある。それをもっとはっきり見きわめようと、彼はほとんど目を閉じかけた。

と、女が壁から離れた。迷いながらも彼の方に二歩進み、床からショルダーバッグをひっつかんで、並ぶ洗面台ぞいにすばやく移動して、回り込むようにして彼の前を過ぎていった。二人は、女は二人とも、いなくなった。くずおれて膝をつくまでにまだ必死の一秒が残っていると彼は思った。彼はくずおれるだろう、胸に手を当てて。すべての場所のすべてのものが、十億の生きた分《ぶん》が、何もかもがこの静止点に収斂するだろう。

だが彼は、立ったまままそこにとどまっていた。洗面台の方に向き直って、しばらくじっと見入っていた。水を流して、石鹸液のディスペンサーを押し、両手を徹底的に、系統的に、あたかも規則を遵守するかのように洗った。ふたたび手を止め、次はどうするのかを思い出し、それから手をのばしてペーパータオルを一枚、二枚、三枚取った。

廊下には誰もいなかった。エスカレータをのぼって来る人々がいて、レイトショーがいまにもはじまろうとしている。彼は立ち止まってその人々を眺め、とどまるべきか行くべきかを決めようとした。

雨にびっしょり濡れて帰ってきて、のろのろ階段をのぼって行った。三つ目の踊り場から一歩行ったところで、前の夜の同じ瞬間を思い出した。自分がその一歩を歩むのが見えた。一日の終わりが次の日になだれ込んでいく。

ひっそり入っていって、簡易ベッドに腰かけて靴紐をほどいた。それから、まだ靴をはいたまま、何かおかしいと思いながら顔を上げた。キッチンの流しの上の青白い蛍光灯が点いていて、チカチカ切れ目なく点滅し、奥の窓の前に、誰かが、フローリーが、じっと動かず立っているのが見えた。彼は口を開きかけて、やめた。彼女はタイツをはいてタンクトップを着て、両脚をくっつけ、両腕を頭上に上げてまっすぐのばし、両手を組んで、手のひらを上に向けていた。彼の方を見ているのか、よくわからなかった。もし彼の方を見ているのだとしたら、彼が見えているのか、よくわからなかった。

彼は筋肉ひとつ動かさず、ただ座って見ていた。それは何より単純なことに見えた。人が部屋のなかで立っている。静止と、バランスの問題。だが、時間が過ぎていくにつれて、彼女が占めている位置が次第に意味を、歴史すらも獲得していった。もっともそれは、彼に解釈できるような意味でも歴史でもなかった。はだしの両足を合わせて、両脚の膝と太腿が軽く触れ、持ち上げた両腕は、頭の両側に、何ミリかの空間を許していた。両手が絡みあったそのさま、ぴんと伸びた体、ひとつのシンメトリー、ひとつの規律。それゆえに、いままで気づかなかった何かを彼女のなかに見ていることを彼ははっきり感じた。彼女が何者であるかを伝えるひとつの真実、深さ。いっさいの時間感覚を彼は失い、彼女もそうしているかぎり自分もじっと動かぬままでいようという気で、不断に見守り、規則正しく息をし、決して過《あやま》たなかった。

　彼がまばたきひとつでもしようものなら、彼女は消えてしまうだろう。

訳者あとがき

本書を手に取った読者は幸せである。多様な作品を収録したデリーロ初の短編集という形で、彼の魅力にたやすく触れることができるのだから。かつて高名な批評家ハロルド・ブルームは、現代アメリカを代表する作家はトマス・ピンチョンとフィリップ・ロス、コーマック・マッカーシーにドン・デリーロだと言った。早い時期から紹介されてきたロス、映画にもなり高い人気を誇るマッカーシー、新潮社から著作集も出たピンチョンと、他の三者は日本の読者にも広く愛されてきたと言えるだろう。

それに比べてデリーロはどうか。かつて主要著作である『リブラ』、『ホワイト・ノイズ』、『マオII』は刊行されたものの、ことごとく絶版、現在ハードカバーで入手できるのは『墜ちてゆく男』だけ、文庫本は『コズモポリス』、『ボディ・アーティスト』だけというていたらくである。毎年ノーベル賞候補として名前が挙がるのに、読めばこんなに面白いのに。声を大にして言いたい。僕らには絶対的にデリーロが足りないのだ。

と言いつつ、実はアメリカ合衆国でも状況は似通っているらしい。確かに、大著『アンダーワールド』はベストセラーになり、バーンズ・アンド・ノーブルみたいなちょっと大きめの郊外書店に行けば、彼の本はどこでも手に入る。けれども、それはデリーロが読者にとって身近な存在であることを必ずしも意味しない。スクリブナー社の担当編集者ナン・グレアムは言う。十年ほど、彼の短編集が作れないか検討してきた。そしてできた本書は八百ページもある『アンダーワールド』や『ラトナーの星』のような複雑な小説を避けてきた読者にもいい入門書になるだろう、と（『ソルトレイク・トリビューン』二〇一一年十一月十八日付）。『天使エスメラルダ』には、デリーロの研ぎ澄まされた文章、時に放り込まれる笑い、テロリズムや資本主義に関する鋭い考察、バーチャル化した世界と身体の関係、信仰なき時代における霊性の希求など、デリーロの作品を読むことで得られる深い喜びが、圧縮された形で詰め込まれている。読者はたった三百ページ足らずの本書に収められているどの短編から読んでもいい。たちまち未知の魅力に驚くことになるだろう。

一九三六年、イタリア系移民の息子としてニューヨークのブロンクス地区に生まれた彼はカトリックの信仰に囲まれて育った。同地区にあるカトリック系のフォーダム大学で学び、広告業界で働き始めるも数年で退職、その後は専業作家として活動してきた。ただし、すぐに売れたわけではない。最初の短編が『エポック』誌に載ったのは一九六〇年、処女作『アメリカーナ』が出版されたのは一九七一年だったが、広く読者に知られるようになったのは一九八五年に『ホワイト・ノイズ』で全米図書賞を獲り、続いて一九九二年『マオII』でペン／フォークナー賞を受賞して以降のことである。その後は評価が年々高まり、『アンダーワールド』出版後には国際的な文学賞であるエルサレム賞も獲得した。現在、彼は押しも押されもせぬ世界的な作家として、常に次回作が待たれる存在となっている。

『天使エスメラルダ』所収の各作品では、彼の様々な作品と共通する主題が扱われている。と言うより、この一冊を読むだけでデリーロの主要なテーマを網羅できると言ってもいいほどだ。ここからは各々の作品を読み解きながら、他の著作との関連を見ていきたい。

「天地創造」（初出『アンタイオス』一九七九年春号）では、カリブ海の島で偶然出会ったアメリカ人とドイツ人の男女二人が、やってこない飛行機をひたすら待ち続ける。さながらサミュエル・ベケット『ゴドーを待ちながら』だ。主人公は最初、ゴーギャンよろしく「僕は現地の女性と結婚して、絵の勉強をするよ」など余裕の発言をしているが、時間が経つにつれて二人は追い込まれていく。

〈「フライトがキャンセルになっても、それを知る術はないし」／「飛行機は来ない」／「それは真実ね」と彼女は言った。「飛行機は来ない。そして、空港に来ても無駄だったってことに気づくの」〉といった会話はマルグリット・デュラスやゴダールの作品を思い起こさせる。前衛的なジャスを聞き、ヌーベルバーグの映画を愛したデリーロの青春時代も影響しているのだろうか。

不可解な官僚組織に翻弄されるというのはフランツ・カフカの『審判』や『城』などで繰り返されるテーマだが、ここではむしろ、複数の組織が動いた結果、誰も予想しなかったケネディ暗殺という結果をもたらしてしまうという『リブラ』（一九八八）との共通性を見たい。現代においては誰も何もコントロールできていない。そのことに薄々気づきながらも、正視する勇気のない我々は、ぼんやりした不安の中で生きている。そして時に破局的な事態がやってきて初めて、我々はそのことを認めるしかなくなる。デリーロはそんな瞬間を摑むのがうまい。

「第三次世界大戦における人間的瞬間」（初出『エスクワイア』一九八三年七月号）は、宇宙船に乗った二人が、宇宙から戦争中の地球を眺めるという作品である。高度に発達したテクノロジーはもはや人間的な規模であることをやめてしまった。〈従来、戦争はつねに楽しまれ、活力の源とされてきた。だが人々はこの戦争をかつてのように楽しんではいない〉。単なる機械的な大量破壊である現代の戦争には、英雄など本質的に存在し得ない。

だがここでデリーロが高度なテクノロジーに対置するのは、半世紀前のラジオである。二人はなぜか宇宙空間を漂い続ける過去の番組を受信してしまう。過ぎ去った時代に生きた人々の哀歓が、ノスタルジックな音楽や、もはや失われたブランド名を通して届く。すなわち、高度なテクノロジーによって奪われた人間的瞬間を取り戻させてくれるのは、実は過去のテクノロジーなのである。文明と自然という単純な二項対立に陥らないデリーロの思考の特色がここに現れていると言えるだろう。

こうした番組を聴いたことがあるはずもない乗組員のヴォルマーが、これらを覚えていると言い張るシーンも興味深い。コマーシャルやブランド名は、もはや我々の集合的な無意識までも作り上げてしまっている。ここで『ホワイト・ノイズ』(一九八五)で寝ている子供が「トヨタ・セリカ」とつぶやくシーンを思い出してもいい。深いところまでバーチャルなイメージに浸った我々にとって、真実の体験とはいったいどういうものなのだろうか。

「ランナー」(初出『ハーパーズ』一九八八年九月号)では、公園をジョギングしている男の前で、車に乗った人物に子供が拉致される。途中で出会った女性に、犯人は離婚後の父親で、親権を持っている母親から子供を奪ったのだと説明を受けるが、それが本当かどうかはわからない。真実がわからないことを知っていながら、世界についての説明を受け入れたふりをして生きる、というモチーフは『リブラ』とも共通する。

「象牙のアクロバット」（初出『グランタ』一九八八年秋号）では、ギリシャで知り合った男女が、襲ってきた大地震とその余震を生き抜く。ギリシャで起こる、カルトによる連続殺人を扱った長篇『名前』（一九八二）と舞台は同じである。一九七八年にグッゲンハイムの奨励金を貰ったデリーロは、三年ほどギリシャで暮らしていた。そのときの体験から彼が多くを得たことがこうした作品を読むとよくわかる。登場人物たちは外国で不安に怯えながら疑心暗鬼になっていく。〈「政府は地震のデータを隠しているのよ」／「大地震が迫っているという科学的な証拠はまったくないんだよ。新聞を読みな」〉。科学も政府もメディアも信用できない、というパラノイア的思考は、三・一一以降の我々にとっても十分に身近だろう。

「天使エスメラルダ」（初出『エスクワイア』一九九四年五月号）では、カトリックの修道女シスター・エドガーが荒廃したブロンクスのラティーノ地区に入っていく。そこで出会った少女エスメラルダが殺されたあと、巨大広告の上に彼女の顔が浮かぶという奇跡が起こる。この短編は「壁際のパフコ」（初出『ハーパーズ』一九九二年十月号）と並んで、大作『アンダーワールド』（一九九七）に取り込まれ、その中核をなしている。

かつてデリーロ自身が育った、イタリア系の労働者の集うブロンクスは、今やプエルトリコ系などの住むラティーノ地区に変貌した。だがカトリックの信仰は形を変えながら生き延びている。〈結核、エイズ、撲殺、通りすがりの車からの射殺、血液疾患、麻疹、ネグレクトや乳幼児遺棄〉により子供たちが次々と死ぬという不幸の中に修道女が現れることで、この街はさながら疫病に襲われた中世となる。どうしてシスター・エドガーはここを離れないのか。〈まさにこの場所が世界の真実であり、魂のふるさとであり、自分自身の姿なのだ〉と彼女が考えているからだ。それは同時に、デリーロ自身のことでもある。

国際的な金融取引で巨万の富を得た『コズモポリス』（二〇〇三）の主人公は、リムジンで貧困地区に向かう。メディアの生産するイメージとネットワーク上のバーチャルな金に支配された世界を扱いながらも、デリーロの作品には常に、起源としてのブロンクスがある。そのことが彼の作品に説得力を与えているのだ。ロープで体を吊しながら壁に天使を描いていくグラフィティ・アーティストたちの姿は、『墜ちてゆく男』（二〇〇七）でビルから紐で自分を逆さまに吊し続けるパフォーマンス・アーティストを連想させる。

シスター・エドガーは言う。「貧しい人たちって言ったわね。でも、貧しい人たち以外の誰の前に聖人が姿を現わすかしら？」。彼女の言葉には、信仰を持ち得ない時代だからこそ、神聖なもの、現実を越えたもの、霊性としか言いようがないものを求める気持ちの高まりが読み取れる。宗教とは違う形での信仰、というデリーロの主題がここに現れていると言えるだろう。

「バーダー゠マインホフ」（初出『ニューヨーカー』二〇〇二年四月一日号）では、ドイツ赤軍のメンバーの死を描いた絵画を見に来る男女二人が主人公である。女性はまるで偶然のように画面に現れた十字架を見て、テロリストたちも許され得ると思う。〈この絵には許しの要素があると。男二人と女一人のテロリストも、彼らの前に死んだテロリストのウルリケも、許され得ない存在ではないと〉。

かつて彼らは別の社会を夢見て、暴力に訴え、結果として滅びた。しかしある種の救済を求めたという点では、彼らは我々と、そこまで大きく異なる存在ではないのではないか。罪を背負った人々を、そのままで許すには地上的なものを越えた論理が必要だろう。だがかつての宗教にすがることはできない。中東のテロリストを扱った『マオII』（一九九一）を見てもわかるとおり、テロリズムはデリーロにとって長年の主題である。

祈りや観想の場所を作るものとして、美術作品との対面が導入されているのも特徴的だ。『ポイント・オメガ』（二〇一〇）で、上映時間を二十四時間まで引き延ばされた『サイコ』を主人公が見続けるシーンにも似ている。表面に現れている謎を見ることができるようになるには、時間をかけて、認識の方法そのものを書き換えなければならない。デリーロの書くテクストもまた、そうした転換を促そうとしているのだろう。

「ドストエフスキーの深夜」（初出『ニューヨーカー』二〇〇九年十一月三十日号）では、大学の新入生二人が、寒い中うろつきながら、ある老人の過去を協力してでっち上げる。「彼らは私立探偵なんです。知的な水準における探偵ですよ。私はやったことはありませんが、異質な誰かの人生を再創造したがる人たちのことはたやすく想像できます」とデリーロは言う（『ソルトレイク・トリビューン』二〇一一年十一月十八日付）。そしてデリーロの創作自体が、ひょっとしたらこんな欲望に基づいているのかもしれない。寂しさ、友情、淡い恋愛などが登場する本作は、驚くほど瑞々しい青春小説になっている。

くだらないやり取りに込められた笑いにも注目したい。僕がロサンゼルスの講演会で見たデリーロ自身がそうした話し方をしていた。ニコリともせずに真顔で冗談を言い続ける。日本ではまだデリーロのそうした茶目っ気が理解されていないのが悔しい。たとえばここだ。〈アイダホ。すごく母音が多いし、すごく田舎だ。今いるここだって、まさにここだって田舎なのに、これじゃ彼女には足りないんだろうか？〉。どうして失恋のシーンで、アイダホは母音が多いな、なんて思ってしまうのか。と同時に、こうした言葉そのものへの関心もデリーロ作品においては重要だ。

「槌と鎌」（初出『ハーパーズ』二〇一〇年十二月号）で主人公は、経済犯罪者が集まった収容所に入れられている。だが、本来刑務所であるここの人々は奇妙なほど朗らかだ。それは、過酷な資本主義から逃れる僧院の役割をここが果たしているからだろう。

囚人のひとりのノーマンは言う。〈遠ざかることができて嬉しい。膨れ上がった他人の欲求や要望から自由になれた。だがそれよりも重要なのは、自分の衝動、強欲、蓄積し拡張し自分を築き上げたい、ホテルのチェーンを買って名を上げたいという、生涯続いた心中の命令から解放されたことだ〉。もちろん彼は望んでここにやってきたのではない。だが資本主義から外れているという点では、かつての革命家たちに近づいている。重罪犯であり、数百年の刑期を宣告されているズーバーは病を得て、ここに死にに来た。とすればここは、資本主義の外側なだけではなく、比喩的には死の世界でもあるらしい。

彼らの日常はストイックなものだ。〈私は自分たちを毛沢東主義による自己矯正の最中だと考えることを好んだ。反復を通して、社会的自己の完成に励んでいるのだ〉。資本主義の代表者であるアメリカ合衆国の真ん中で、毛沢東主義という唯物論に則った形で、まるで宗教的な修行のように自己を高めていく。何重にも捻れた彼の努力は、かえって我々の精神的な欲求に沿ってしまっている。もはや資本主義的な競争には疲れた。本当に資本主義には外がないのか。主人公は日常からずれた位置から、整然と流れる車の列を眺める。〈どうしてこの大通りだけでも、数秒ごとに事故が起こらないんだろう?〉。そうした視点を持つことができただけでも、彼がここに来た意味はある。

「痩骨の人」(初出『グランタ』二〇一一年秋号)では、離婚したのちも同居を続けている夫婦が登場する。妻は社会的な関係をほとんどすべて断ち切りながら、体を修練することに時間を費やしている。〈大半の時間を「安定化」のためのエクササイズに費やし、困難な姿勢を維持するよう自分を鍛えるべく椅子に体を巻きつけ、床の上で身を丸くして濃密な塊に、球体になり、長時間じっと動かず、自分の腹筋と脊椎の向こうで起きていることはいっさい意識していないように見えた〉。そして夫は、父親の死で手に入った財産を食いつぶしながら、毎日ひたすら映画を見続ける。

身体的な訓練を行い、別の存在になろうとするというテーマは、『ボディ・アーティスト』(二〇〇一)でも追求されていた。だがあの作品の主人公は、他の人々に自分の存在を開いていく。対して「痩骨の人」の妻は、ひたすら自分の中に沈潜していくだけだ。

夫は礼拝するように映画館に通う。〈彼らは包まれるため、より大きなものに凌駕されるためにここにいるのだ。何かが彼らの前を飛ぶように過ぎていき、すっとうしろに手をのばして彼らを連れ去ろうとする〉。そしてその体験を言葉でとらえようとすることをやめる。かつての礼拝では、集まった人々は同じ信仰を分かち合った。だが現代の映画館では、スクリーンと個人が対峙するだけだ。関係を横に開くべく、言葉を交わしたことのない女性と話すために、主人公は女子トイレに侵入する。なぜ語りかけるというだけのことがこれほどの異常さを要求するのか。それは、現在の我々があまりにも互いに完璧に分断されてしまっているからだ。

本書の翻訳には Don DeLillo, *The Angel Esmeralda: Nine Stories*, New York: Scribner, 2011 を使用した。各翻訳者が担当作品を訳し、それを柴田元幸がチェックしてから、柴田担当分に関しては他の訳者がチェックする、という段取りで作業を進めた。担当作品の最終的な責任は各翻訳者にある。僕よりはるかに実績のある先輩方と仕事ができたのは幸運だった。とにかく各氏の実力の高さには圧倒されるしかなかった。大変感謝しています。進行については、佐々木一彦さんにお世話になった。いつも遅れ気味の僕を叱咤し、なんとか出版までこぎ着けてくれた。感謝しても仕切れません。

本書を読んで、生まれて初めてデリーロを面白い、と思ってくれる人が一人でもいたらこんなに嬉しいことはない。日本に少しでも多くのデリーロへの愛が生まれんことを！

二〇一三年四月二十四日

都甲幸治

訳者略歴

柴田元幸（しばた・もとゆき）
1954年東京生まれ。東京大学教授。『生半可な學者』で講談社エッセイ賞、『アメリカン・ナルシス』でサントリー学芸賞、トマス・ピンチョン『メイスン&ディクスン』で日本翻訳文化賞受賞。現代アメリカ文学を中心に訳書多数。

上岡伸雄（かみおか・のぶお）
1958年東京生まれ。学習院大学教授。著書に『ヴァーチャル・フィクション』など、訳書にドン・デリーロ『アンダーワールド』(共訳)、『ボディ・アーティスト』、『コズモポリス』、フィリップ・ロス『ダイング・アニマル』など。

都甲幸治（とこう・こうじ）
1969年福岡生まれ。早稲田大学教授。著書に『偽アメリカ文学の誕生』、『21世紀の世界文学30冊を読む』、訳書にジュノ・ディアス『オスカー・ワオの短く凄まじい人生』(共訳)、チャールズ・ブコウスキー『勝手に生きろ！』など。

高吉一郎（たかよし・いちろう）
1971年横浜生まれ。米タフツ大学英文学部助教授。文学博士(コロンビア大学)。訳書にドン・デリーロ『アンダーワールド』(共訳)、リチャード・パワーズ『われらが歌う時』、デイヴィッド・ミッチェル『ナンバー9ドリーム』など。

The Angel Esmeralda: Nine Stories

Don DeLillo

天使《てんし》エスメラルダ　9つの物語《ものがたり》

著　者
ドン・デリーロ
訳　者
柴田元幸・上岡伸雄・都甲幸治・高吉一郎
発　行
2013年5月30日

発行者　佐藤隆信
発行所　株式会社新潮社
〒162-8711　東京都新宿区矢来町71
電話　編集部　03-3266-5411
読者係　03-3266-5111
http://www.shinchosha.co.jp

印刷所
大日本印刷株式会社
製本所
大口製本印刷株式会社

乱丁・落丁本は、ご面倒ですが小社読者係宛お送り下さい。
送料小社負担にてお取替えいたします。
価格はカバーに表示してあります。

ISBN978-4-10-541806-9 C0097